LE TEMPS
DES
ORPHELINS

CLAUDE RODHAIN

City
Roman

ISBN : 978-2-8246-2062-6
Code Hachette : 49 3684 7
Collection dirigée par Christian English & Frédéric Thibaud
Catalogues et manuscrits : city-editions.com

Dépôt légal : Juin 2022

À Sandrine,
ma fille bien-aimée

1

L’hiver 1944

Le véhicule ralentit. Il s’arrête sur le bas-côté. Le gardien de la paix baisse la vitre et la remonte aussitôt après avoir jeté un coup d’œil au cadavre qui gît sur le trottoir.

—Ne regarde pas ça ! lance-t-il à l’enfant assis à l’arrièrc dc la Citroën.

Le gosse détourne la tête. Il n’a jamais vu de mort. L’homme est jeune. Une tache d’un rouge écarlate a bavé sur son uniforme au niveau du ventre. Il semblait dormir. Mais ce n’était pas sûr. Pas certain. Son visage était comme un masque vermillon percé de deux yeux liquides. C’était comme si la mort n’avait fait qu’entrer et sortir.

Le véhicule longe un mur d’enceinte et pénètre dans un vaste parc. Les phares éclairent les arbres. Des monstres griffent la carrosserie et le vent sème des meuglements qui font grandir la peur de l’enfant. Il a la sensation d’être dans une jungle épaisse et que des fauves vont à tout moment surgir. Il frémit en voyant l’énorme bâtisse qui se dresse devant lui. Deux grosses lanternes incendient la porte en bois massif. Elles semblent veiller sur la façade comme des cerbères.

J'imagine ce qui carillonne dans la tête d'un gosse en proie à l'affolement : château hanté, oubliettes, fantômes… Il plonge la tête dans les plis de la pèlerine de la gardienne assise à ses côtés. Il ne veut rien voir de ce qui va arriver. Le tissu rêche lui procure un semblant de réconfort. Le conducteur coupe le moteur, descend, contourne le véhicule, ouvre la portière arrière.

— Viens, gamin !

L'enfant refuse de sortir. L'homme le saisit fermement par le bras.

— Allez ! Sors, bon Dieu !

Il suit le chauffeur, gravit des marches plus hautes que ses tibias. Où le conduit-on ? Que va-t-on faire de lui ? Il flotte dans une effrayante torpeur. Il a mal au ventre comme le jour où il avait mangé des prunes trop vertes. Ses galoches sont de plomb. Il pense à ses parents. Peut-être sont-ils morts avec les vilaines pensées qui l'assaillent, avec les mots obscènes qui ricochent dans sa tête : *prison*, *isolement*, *solitude*… Il s'évertue à chasser les pires scénarios que produit son imagination : sa mère allongée sur une pierre plate avec des yeux vitreux ; sa mère morte au cours de son accouchement… *Oui c'est ça ! Je suis un enfant meurtrier, un enfant assassin. Les bébés à naître sont tous des tueurs en puissance.* À voir sa tête, c'est à cela que doit songer le petit Charles.

L'éclairage blafard du bureau où le chauffeur l'a conduit lui brûle les yeux. Il n'ose pas se frotter les paupières. Il s'efforce de repérer les lieux à travers ses cils. Soudain, une femme au visage un peu rougeaud pénètre dans la pièce. Elle s'assied derrière un bureau et, sans lui adresser le moindre regard, l'interroge :

—Nom, prénom, âge, adresse, date et lieu de naissance ?

L'enfant répond au mieux de sa panique :

—Baudrin… Charles… 7 ans… Plaisir…

La directrice fronce les sourcils. Elle se lève et se remet péniblement sur ses pattes comme le ferait un hippopotame. Elle s'avance vers l'enfant. Non, elle n'a fait que se retourner. Elle le scrute maintenant d'un œil noir. Charles vacille. Ses petites guiboles sont aussi molles que du chewing-gum. Il ignore où il est, ce qu'on va faire de lui. Mme Cérier, la directrice – car il s'agit bien de la directrice du foyer Vauban – le déshabille, ou plutôt lui arrache les vêtements pour le mettre nu ? Je la regarde faire. Le tricot qui s'accroche aux oreilles de l'enfant l'agace. Elle tire dessus sans ménagement comme on dépouille un lapin. Puis elle dégrafe sa culotte et la fait glisser sur ses galoches. Charles est nu comme un ver. Je vois ses yeux emplis de larmes.

Lorgnon sur le nez, la directrice tourne autour du gosse comme un loup qui se pourlécherait avant d'engloutir une proie. J'exagère un peu. Elle veut seulement dénombrer les grains de beauté et les cicatrices de l'enfant que l'on vient de lui remettre. Une marque sous l'aisselle gauche, une tache sur la fesse droite, voilà l'identité infalsifiable de Charles.

—Regardez ! Ils sont à peine visibles, s'esclaffe-t-elle soudain. J'ai l'habitude, vous savez ! Je pourrais reconnaître tous les pensionnaires les yeux fermés.

La gardienne qui se tient près d'elle se fend d'un sourire de faux jeton. Elle déchausse le gamin, lui retire les chaussettes, les tient à bout de bras comme avec des pincettes, le prend sous les aisselles et le dépose sur une balance. Le « loup » veut savoir combien de kilos de viande ça fait. Les poids que la femme déplace sur la réglette graduée émettent un petit cliquetis métallique à chaque encoche. On jurerait une épicière.

— 20 kilos à 7 ans, il n'est pas bien gros ! Il ne sera pas grand non plus, commente-t-elle, l'œil vissé sur la toise.

Charles est honteux d'être exposé comme un poulet déplumé sous la lumière crue. Le moindre mouvement lui est interdit. La directrice lui fait ouvrir la bouche pour ausculter sa dentition. Il est sur la défensive, prêt à hurler, à déguerpir.

***

Les gouttes d'eau qui ruissellent sur les vitres des fenêtres du dortoir se mêlent aux larmes qui coulent sur le visage de Charles. Une pluie glaciale se déverse en lui. Il tâte sa peau granuleuse sous la chemise de toile. Debout en équilibre instable sur un châlit, il essaie de voir au-dehors si les monstres sont toujours là. Il frissonne au risque de tomber de la tête du lit. Le vent a cessé ses cavalcades et une lune diaphane nimbe le sol d'un blanc crayeux. Il est tard. Janvier n'en finit pas et le froid ne relâche pas son emprise. Il est transi. L'image du cadavre lui revient en mémoire. Il est à l'affût d'une pensée qui pourrait dissiper son obsession.

J'imagine le chambard qui swingue dans la tête de l'enfant et ses efforts pour jeter par-dessus bord tout ce qui encombre son cerveau. Mes yeux reviennent sans cesse à lui dont le regard éperdu me trouble et m'émeut. Je suis impuissant à lui venir en aide. Un autre gamin, sans doute son voisin de lit, se glisse jusqu'à lui. Il veut savoir qui est le nouveau venu. Je les entends échanger quelques mots dans le silence du dortoir.

—Salut ! T'es arrivé quand ? Moi, c'est Aaron. Aaron Rosenbaum.

Je m'arrête sur la bouille mafflue du gamin. Elle est émaillée de taches de rousseur et me fait penser à un ballon de football. Ses cheveux drus, coupés en brosse, sont comme des chaumes.

Aaron confie à Charles qu'il est là depuis six mois, depuis le jour où il a vu ses parents emmenés par des hommes en imperméable noir qui portaient une casquette à tête de mort. Ils braillaient des choses qu'il n'avait pas comprises sur le moment : « Youpins, vermine, mille-pattes, pieuvre Dreyfusarde… » Sa sœur aînée, elle aussi, avait été embarquée pour un prétendu contrôle d'identité… Il ne l'avait jamais plus revue.

Aaron se tasse sur le sommier de Charles et entreprend de lui raconter la vie au château de L'Yvette : les manies des gardiennes, les chefs de clan, Nolan le teigneux qui a un pet au casque et qu'il vaut mieux éviter de contrarier, les coins où l'on peut se cacher, et même quelques secrets, l'endroit où l'on peut trouver des grillons, ceux aux ailes jaunes.

Pour ne pas être en reste, Charles lui demande à brûle-pourpoint, s'il a déjà vu un mort.

—Un mort… un vrai ?

—Ouais !

—Non, pourquoi ?

—Parce que moi, j'en ai vu un.

Un instant ahuri, Aaron se lève et va jusqu'au milieu du dortoir.

— Eh, les gars ! Vous savez quoi ? Le nouveau, il a vu un macchabée.

— Un macchabée, où ça ?

Tous les gamins se sont levés de leur lit et entourent Charles.

— À quoi ça ressemble un cadavre ? demande l'un d'entre eux.

Charles s'allonge par terre, bras en croix, bouche grande ouverte et fait les yeux blancs.

— Il était comme ça ! On aurait dit qu'il était vivant, mais il était mort.

— Y avait beaucoup de sang ? demande le plus hardi.

— Plein ! Ça coulait jusque dans le caniveau.

— Beuh ! clame l'assistance à l'unisson.

Soudain, la porte du dortoir s'ouvre à la volée et un large trait jaune se répand sur le sol. La gardienne de nuit vient de faire irruption. Elle agonit le nouveau venu qui faisait le pitre au milieu du dortoir. Il sera puni.

La tête enfoncée dans les épaules, Charles regagne sa couche. Dans son lit, je le vois se recroqueviller sous les draps et fermer les yeux. L'image du cadavre s'imprime à nouveau dans son cerveau. Il hallucine… *Le macchabée se lève du trottoir, s'avance et le secoue brutalement.* Il tremble de tous ses membres. Il a la sensation que son crâne va exploser. Alors, sans s'en rendre compte il hurle. Il hurle si fort que les lumières éclairent le dortoir comme en plein jour.

*

La voix de clairon de Mme Ballard – Babar, comme l'appellent les pensionnaires – intime à Charles l'ordre de se lever. Il craint qu'elle tire les draps. Dans son cauchemar il a pissé au lit. Ses paupières sont lourdes et il a du mal à garder les yeux ouverts tant les murs du dortoir sont blancs. Un blanc à écorcher les yeux. Babar gesticule au pied de son lit. Il imagine que ce pourrait être sa mère. Une mère pour qui il n'est peut-être plus qu'une ombre, un souffle, un reflet. Rien qu'on puisse toucher ou attraper. Son entrée dans les lavabos provoque d'un coup l'attention des deux rangées d'enfants alignés devant un bac en zinc. Ils sont nus et blancs comme des navets. Une gardienne, assise contre le mur, veille aux ablutions. Les plus grands se rincent la bouche à même les robinets, les plus petits me font rire avec leur façon de récupérer l'eau dans leurs mains jointes en coupelle. Charles respire l'odeur d'eau croupie, de savon, de vaisselle. Ça pue ! il se mêle à un groupe d'enfants aussi maigres que des chats faméliques et secs comme des cravaches. La vie en communauté commence là ! Il sait qu'un faux pas au lever du rideau et l'on est affublé d'un sobriquet à vie : le boutonneux, le rouquin, le maigrelet, le nabot, p'tite bite… Une main lui propose un morceau de savon aussi vert que le treillis du soldat mort. Celle d'Aaron.

—Tu sais, comment tu t'appelles ? lui demande-t-il.

—Oui ! Baudrin. Pourquoi ?

—Non ! Pas le nom de tes parents. Celui qu'ils t'ont donné ?

Les pensionnaires, tout en continuant de se laver, tendent l'oreille. Ils voudraient bien savoir ce que se disent Aaron et le nouveau.

—Qui ?

—Les gars de la chambrée, pardi.

—J'n'sais pas !

—« Macchabée ! » Ils t'appellent « Macchabée ».

Je crois que c'est à ce moment-là que j'ai envisagé ce qui allait se produire. Charles était désemparé. Ses poumons semblaient manquer d'air, son cœur, de force. Il cherchait du regard un angle mort. Ses yeux étaient accaparés par le bourdonnement d'une mouche contre la vitre et s'accrochaient au rai de poussières qui dansait devant la fenêtre. J'ai pensé que c'était fou de s'attacher à de si petites choses, mais ce bonheur primaire semblait avoir compensé son envie de disparaître, de s'enfoncer dans le sol, de s'extraire du capharnaüm. Il a frotté machinalement sa brosse sur le savon pour faire mousser ses dents et il a soufflé à Aaron, en riant :

— C'est dégueulasse, ça a un goût de punaise écrasée.

*

Il est 9 heures. Les pensionnaires sont dans le parc. Les monstres de la veille ont fait place à des arbres géants. Mains dans les poches, Charles erre le long du mur d'enceinte. Les deux rangées de fils de fer barbelé l'impressionnent. Il ignore la hauteur de l'autre côté du rempart. Il ne voit qu'une issue : la branche du gros châtaignier qui enjambe le faîte de la maçonnerie. Il gamberge. Et s'il paniquait ? S'il était incapable de se lâcher dans le vide ? S'il suppliait au dernier moment qu'on vienne le décrocher ? S'il lâchait prise et se brisait les os ? Il y a trop de « si ». Pourtant, il faudra bien qu'il sorte d'une façon ou d'une autre d'ici pour savoir pourquoi il n'a pas de parents. S'ils sont morts. Sa mère a peut-être été emmenée comme la sœur d'Aaron par des hommes en imperméable noir, même si elle n'est ni « youpin », ni « mille-pattes ».

Pour couper court à ces satanées pensées, il rejoint les pensionnaires qui font le siège d'un trou de grillon. Assis sur un banc, les pieds dans le vide, il observe la scène. Les garçons s'accroupissent, se relèvent, éclatent de rire. Il a du mal à suivre leur manège. Il se lève et tente de se frayer une place parmi le groupe, quand soudain des hurlements de gorets qu'on égorge le figent sur place. Un grigri aux ailes jaunes vient d'apparaître. Aaron Rosenbaum, assis sur les mollets, s'efforce de titiller l'insecte à l'aide d'un brin d'herbe sèche qu'il roule entre le pouce et l'index.

— Tu vois, souffle-t-il à Charles qui s'est approché en entendant les cris. Tu leur chatouilles le ventre avec une brindille et ils sortent de leur trou en pouffant de rire. C'est facile ! Tu n'as plus qu'à les attraper. Mais attention, il faut faire vite et faire attention, ça pince fort ces petites bêtes-là !

Aaron rit de bon cœur, oubliant un instant le mal qui lui ronge le foie. Dans sa liesse, il en a oublié le grillon qui s'est à nouveau carapaté dans son trou. Désenchanté, il déboutonne sa braguette et, d'un jet, noie les galeries du soprano. Charles, qui voit le bout de son zizi, croit qu'il a eu un accident.

Un garçon qui dépasse les autres d'une taille s'adresse à lui. J'imagine sur-le-champ qu'il s'agit du teigneux dont lui a parlé Aaron. Charles a la même intuition. Il le reconnaîtrait entre mille avec sa tête à arracher les ailes des mouches et à crever les yeux des chats.

— C'est toi, Macchabée, lui demande-t-il ?

Il n'attend pas la réponse.

— T'es arrivé quand ?

—Cette nuit, rétorque Aaron qui se croit obligé, en tant qu'ancien, de répondre à la place de Charles.

—Toi, ta gueule ! C'est pas à toi que j'cause, mais à la fillette qui a chialé hier soir.

Charles a un discret mouvement de recul. En fermant la bouche il se mord la lèvre. L'invective l'a piqué au vif. Déjà les autres entonnent en chœur :

—Oh la fille ! Oh la fille !

Il se recroqueville sous la menace d'un coup. Le rouge lui monte aux joues. Il ne peut pas, ne veut pas, ne doit pas accepter l'insulte. Il vient juste d'arriver, le temps joue contre lui. Ne pas réagir, c'est précipiter son enfer. Les poings serrés, l'esprit chauffé à blanc, les muscles tendus, il se rue tête baissée sur Nolan. Le vicieux, surpris par l'assaut, a le réflexe de faire un pas de côté. Charles glisse et s'étale de tout son long sur le gravier. Son genou saigne. Les yeux de Charles sont comme de la braise incandescente. Un vilain rictus tort sa bouche. Il décoche à Nolan qui le raille un regard assassin. Le teigneux veut le mettre au pas comme il a dressé sa clique de pétochards. Encore à quatre pattes, Charles ne pense qu'à une chose, ne pas céder. Ne pas faillir.

Nolan prend sa bande de faux culs à témoin.

—Vous avez vu ce connard ? Il ne sait même pas voler !

Il pouffe et tout le monde l'imite, enfin non, seulement ceux qui sont proches de lui et qui assistent à la scène. Saisi d'une fureur explosive, Charles profite de ce moment de diversion pour se redresser d'un bloc et plonge dans les jambes de l'agresseur. Cette fois, Nolan n'a pas eu le temps d'esquiver l'attaque et il est tombé sur le dos. Les rires ont cessé. Déjà, Charles le brasse à pleines mains, lui martèle le corps et le visage de ses poings. Dans un ultime effort, Nolan parvient à le retourner et les coups pleuvent à présent sur lui. Il tente de protéger son visage, son ventre… Il plie les genoux pour échapper au pire. La clique de faux jetons l'excite, le galvanise. Ils n'attendaient que ça : que le teigneux le descende une bonne fois pour toutes.

— Vas-y, tue-le ! Tue-le !

Une gardienne essoufflée se rue sur eux. Une autre se joint à elle. Les deux femmes les tirent par les cheveux pour les séparer. Ce sont maintenant deux coqs campés sur les ergots qui se défient. Charles savoure un semblant de victoire. Le « grand chef » saigne du nez. Moralement, il a gagné. Personne ne pourra jamais plus se moquer de lui. Les gardiennes les conduisent sans ménagement vers les toilettes situées derrière le bâtiment. Charles marche, léger, fier, le buste droit. Il a la sensation d'être un gladiateur qui vient de remporter de haute lutte un combat. Les autres membres de la bande les suivent à distance. La plupart aimeraient être dans sa peau. Marcher aux côtés du chef ; être son égal ; même s'ils savent le châtiment qui l'attend. Quel panache ! Quelle grandeur !

Je lève le nez vers le ciel. Si seulement la maman de Charles pouvait voir ça, elle serait fière d'avoir un fils comme lui.

Représailles courantes au château de L'Yvette, les gardiennes enferment séparément Nolan et Charles dans un cabinet. Le sien laisse passer un semblant de lumière par une faible ouverture en losange dans la porte. La cuvette, un simple caisson en bois avec un trou au milieu, grouille de mouches bleues. Ça pue. L'odeur est insupportable. Sur les parois, il y a des graffitis laissés par les « prisonniers » précédents : « À mort les gardiennes ! Les gardiennes, toutes des *saloppes !* » avec deux « p » pour souligner l'insulte. Et, bien sûr, des sexes en tout genre, dont une grosse queue flanquée d'un bouton recouvert de poils drus pareils à ceux qui poussent sur le menton des sorcières.

Une heure plus tard, Mme Ballard libère les deux combattants.

—Alors, on est plus calme ? La prochaine fois, ce sera la douche glacée.

Nolan et Charles sortent, éblouis par la lumière blanche du milieu du jour. Ils échangent un regard complice et se tendent la main.

—Moi, c'est Charles.

—Je sais.

L'œil du grand chef a doublé de volume.

—T'as mal ?

—Non, c'est rien. On n'est pas des mômes !

Babar partie, Nolan lui raconte ses coups, ses bagarres, sa hargne, sa colère depuis qu'il est enfermé. Puis, je l'entends lui révéler des secrets que seul un lieutenant digne de confiance peut entendre : le lieu où l'on peut approcher les nids d'hirondelles ; l'endroit où se trouve la clé qui ouvre les cuisines ; la fenêtre d'où l'on peut voir le bureau de la directrice qui, quelquefois, relève sa jupe pour remonter ses bas... « La salope. »

Sur le perron, une gardienne sonne la cloche du déjeuner. Nolan et Charles font partie des retardataires. Leur statut de codétenus dans les chiottes leur impose d'être les derniers à exécuter les ordres.

—Allez, tous en rang ! braille une surveillante en uniforme bleu depuis le milieu de la cour.

— La mère Dauphin, glisse Nolan à Charles. La plus vache de toutes. Personne ne peut la piffer.

On les compte comme du bétail : 97, 98... Charles n'aurait jamais pensé qu'ils étaient si nombreux. Au coup de sifflet, la chenille se met en marche et martèle le perron. Ils doivent marcher au pas. Charles saute d'une jambe sur l'autre pour saisir la cadence. Un coup de baguette sur les mollets l'aide à la trouver.

La saucisse et la purée de pois cassés lui lèvent le cœur. Il se rabat sur une tartine de pain rassis.

À la sortie du réfectoire, Nolan le rejoint.

— T'as rien bouffé. T'as faim ?

Il pose une main protectrice sur son épaule.

— T'fais pas de bile. En rentrant de la promenade, à cinq heures, j'irai piquer un morceau de frometon à la cuisine.

Puis, mâchouillant un brin d'herbe sèche, il entraîne Charles dans un coin retiré du parc.

— Toi et moi, on est pareils, Charly. Toi, tu n'as qu'une envie, foutre le camp d'ici pour retrouver ta mère, moi me tirer pour lui casser la gueule.

Il se tait et regarde loin devant lui.

— Cette garce m'a abandonné après la mort de mon père.

Il essuie subrepticement son nez. Une fureur sourde empourpre son visage.

— Papa a été fusillé avec huit autres otages à la suite d'un attentat sur une voiture allemande. Le pauvre n'y était pour rien. Caché dans un fourré, j'ai tout vu. Ra-ta-ta-ta ! Ra-ta-ta-ta ! Deux rafales, et plus rien. Plus de père.

Ses yeux brasillent de haine. Il grogne sa rage comme un gorille encagé.

— Si je revois ma mère, je la désosse.

Charles comprend mieux pourquoi les autres pensionnaires disent de Nolan qu'il a « les fils qui se touchent ». Les gardiennes, quand elles parlent de lui, prétendent que des garçons dans son genre, il y en a des centaines, peut-être des milliers parmi les orphelins et pupilles de la nation. L'autre jour, j'ai entendu l'une d'elles glisser en douce à l'une de ses collègues : « C'est bien le diable si, au milieu de tous ces gosses, répertoriés et étiquetés, il n'y en a pas un de plus fêlé encore que lui. »

Charles ignore ce qu'elles disent, quand elles ont l'impression de ne pas être écoutées. Hier encore, je les ai surprises échanger entre elles des propos sulfureux : « Vous voulez que je vous dise, ces mômes, ce n'est pas difficile de les reconnaître, ils ont tous les mêmes névroses », ou encore : « Pas plus tard qu'hier, j'en ai vu un jouer au mort pour mimer un disparu et un autre piquer une colère sans que l'on sache pourquoi. » La comptable y ajoute son grain de sel. « Moi, j'ai vu de mes yeux vus, ce matin, le petit Carnaud monté sur la terrasse de l'immeuble pour tenter de mettre fin à ses jours. Heureusement que M. Pignon, l'homme d'entretien, est arrivé à temps, sinon on avait un mort sur la conscience. » « Eh ben, intervient la mère Dauphin, si je vous disais que j'ai pincé hier soir le petit Samuel à qui, soit dit en passant, on donnerait le bon Dieu sans confession, en train de mettre le feu aux toilettes ! Ça vous en boucherait un coin, hein ? Et le pire, c'est que le petit monsieur n'a rien trouvé de mieux, pour nous emmouscailler, que de faire une crise d'épilepsie quand il s'est vu découvert. Il avait de la bave partout autour de la bouche et se débattait comme un forcené. Reconnaissez qu'on a quand même de drôles de zozos, ici ! »

Fort heureusement Charles n'appartient pas à cette catégorie de névrosés que moquent les gardiennes. Lui, il est de passage. Sa présence au château de L'Yvette est une erreur. Il est sûr que ses parents courent les commissariats et les gendarmeries pour le retrouver. Ça, il en est certain !

2

Ce matin, le ciel est bleu comme l'acier. L'air sent le métal. Raoul pousse un petit cri plaintif en se baissant pour lacer ses chaussures.

—Ah ! Charles ! lance-t-il en voyant le gamin dans le reflet de la vitre. Peux-tu avoir la gentillesse de m'aider ? La vieillesse n'est pas drôle, tu sais. Avec l'âge, les raideurs se déplacent, ajoute-t-il avec un petit sourire coquin, sans se rendre bien compte qu'il parle à un enfant.

Charles ne sait pas faire les rosettes, alors il fait un nœud à chacune des chaussures de Raoul. Émilie, sa femme, qui observe Charles à la périphérie de l'œil, grogne.

—Pas comme ça, bon sang ! On ne t'a donc pas appris à nouer un lacet à l'orphelinat ?

Elle a toutes les peines du monde à défaire les nœuds du gamin et crache son venin.

—C'n'est pas Dieu possible d'être aussi peu dégourdi. T'es vraiment un bon à rien mon pauvre garçon. Qu'est-ce qu'on vous apprend à l'Assistance publique ? À faire la manche ?

Raoul prend la défense du gosse.

— Sois un peu plus indulgente, ma chérie, cet enfant n'a encore que 10 ans. Il fait ce qu'il peut avec ce qu'il a reçu. Il n'a pas eu comme toi la chance d'avoir des parents pour lui enseigner ce genre de chose.

— Oui ! Ben, ce n'est pas une excuse. Je vais lui apprendre à vivre, moi.

J'aperçois Fanny, la fille de la maison, qui dodeline de la tête dans son coin. Je sais qu'elle ne partage pas l'attitude belliqueuse de sa mère mais elle n'ose pas trop la contredire ou l'attaquer de front. Elle craint ses réactions. Elle souffle néanmoins en catimini à qui veut l'entendre qu'avec son faciès et ses cheveux gras, Émilie lui fait souvent penser aux patients qu'elle soigne à Mondor, le centre hospitalier intercommunal de Créteil. Elle s'avance, bien décidée cette fois à réagir. Elle ne supporte pas les injustices, *a fortiori* celles de sa mère.

— Maman, pourquoi t'en prendre toujours à Charles ? Ce n'est pas parce qu'il est orphelin qu'il faut…

Émilie l'interrompt sèchement.

— Écoute, ma fille, je ne m'occupe pas de tes malades ? Alors, s'il te plaît, fous-moi la paix et laisse-moi éduquer ce gamin à ma guise. J'ai déjà élevé trois gosses de l'Assistance publique et je sais ce qu'il leur faut. D'ailleurs, ils se contentent de peu.

Charles écoute, interdit, l'échange houleux entre la mère et la fille. Elles parlent de lui comme s'il n'existait pas, un peu comme si son statut d'orphelin le rendait invisible. Pour Émilie, les enfants sans parents n'existent pas. Charles a atterri chez les Vatel, une famille d'accueil, après que la directrice du château de L'Yvette eut constaté, au bout de trois ans, qu'il n'était pas fait pour la vie communautaire. Pour elle, il frisait la neurasthénie et il était urgent qu'on le change d'affectation si l'on voulait éviter un drame.

Une famille d'accueil ? Tu parles ! Une baraque au crépi fatigué coincée entre un étang et un cimetière. Ça fait à peine un mois que Charles est là que déjà il s'est habitué au tintamarre des souris dans les combles, aux scratchs des martinets dans les solives. Souvent, il se réveille en sursaut, la respiration sautillante, et passe au crible ses souvenirs : les instants de bonheur vitaminés avec Nolan ; sa cabane dans les arbres construite à partir de bois et de serpillières – les toilettes où il fumait des cibiches faites de feuilles de tilleul séchées –, les chapardages dans les cuisines, les ragotons de fromage… Les moments sombres aussi : les sorties hors du château, attelés les uns aux autres comme des chiens de traîneau… Les adultes qui changeaient de trottoir en les voyant comme s'ils étaient des pestiférés. Il revit sa honte.

Quand Raoul voit la mine contrite de Charles, il dit qu'il couve la mélancolie. Il n'a pas tort. Fanny, elle, prétend qu'il parle peu. Elle aussi a raison. On ne blesse pas les rêves par des bavardages. Elle allègue encore que ses cheveux en boucles devant les yeux l'empêchent de voir la réalité en face. Là, elle se trompe ! Charles a des yeux de lynx.

Le château de L'Yvette lui manque. Contrairement aux apparences, il y était heureux. Heureux comme un cochon dans un champ de maïs. Les cris, les chahuts, les empoignades lui faisaient oublier sa condition. Ici, chez les Vatel, tout est triste. Ça sent le désinfectant, l'usure des choses, il y respire la poussière des vieux meubles.

L'école est le seul endroit où le garçon échappe à l'œil d'Émilie. Aujourd'hui jeudi, il n'a pas classe. Il va devoir supporter sa nourrice toute la journée, elle et ses : « Tiens-toi droit ! » ; « Cesse de me regarder avec tes yeux de cocker ! » ; « Mouche ton nez ! » ; « Va à la cave chercher du charbon… ! » et patati et patata. Heureusement, le jeudi c'est aussi jour de catéchisme. Ce n'est pas qu'il soit cul béni, mais c'est le seul moment où il échappe au cerbère.

Le père Breton leur enseigne la morale chrétienne. Il est sympa, Charles l'aime bien. Il sent la guimauve. Souvent, il raconte aux enfants les choses qui se passent là-haut dans le ciel : les anges, joufflus comme des cumulus, Dieu, bon comme du bon pain, la Vierge Marie, qu'il dit être NOTRE mère à tous. Tu parles ! Charles n'a qu'une mère, celle qu'il a dans la tête. Le curé marmonne parfois dans sa barbe des choses imaginaires : l'éveil extatique, les vertus théologales de la foi, l'espérance, le canal pour s'unir à Dieu… Un tas de conneries qu'il ne comprend pas et auxquelles d'ailleurs personne ne croit. Il arrive même à Charles de pouffer au milieu des sermons du père Breton. Le curé le voit mais il ne dit rien. Il sait que son ange gardien est arrivé en retard le jour de sa naissance.

Un jour, Charles a ouvert la Bible dans la sacristie. Il a failli vomir. Il a jeté le livre à travers la pièce. Beuh ! J'aurais fait la même chose que lui à sa place : *Je ferai venir contre vous l'épée, qui vengera mon alliance ; quand vous vous rassemblerez dans vos villes, j'enverrai la peste au milieu de vous, et vous serez livrés aux mains de l'ennemi* (Lévitique 26, 25). Pas vraiment de quoi avoir la foi. Il ne croit pas en Dieu. S'il existait, il lui dirait où est sa mère et il ne les aurait pas séparés. Quand il parle au tout-puissant, il ne l'entend pas. Y a pas de connexion.

Le dimanche matin, Charles enfile par-dessus son pantalon une aube et un surplis blanc. Il sert à la grand-messe aux côtés du père Breton. L'odeur de l'encens et le goût douceâtre de l'hostie qu'il lui fourre dans la bouche lui lèvent le cœur. Il n'aime pas le parfum de l'au-delà. Pour se venger, il boit un peu de son vin de messe qu'il compense avec de l'eau. Le curé n'est pas dupe.

La seule chose qu'aime Charles, quand il va à l'église, c'est l'allée des platanes. Leurs cimes touchent le ciel. Il aimerait être un platane haut et fort comme eux pour voir sa mère de loin.

Raoul l'interrompt dans ses pensées.

—Et si tu venais avec moi jusqu'au Guichet, Charles ? Ça te ferait du bien de marcher un peu. L'exercice, c'est bon pour la santé. Surtout à ton âge.

—Il a des devoirs à faire, tonne Émilie, qui a toujours un œil sur lui.

Elle est furibarde que son mari empiète sur ses prérogatives.

Sans écouter sa femme, Raoul empoigne sa casquette pendue dans l'entrée et prend la main du gamin.

—Viens ! Laisse-la se battre avec ses démons.

Le Guichet est une petite gare située au bout de l'avenue rebaptisée, d'après ce que dit Raoul, du nom du général Leclerc, le premier à être entré dans Paris à la tête de la 2e division blindée. Avant, elle s'appelait la Grand-Rue.

Le ciel de mars jette des éclaircies et des giboulées en même temps. Raoul tressaille. De la vapeur cotonne son nez. Un soleil pâlot jette par instants des éclats brillants comme l'acier sur le ruisseau qui borde le chemin. Charles rêve à des cabanes dans les arbres d'où il pourrait apercevoir à la tombée de la nuit des renards et des loups sortir de leur tanière. Son père nourricier marche sans dire un mot. Le froid accentue le silence.

—Pour peu qu'on les cherche, les zones d'espérance existent, lâche-t-il soudain comme s'il se parlait à lui-même.

Il tourne la tête vers l'enfant.

—Oh ! Tu m'entends Charles ? C'est à toi que je parle. J'te disais que l'existence est vivable si l'on y croit. Prends mon cas. Quand ma mère a été emportée par une embolie pulmonaire, je n'avais guère plus de 5 ans. Eh ben, j'ai fait face ! Oh, bien sûr, il n'y a pas eu de miracle ! Je n'ai pas fait de prouesses. À l'époque, ceux qui avaient le certificat d'études primaires n'étaient pas légion. Mais figure-toi que je l'ai eu, moi, mon CEP et avec les félicitations du directeur encore. Alors, tu vois que tout n'est pas joué d'avance.

Raoul s'accroupit lourdement pour venir à la hauteur du garçon.

—Tu verras, l'herbe repousse sur les terres brûlées, comme on dit. La hargne te soulèvera de terre comme elle m'a soulevé. J'ai cru en moi. Un peu dans le ciel aussi, je dois bien le reconnaître. Mon père n'était pas capable de m'élever. Alors, comme toi, j'ai fini dans un foyer. Par la suite, adolescent, j'ai cumulé les petits boulots. Je n'étais qualifié en rien et spécialisé en tout. Une sorte de *factotum*, si tu préfères.

L'enfant tique.

—Oui ! Un jour peintre en bâtiment, un autre jour manutentionnaire, une autre fois livreur… À 15 ans, j'ai eu la chance d'être embauché comme apprenti cheminot. Un bien beau métier, tu sais. Eh ben. Je me suis accroché. Je n'ai jamais baissé les bras. L'opiniâtreté, crois-moi, c'est le secret de la réussite.

Je vois Raoul balayer l'air d'un geste de la main comme s'il voulait chasser le passé.

— Évidemment, à mon âge, les souvenirs ne sont plus tout jeunes. Ils ont pris de la bouteille comme on dit. La vie du rail était dure. Surtout l'hiver quand le soleil n'avait pas encore soulevé la nuit et que le froid ne lâchait un membre que pour en saisir un autre. Tu vois, ces plaines jaunes devant toi ? Eh ben dis-toi que pendant plus de quarante ans, j'ai arpenté le ballast qui taillade ces champs ! En janvier, il faisait si froid que de la vapeur sortait de ma bouche comme si je tirais sur une cigarette. Que veux-tu, la vie est ainsi faite. Certains s'offrent une vue sur mer, moi, je me suis offert une vue sur rails.

Raoul lui montre les serpents métalliques qui cisaillent la campagne et lâche avec gravité :

— Y a des heures que l'on devrait oublier.

Je le vois sourire à Charles comme on sourit à un enfant malade. Sa pupille brille comme une pierre noire couverte de givre.

— Tu scrutes mon visage, mon garçon. Eh oui ! Que veux-tu ? C'est comme ça ! Ma peau a bu tous les soleils et le temps a accentué les parenthèses de ma bouche. Je ne suis pas riche – il retourne ses poches pour montrer qu'il n'a pas le premier sou vaillant – pourtant, je suis heureux. N'en veux pas à Émilie. Les avatars de la vie l'ont un peu cabossée. Elle n'était pas comme ça avant la mort de Vincent, notre fils. Malheureusement, pour lui le soleil s'est couché trop tôt.

Raoul revoit la petite bouche en cœur du bébé cherchant le téton d'Émilie. Il essuie la larme qui pend à ses cils.

— Elle souriait lorsqu'elle voyait couler à la commissure de ses petites lèvres roses une perle de lait…

Il chuchote tout seul sans se soucier de la présence de l'enfant. Sa voix est transparente, claire comme un ruisseau de larmes.

— Y a des heures que l'on devrait oublier, répète-t-il.

Un merle, bleu comme une ombre, coupe l'air vide. Raoul suit la trajectoire de l'oiseau jusqu'à la haie des ifs qui longent la voie ferrée.

— J'ai grandi comme eux, tu vois ! Droit et sans tuteur. Tu pousseras comme ça, toi aussi.

Charles regarde les quatre chiffres que Raoul porte sur le dos de la main. Il brûle d'envie de lui demander ce que c'est.

— Ah ! Tu t'interroges sur mon tatouage.

— Oui !

— Une bien triste histoire, mon gars…

Raoul glisse les mains de haut en bas sur son visage et regarde Charles intensément.

— Comme je viens de te le dire, je travaillais aux chemins de fer. Un jour, en 1944, j'ai été approché par des gars du maquis. Ils voulaient que je les aide à faire dérailler un train des Chleuhs. J'ai pris peur. J'ai refusé. Je ne voulais pas perdre mon travail et me retrouver au chômage. Ils m'ont traité de froussard, de lâche, d'embusqué, un tas d'injures qui ne me correspondaient pas.

Charles observe Raoul. Il serre les poings.

— Peu après, j'ai reçu une lettre anonyme dans laquelle j'étais traité de mouchard, de tripatouilleur, de parjure. Deux jours plus tard, mes vieux parents ont trouvé sous la porte une seconde lettre, plus abjecte, plus infâme encore. J'étais catalogué de mule, de cornard, de « bâton merdeux », de traître à la patrie. L'auteur de ces imprécations concluait le courrier par une menace lourde d'arrière-pensées : « Il faudra bien que tu paies ton infidélité à la France, quand la guerre sera finie. » Durant cette période charnière, tu n'as pas connu ça, tu es trop jeune, nombreux étaient les « bons Français » qui, sous prétexte de patriotisme, dénonçaient « les profiteurs » à la *Kommandantur*. Il suffisait qu'un seul élément soit réputé réel pour que l'ensemble de la calomnie passe pour vraie. Les anonymographes prenaient soin d'amalgamer des faits exacts à des actes controuvés pour donner à leur dénonciation un semblant d'authenticité. Les autorités allemandes encourageaient de leur côté la délation. C'est ainsi que j'ai eu la surprise, le jour suivant, de lire sur la liste des saboteurs de lignes de chemin de fer, épinglée sur la porte de l'église, mon nom. J'ignorais d'où venait la calomnie. Toujours est-il que la Gestapo est venue me cueillir dès le lendemain à l'aube pour un interrogatoire poussé. Elle voulait tout savoir : mon emploi du temps, mes activités, mes trajets, mes horaires d'arrivée et de départ à mon travail… Comme ils n'ont rien trouvé contre moi, j'ai été mis au secret dans un cachot. C'est là qu'on m'a tatoué le nombre 4744. Il correspond aux jour, mois et année de mon arrestation : 4 juillet 1944.

Il y avait comme un flottement dans le bleu délavé des yeux de Raoul. Celui qu'on avait connu grande gueule s'était éteint comme un ressort qui aurait cassé.

— Et vous êtes resté prisonnier longtemps ?

— Un mois seulement. Dans cette guerre totale, tout le monde surveillait tout le monde. Les préfectures prescrivaient des enquêtes après chaque dénonciation. Mon chef de chantier et deux compagnons sont venus témoigner devant les enquêteurs de ma loyauté au travail et ils se sont déclarés garant de mon honnêteté. J'ai été remis aux autorités françaises qui m'ont relâché. Je n'ai jamais su qui m'avait balancé. À la libération avait succédé l'épuration sauvage. La haine accumulée durant quatre ans se déchaînait. La présomption d'innocence, la charge de la preuve, on s'asseyait dessus. Les principes d'une justice impartiale étaient gommés, bafoués, rayés de la carte. Des résistants, souvent de « la dernière heure », s'improvisaient justiciers. Ils formaient des tribunaux clandestins et exécutaient de la manière la plus sommaire les prétendus renégats. Les victimes étaient la plupart du temps des miliciens ou des collaborateurs actifs, mais j'ai assisté aussi à de véritables lynchages. Suspicions et rancœurs suffisaient à confondre les victimes, parfois sans preuves. Je craignais pour ma vie. Je redoutais que les ragots dont j'avais été l'objet ressurgissent en pleine lumière et que les menaces qu'on avait proférées contre moi soient mises à exécution.

Raoul s'interrompt. Il revit en accéléré cette période de haine. « Mon Dieu, merci de m'avoir épargné. J'ai tant prié pour ne pas finir sur un tas d'ordures. » Charles observe le dessous des yeux du vieil homme. Ils ont pris une couleur violacée et sa voix tremblote comme si le froid s'était infiltré sous sa peau.

J'ai la sensation qu'une douce lumière chatouille l'air et que le printemps s'ouvre droit devant eux, mais Raoul donne toujours l'impression de vivre dans les courants d'air depuis qu'il a été confronté aux températures qui brûlent les bronches et engourdissent les pieds et les mains.

— Tu vois, mon garçon, assure-t-il, lorsqu'on déprime, le mieux est de ne pas penser aux atrocités de la vie mais de retourner en vacances dans les moments heureux du passé.

À leur retour, Émilie est furax. Elle n'aime pas savoir Charles hors de portée.

— Alors ? Tu te crois malin de mettre du chewing-gum dans les serrures ?

L'accusation cueille Charles à froid. Il est sonné comme un boxeur groggy sur les talons. Son visage marque l'étonnement. Ses mains sont fermées en poings. Il écarte les doigts et les replie pour faire circuler le sang. Son cœur bat dans sa poitrine. Le temps est suspendu. Il est muet. Un temps mort, un angle mort, un trou dans le temps.

Émilie s'agace.

— Oh ! Ne joue pas les ingénus avec moi, hein. On t'a vu faire !

Qui est ce « on » ? Pas Fanny, elle est son alliée. Peut-être Pierre, le fils de la famille. Un fourbe, un vicieux, un pervers. La semaine dernière, il est monté dans son appentis et s'est glissé sous ses couvertures. Il était nu et son haleine était ébréchée par l'alcool. Charles avait peur. Il n'osait pas crier. De sa grosse main, il a tenté de lui caresser le bas du ventre, puis il l'a retourné comme une crêpe et a introduit quelque chose de dur dans ses fesses. Il ne savait pas ce que c'était. Ça lui faisait mal. Il pleurait. Pierre s'en moquait. Ce n'est que lorsque Charles a hurlé de douleur qu'il s'est carapaté. Cette nuit-là, Charles n'a pas dormi, il craignait que son agresseur revienne. Au matin, il n'a rien dit. Il avait honte. Trop honte. Se plaindre ? À qui ? De toute façon, personne ne l'aurait cru. Depuis, Pierre l'évite. Il baisse les yeux ou détourne la tête quand il l'aperçoit. À table, il se tient de côté pour ne pas croiser son regard.

Ce mercredi, le directeur de l'école est venu dans la classe. Il voulait mettre les enfants en garde à la suite d'une sale histoire arrivée dans la commune. Il disait que les agressions sur les enfants étaient le plus souvent commises par des membres de la famille ou par des amis proches des parents. Il avait aussi parlé d'attouchements répréhensibles, de viol, de pédophilie... Des mots que Charles n'avait pas compris mais, à la tête du directeur, il savait que c'était grave.

Quand il a ajouté qu'il ne fallait pas hésiter à en parler aux parents ou au maître, j'ai vu Charles ouvrir grands les yeux. Il semblait prêt à tout raconter : les attouchements qu'il avait subis, le mal aussi qu'il avait ressenti, l'angoisse qui le poursuivait depuis que Pierre... Mais il n'a pas osé. Il avait trop honte de déballer tout ça à un étranger. Avant de repartir, le directeur a précisé : « Mes enfants, sachez que ce qui empêche de porter plainte, c'est avant toutes choses la violence. L'agresseur tente toujours d'instaurer un climat de peur et d'insécurité pour isoler la victime et susciter chez elle un sentiment d'impuissance. »

Pierre sait que Charles n'a personne à qui se plaindre et a misé sur le rapport de force qu'il a instauré entre lui, l'adulte, et l'enfant. Le chewing-gum dans les serrures, c'était lui. Une ruse pour exercer plus encore de pouvoir sur Charles. Aujourd'hui, du chewing-gum dans les serrures, demain, de la cire dans les robinets, après-demain, de la bougie dans la pomme de douche... Pierre ne reculerait devant rien pour parvenir à ses fins.

— Plutôt que de rêvasser, tu ferais mieux d'aller à la cave chercher du charbon, ordonne Émilie à Charles.

Le gosse jette un bref coup d'œil par la fenêtre du salon. Il fait sombre. La nuit encore jeune dispute le terrain au jour. Il doit y avoir une vieille querelle entre eux, comme celle qui oppose depuis des millénaires l'océan à la terre. Il descend les marches de trois quarts, presque de côté, regardant ses pieds, une main sur la rampe, l'autre tenant le seau. Dehors, un timide croissant de lune se mire dans la mare proche, gluante comme du mazout. La lumière est étrange, neigeuse, insolite. Les arbres sont immobiles, raides comme le marbre. Le coassement des grenouilles est suspendu. Cette absence de bruit tort l'estomac de Charles. Une image impossible brouille le réel. Ses gestes sont raides, gercés. Il a le pressentiment d'une catastrophe imminente. La lampe à pétrole qu'il tient à la main dispense une lumière chiche. La flamme vacille et éclaire tout au plus le bout de ses galoches. Il siffle pour se donner du courage et actionne la targette de la porte de la cave. Nerfs tendus, l'oreille aux aguets, il pose le seau à charbon près de lui et choisit les briquettes les plus grosses pour gagner du temps. Soudain, *bang* ! Une détonation ! Le bruit sec et brutal s'est répercuté dans son cerveau. Ses sens s'affolent. Il retient sa respiration. La porte de la cave vient de claquer. Il est pris au piège. Il pense immédiatement à Pierre qui l'a enfermé. Ce ne peut-être que lui. De l'eau ruisselle dans son dos. Il a froid. Il se rue vers la sortie. Dans son élan, il envoie valser la porte et s'affale sur le sol humide. Il lève les yeux et cherche Pierre dans l'obscurité. Personne ! Le lâche s'est carapaté.

Dehors, le vent s'est levé et mugit dans les arbres. La pluie lui fouette le visage. La nuit est pleine de fantômes. Les yeux de monstres sortis de l'étang l'épient dans la nuit. Alentour, tout est noir, lugubre, terrifiant. Il se retourne. Un faisceau de lumière venant de la cave le rassure un peu. Il hésite. Retourner sur ses pas serait une pure folie. Mais a-t-il le choix ? Il doit remplir le seau de charbon et le remonter à la garce de nourrice. Il avance et fait soudain un bond en arrière. Un bond pareil à ceux que font les chats quand ils sont surpris dans un garde-manger. Le feu ! Oui, des flammes plus hautes que lui s'en prennent déjà au gros du bois après avoir consumé les débris de paille qui jonchaient le sol. Il n'est point besoin d'être grand clerc pour imaginer ce qui s'est passé. Une rafale a claqué la porte et Charles dans sa précipitation a cassé le verre de la lampe. Le pétrole s'est répandu sur le sol et a pris feu. C'est aussi simple que ça !

Charles est paralysé. Il ne crie pas, ne hurle pas, il retient sa peur derrière les yeux. Quand il se retourne, je vois qu'il a pleuré. Le blanc de son globe oculaire est strié de filaments rouges. Ses guiboles sont aussi molles que de la pâte à pain. Le feu se bagarre. Sa langue tâte le vent. Sa queue bat les braises. Il dévore d'un seul coup de crocs la poutre soutenant la voûte. Les flammes rampent, sournoises et affamées. Un coup de gueule à droite, un coup de griffe à gauche, rien ne lui échappe. Il avale tout sur son passage. Les efforts de Charles pour ne pas hurler compriment sa respiration.

Soudain, des cris, des lamentations, des appels. Il entend le craquement des murs, le ploiement de la toiture. Il ne bouge toujours pas. Il est tétanisé. Les flammes augmentent de violence, le feu se tord, s'enroule, se répand, déferle. La chaleur le fait suffoquer, la fumée aussi. Puis, il entend des hurlements dans l'escalier.

— Au feu ! Il y a le feu dans la cave !

C'est la cohue. Tout le monde court dans tous les sens. Des seaux passent de main en main, aux sirènes se mêlent les appels et les ordres. Charles est obnubilé par les voitures des sapeurs-pompiers, par les casques qui brillent comme des torches, par les tuyaux qui se tortillent comme des serpents sous les projecteurs. Attaqué sur son flanc, le feu rendu furieux se défend. Il tient tête à l'agresseur, se ramasse, repart à l'assaut. Les fumées touillent l'air gris et poussiéreux.

Dans le vacarme tout le monde a oublié Charles. La maison est plongée dans un silence angoissant. Le garçon attrape son oreiller et le plaque sur sa tête, mais les bruits viennent de l'intérieur. Ses efforts pour les étouffer ne font que les amplifier.

Il revit la scène du feu quand la porte de son appentis s'ouvre brusquement. Une main rageuse tire d'un bloc sa couverture. Il est couché tout habillé et n'a pas pris le temps d'enlever ses galoches. Sa nourrice, maigre comme un rostre de seiche, se tient au pied du lit. La lumière blafarde du plafond cisaille sa bouche et lui donne un air mauvais. Un cyclone balaie son regard. Charles fait le mort.

— Fou ! Tu es complètement fou ! Tu sais ce que tu es ? Une crapule ! Un bandit ! Un pyromane !

Elle dessine de lui mille portraits dont aucun ne lui ressemble.

— Mettre le feu pour un seau de charbon, il faut être possédé du diable. Te rends-tu compte que tu risquais de nous faire tous griller, Raoul, Fanny, Pierre, moi ?

Émilie est hors d'elle. Elle écume de rage. Je vois de la bave suinter à la commissure des lèvres. Charles ne répond pas, ce qui accentue sa colère. Elle le saisit par le col de chemise et le secoue avec furie.

— Qu'est-ce qui t'a pris ? Parle, bon Dieu ! T'es qui ? Le fils de Lucifer ?

Raoul, près d'elle, regarde le gamin. Il est accablé. Son cœur est dur comme un poing serré.

— Je t'avais bien dit que ce gosse était un monstre, clame-t-elle à l'adresse de son mari. Te rends-tu compte ? Foutre le feu à la maison ! Il recommencera. Je suis sûre qu'il recommencera. Nous devons nous en débarrasser, et vite ! Dès demain, je téléphone à l'Assistance publique pour qu'ils viennent le reprendre. Je n'en veux plus.

Charles sait qu'il est inutile de chercher à se défendre, de dire la vérité. Émilie ne voudra jamais croire à un accident. À nouveau seul, il ouvre les vannes et pleure à grosses larmes. Je l'entends murmurer :

— Plus tard, je serai pompier…

Le lendemain, à 9 heures, une voiture noire s'arrête devant le 24 de l'avenue du Général-Leclerc. Fanny embrasse affectueusement Charles sous le regard hostile de sa mère. Bras ballants, Raoul le regarde partir dans l'air immobile. Ses yeux sont bordés de cernes violets et ses sourcils en broussaille ressemblent à des chenilles processionnaires. Il n'a pas dû beaucoup dormir.

— Cet incendie sera comme une pierre à ton cou, souffle-t-il à Charles sur le pas de la porte.

Il a prononcé ces mots sans la moindre intonation, ni colère, ni haine. Charles songe à son conseil : « Quand on déprime, le mieux est de retourner en vacances dans les moments heureux du passé… » Il revoit sur l'instant le château de L'Yvette, Nolan, ses chapardises, sa cabane, ses cigarettes…

3

Versailles. Le foyer Vauban.

La voiture s'engage sous le porche. Sur le fronton, l'enseigne « Assistance publique », gravée dans le ciment, réconforte un peu Charles, mais l'éclaircie est de courte durée. Mme Cérier, la directrice qui le reçoit, est agitée. Elle manifeste d'entrée sa mauvaise humeur.

— Alors, Baudrin ? On a encore fait des siennes ? On joue les pyromanes ?

C'est la seconde fois qu'il entend ce mot et il sourit quand bien même il ne sait pas ce qu'il veut dire.

— Ah, ça t'amuse, peste-t-elle. On verra si tu auras autant envie de rire quand tu seras en maison de correction. Ils en ont maté de plus vicieux que toi, là-bas.

Charles se tait. Il a appris à ne pas trop agiter les ailes dans les moments de crise. Des pensées confuses parasitent son cerveau : c'est quoi, une maison de correction ? Où va-t-il atterrir ? Que va-t-on faire de lui ? Ce sont ces questions que Charles se pose. Il a la trouille, une vraie trouille. Pour un peu, il ferait dans sa culotte. La peur l'agite. Il trépigne. Il veut voir sa mère, il faut qu'il lui parle, il le faut, il le faut... Il hurle jusqu'à devenir menaçant.

— Où est ma mère ? putain !

La directrice effectue un geste vague de la main.

— Je ne sais pas !

Il est fou de rage. Dans la cour, les grands disent que la vie est dure dans les maisons de correction, mais pour peu qu'on soit adopté par un clan, on peut s'en tirer sans trop de dommage.

— Fais-toi oublier ! Fonds-toi dans la masse et serre les dents, lui glisse un gars qui en revient.

La gare d'Austerlitz. Charles regarde, pensif, les wagons qui fracassent leurs tampons les uns contre les autres, les rails qui se pourchassent. Il écoute, muet, les coups de sifflet stridents du chef de gare. Escorté d'une gardienne et d'un agent de police, il monte dans un compartiment chauffé à blanc. C'est vrai qu'il fait bougrement chaud en ce mois de juillet 1949. La sueur coule le long de son cou. La laine de la chemise d'hiver qu'on lui a imposée au départ du foyer Vauban lui tient chaud, trop chaud. Sur le quai, le chef de gare siffle nerveusement. Charles demeure de longues minutes la joue collée contre la vitre à scruter les portes coulissantes qui ferment l'entrée du compartiment. Le train s'ébranle, direction Limoges. Les quais sont vides. La terre entière s'est donné le mot pour que personne n'assiste à son départ. Il a la sensation qu'une partie de lui-même s'enfuit à toutes jambes et qu'elle ne reviendra pas.

La gardienne, une brave femme qui ne doit pas avoir d'enfant, le dévisage avec bienveillance.

— T'es mignon. Qu'as-tu fait pour être envoyé à Charonne. *Zénéralement*, on n'envoie là-bas que les vauriens.

Elle a un cheveu sur la langue et parle le français avec un accent rissolé d'un zeste d'espagnol qui fait sourire Charles.

—*J'zuis* persuadée que tu n'y resteras pas très longtemps. Avec des *zieux* pareils, tu ne peux pas être un mauvais garçon.

Charles est saisi par l'âpreté du paysage. Au loin, un nuage noir absorbe la lumière du soleil et les falaises, dressées comme des remparts, dessinent des formes torturées. La campagne défile devant lui, distante, impassible, imperturbable. Puis, la lumière incendie à nouveau la cime des arbres et les plaines retrouvent leur vert tendre. Il avale le paysage en rêvassant. Il aurait aimé respirer l'odeur du foin coupé, sentir l'eau fraîche des ruisseaux sur ses pieds, écouter le bourdonnement des torrents… Mais son destin a fait un brusque pas de côté. Un chien, couleur de cuir, aboie au passage du train. Le soleil relève la couleur de son pelage. Il est presque jaune. Il aurait aimé avoir un chien. Durant le trajet, l'ombre portée de sa mère le poursuit. Il ne l'a pas oubliée, ne serait-ce que le temps d'une respiration. Elle a toujours été là comme une petite flamme infatigable.

Le gardien de la paix, assis en face de lui, coupe court à ses songes.

—Tiens ! Petit, regarde les chevaux.

Il lui montre du menton des canassons affolés qui galopent le long de la voie ferrée et tirent un voile de poussière derrière eux. Un vol de corbeaux ébouriffés par la cavalcade se disperse en gerbes dans le ciel.

À chaque station, Orléans, Blois, Tours, Poitiers, le wagon embarque des familles, d'autres enfants qui regardent à la dérobée l'agent de police et détournent les yeux. Charles a envie de leur crier son innocence, de dénoncer l'erreur, de leur dire qu'il part en vacances, que le flic à ses côtés est son oncle, la gardienne sa tante. Un petit con prétentieux, qui doit pisser assis, le dévisage. Un sourire flotte sur ses lèvres. Çui-là, il a envie de le claquer. De lui faire ravaler sa morgue. L'agent de police voit le manège. Il le retient par le bras.

—Y a des petits morveux partout. T'en verras bien d'autres où tu vas. Garde tes forces !

*

Une fourgonnette stationne devant la gare de Limoges. Le chauffeur, un gros bonhomme en débardeur noir, plutôt débonnaire, descend du véhicule, le contourne, ouvre le hayon et regarde l'enfant de la tête aux pieds.

—Tiens ! Installe-toi là, dit-il. Ce n'est pas une limousine mais, que veux-tu, l'administration n'est pas riche. La guerre nous a tout pris.

L'intérieur est effectivement rudimentaire : une simple banquette en moleskine, un bidon en aluminium tenu par une sangle et une boîte à outils. La voiture n'a pas de fenêtre. D'où il est, Charles ne peut voir qu'un minuscule coin de ciel par la petite ouverture oblongue découpée dans le haillon.

La gardienne, assise à l'avant près du chauffeur, se tourne vers lui, toujours aussi amène.

—Ça ne *zera* pas bien long, Charles, la maison n'est qu'à une dizaine de kilomètres.

Elle a dit « la maison », comme si elle désignait une villa de vacances.

Après un bon quart d'heure de cahots et de virages, la voiture s'arrête dans un crissement minéral. Impossible de savoir où il est. Elle redémarre. Charles se redresse, juste le temps d'apercevoir le haut d'une grille. La fourgonnette longe un mur hérissé de fils de fer barbelés. Quelques secousses encore et elle s'immobilise. Puis, le hayon s'ouvre. Une gardienne en blouse blanche lui ordonne de sauter. Aveuglé par le jour, il s'élance, perd l'équilibre, se tord la cheville. Il fait chaud et ça sent la poussière brûlée par le soleil. La cour, jusqu'alors déserte, se remplit peu à peu d'enfants venus on ne sait d'où. D'autres, qui sans doute refusent la chaleur étouffante du ciment, l'épient, agglutinés en grappes derrière les fenêtres, le visage collé aux vitres.

Charles observe la cour. Il tente de se repérer. Encadrée de bâtiments disposés en forme de fer à cheval, elle est fermée à l'arrière par une palissade. Le comité de réception s'est rétréci jusqu'à le toucher. Chacun veut voir la trogne du nouveau. Il baisse le nez sur son paquetage. Soudain, une voix le fait sursauter.

—Eh, mec ?

Il se retourne. L'appel est parti de la haie des têtes qui l'entourent. Il ne connaît pas la voix. Un garçon un peu plus âgé que lui se détache du groupe. Il s'approche, décontracté.

—Salut !

L'inconnu se fend la pêche devant l'air ahuri du nouveau venu.

—Eh bien, bonhomme ! Tu ne me reconnais pas ?

Charles fait non de la tête, mais une petite voix intérieure vient à son secours. Ce n'est pas la première fois que « Mam-Two », la mère qu'il a ainsi baptisé dans sa tête, se manifeste. C'est toujours dans ses moments de doute qu'elle intervient : « C'est Robin ! Tu ne te souviens pas de ton frère ? »

Charles est sidéré. Je vois à sa tête qu'il est incapable de répondre. Il est immobile comme un monument aux morts. Ce mec serait de sa famille, de son sang ? Il viendrait du même ventre que lui ? Il avait quel âge quand ils ont été séparés ? Charles a une folle envie de l'interroger sur sa mère. Il voudrait savoir si elle était jolie, comment était la maison, sa chambre... Emporté soudain par un élan irrésistible, il se jette dans les bras de Robin, oubliant son entorse. Son frère est gêné par cet assaut inattendu. Il écarte calmement Charles du bras pour le tenir à distance. Sa garde rapprochée l'observe. Ce n'est pas le moment de flancher. Avec ses 13 ans, Robin fait partie des grands. Il ne doit pas montrer de faiblesse s'il veut être respecté. Pour lui, le verbe *être heureux* ne se conjugue pas.

— Eh ben, frangin ! Qu'est-ce qui te prend ?

Les yeux de Charles sont embués, ceux de Robin sont secs, froids, impersonnels. Par un signe à peine esquissé, il lui fait comprendre que ce genre d'épanchement n'est pas de mise à Charonne.

— Je savais que tu arrivais, lance-t-il, pour changer de sujet. Tu sais comment ?

Charles fait à nouveau non de la tête.

— J'ai surpris la semaine dernière une conversation entre la mère Chabaud, la directrice, et le chauffeur qui est venu te chercher : « Faites très attention, disait-elle, ce petit voyou est dangereux. Il a mis le feu à la maison de sa famille d'accueil. »

Robin rigole. Il est fier de son frère. Il le regarde comme s'il voyait un fantôme.

— Ici, tout le monde parle de ton exploit. Foutre le feu à une baraque, c'est fortiche ! Comment t'as fait ?

Les autres garçons, eux aussi, regardent Charles comme s'il venait d'une autre planète.

Charles bombe le torse.

— C'est simple. Un soir, ma nourrice m'a obligé à aller chercher du charbon à la cave. Il faisait nuit et la garce savait qu'il n'y avait pas d'électricité. Alors, arrivé au bas de l'escalier, j'ai cassé la lampe d'un coup de pied et j'ai foutu le feu au pétrole. *Pin-pon, Pin-pon !*

Tous ouvrent grand les yeux. Charles profite de leur sidération pour en remettre une couche.

— Ça a explosé comme une bombe. *Boum !* Un souffle, un éclair et tout a grillé. Les poutres, les patates, le charbon… T'aurais vu la gueule de la nourrice. Elle avait vieilli de dix ans en une seconde.

— *Waouh !* crie le frangin ! Bienvenue au club, frérot !

Robin n'en revient pas. Faire exploser une maison pour un seau de charbon, c'est canon ! Il est ébloui par le tour de force de son frère. Charles, lui, est aux anges. D'un revers de main, il essuie discrètement la larme qui a roulé sur sa joue.

— T'as tué qui pour être ici ?

Robin part d'un rire gras qui se déploie d'une bouche à l'autre.

— Rob' n'a encore tué personne, répond quelqu'un, mais ça pourrait bien arriver à la Chabaud.

La Chabaud justement vient de convoquer Charles dans son bureau. Je la vois tourner autour de lui bizarrement. Elle l'observe, l'œil noir. Petite, ronde, tout en nerfs, les mâchoires prêtes à mordre, elle fait penser, avec son nez d'aigle à quelque rapace.

— Écoute bien ce que je vais te dire commence-t-elle, car je ne répète jamais deux fois la même chose. Tu sais pourquoi tu es ici ! La durée de ton séjour au centre

Charonne sera fonction de ta conduite. Si tu veux retrouver un jour la liberté, tu as intérêt à te tenir à carreau, sinon, tu moisiras ici jusqu'à ta majorité. Dix ans, c'est long, tu sais. Très long !

Charles est sur le point de filer quand elle le retient.

—Reste là ! Je n'ai pas fini. L'extinction des feux est à 21 heures. Les dortoirs sont bouclés jusqu'à 6 heures du matin. On ne s'évade pas de Charonne. Si tu as des rêves de cavale, sache que ce genre de sport est puni du fouet et de la douche glacée. Me suis-je bien fait comprendre ?

La directrice de Charonne en impose. Tête baissée, épaules rentrées, Charles quitte le bureau à reculons. Il est affecté au dortoir n° 5, celui des 10 à 12 ans. Robin est au n° 6. Dommage. Il aurait aimé être près de lui, le regarder dormir, écouter sa respiration. Il a peu de temps à vivre avec son frère. À 16 ans, il changera de crémerie. Il sera muté dans un établissement pénitentiaire réservé aux grands. Charles ne sait toujours pas ce qu'il a fait pour être à Charonne.

Chaque lit est flanqué d'une armoire métallique cadenassée. La sienne est proche de la porte d'entrée. Il s'approche du judas et se hisse sur la pointe des pieds.

—Pas la peine de t'faire un plan, baragouine une voix dans son dos. Tu ne risques pas de l'ouvrir, elle est blindée comme un coffre-fort.

Il se retourne. Ses yeux s'arrondissent devant le nabot qui se tient près de lui.

—Salut ! Moi, c'est Victor, mais, ici, tout le monde m'appelle « La godille ».

Charles observe sa démarche.

—Tu dois te demander ce qui m'est arrivé, hein ? Un soir, j'ai voulu m'enfuir. J'ai escaladé le mur et, en haut, j'ai essayé d'enjamber les barbelés. *Tintin !* J'ai accroché mon pantalon aux putains de fils de fer et j'suis tombé. Résultat : trois côtes fêlées, un genou en bouillie, quatre semaines de plâtre et, à la sortie, une guibole un peu dévissée.

Charles le regarde, pensif. Serait-il capable d'en faire autant ? Avec Robin, oui ! Seul, c'est moins sûr. Il jette ses vêtements en vrac dans l'armoire qui lui a été affectée et regagne la cour après s'être perdu dans d'interminables couloirs et ouvert par mégarde plusieurs placards à balais.

Le soleil a disparu derrière les bâtiments. La température est devenue acceptable bien que le béton suinte encore la fournaise de la journée. Charles cherche Robin du regard. Il est introuvable. Un de ceux qui faisaient partie du comité de réception s'approche de lui. Celui-là, il ne peut pas l'avoir oublié, il est roux comme un écureuil.

— Salut ! Moi, c'est « Poil-de-Carotte ».

Il l'aurait juré.

— T'as du pot d'avoir ton frère ici, il va pouvoir te mettre au parfum.

Au parfum ? Charles n'en a rien à foutre, du parfum. Ce qu'il veut, c'est qu'il lui parle de sa mère, de la maison. Poil-de-Carotte lui apprend que Robin fait partie des caïds. Que devant lui, personne ne moufte. Robin n'a que deux ans de plus que Charles, mais la distance entre eux est définitive.

Le rouquin est scotché par son récit sur l'incendie. Il s'efforce de sourire pour vérifier qu'il en est encore capable.

— Et ils ont tous grillé ?

Il ne sait pas de qui il parle.

— Oui ! Tous.

Cette fois, le rouquin est dans un état d'hébétude proche de la syncope. Pour lui, le nouveau est un Martien ou quelque chose comme ça. Il passe les mains sur son visage et les fait lentement glisser jusqu'à son cou.

— Tous morts ?

— Non, mais bien cramés. Surtout la salope de nourrice.

Le rouquin le fixe, impressionné. Charles de son côté se demande ce qui lui prend d'affabuler de cette façon. D'être aussi con. Peut-être l'envie de ressembler à Robin, d'être lui aussi un caïd. En a-t-il la carrure ? Pas sûr !

Un petit curieux s'approche d'eux. Il veut savoir ce que Poil-de-Carotte et lui traficotent en douce.

— Salut !

Il lui tend la main.

— Damien.

Le garçon a tout juste 14 ans mais son visage paraît anormalement vieux. Les petites rides au coin de ses yeux font penser à des plis de souffrance. On pourrait presque les compter.

— C'est toi l'incendiaire ? demande-t-il à Charles.

— Ouais ! Pourquoi ?

— Ton frangin nous a raconté.

Il l'attrape par l'épaule et l'entraîne vers la palissade au fond de la cour pour lui montrer entre deux planches disjointes un terrain en friche.

— Là-bas, dans les tilleuls, y a une cabane.

Charles la cherche désespérément des yeux.

— Tu ne peux pas la voir, espèce de bille. Elle est planquée par les branches. Quand t'es d'dans, personne ne peut t'voir. Tu peux tout faire. Fumer, boire, bouffer ce que t'as piqué aux cuisines, sans compter…

D'autres pensionnaires se sont mêlés à eux. Deux des plus avertis, un grand tout en os et un mulâtre, se marrent comme des baleines.

— Sans compter quoi ?

— Les photos des nanas dans les journaux cochons, bonne pomme, répond le mulâtre.

Les pin-up qu'ils décrivent en gros et en pointillé ne l'intéressent pas vraiment, mais il doit jouer les avertis. Un grand gaillard sort de sa poche la page écornée d'un magazine. Les yeux de Charles roulent comme des billes devant les cuisses et les seins nus de la star qui pose allongée sur un canapé.

— Tu ne trouves pas qu'elle a une bouche à faire des choses ?

Quelles choses ? Charles n'en sait rien. Il a un air benêt. Tous rigolent de sa niaiserie. Ils l'invitent à jouer aux osselets avec des cailloux. Damien est fortiche. Il est capable de faire des balayettes de plus de 50 centimètres. Au jeu de la pierre lancée, c'est la même chose. C'est toujours lui qui est lc plus proche de la ligne. Pareil pour la pichenette, le couteau se plante toujours côté pointe.

À l'heure du dîner, les gardiennes alignent les pensionnaires en rangs serrés.

— Je ne veux pas entendre une mouche voler, rugit la Chabaud depuis le perron.

Le cortège s'ébranle. Ils doivent marcher au pas cadencé et chanter l'hymne de Charonne.

Trois cents blessés, du sang sur la figure,
La guerre est déclarée, c'est pas du sang,
C'est de la confiture d'un restant de goûter...

Deux gardiennes, au centre de la cour, la branche de bouleau à la main, surveillent le défilé, prêtes à cingler les mollets des récalcitrants.

Charles retrouve la soupe aux choux et les saucisses aux pois cassés. Le gâteau de riz à la vanille lui cale un peu l'estomac. C'est mieux que les rutabagas ou la cuiller d'huile de foie de morue qu'on lui faisait ingurgiter chaque matin au château de L'Yvette sous prétexte qu'il était chétif.

Son voisin de lit, Michel Léri, a été privé de réfectoire. La veille, il a tenté de se suicider en montant sur les toits. Je ne suis pas sûr qu'il ait vraiment voulu se dézinguer. Peut-être n'était-ce qu'un appel au secours dans un moment de déprime ? Une assistante sociale est venue le voir. Il a refusé de lui parler. Elle a dit qu'il était caractériel. Un mot qu'il n'avait pas compris.

Aujourd'hui, il est prostré, la tête dans les mains. Quand Charles lui parle, il entrouvre à peine les yeux.

— Demain, je vais déguster, finit-il par lâcher. La douche glacée, c'n'est rien à côté de ce que me réserve « la Chameau ».

Charles s'apprête à l'interroger quand les lumières s'éteignent d'un coup. Le dortoir est plongé dans le noir. Pour qui ignore l'origine de la panne, le monde entier est entré dans la nuit et les gosses sont emmurés dans un cachot. Non ! Dans une chambre froide. L'atmosphère est confite dans le silence. L'enfermement est malodorant. Les enfants respirent leurs haleines en vase clos. Une défiance générale s'est emparée d'eux. Chacun surveille l'autre. Le noir est propice aux chapardages et aux mauvais coups. Des pas résonnent, puis le cliquetis caractéristique d'une clé dans la serrure.

—Ce n'est rien ! prévient la Chabaud, une torche à la main. Le vent a cassé les câbles électriques. Le transformateur est *kaput* ! Demain, vous vous laverez à l'eau froide, ça vous réveillera.

La directrice partie, je vois des ombres surgir des lits et glisser sur le sol. C'est à celui qui fera la meilleure farce ou la pire vacherie : le petit doigt dans un verre d'eau froide pour donner envie de pisser ; l'oreiller écrasé sur la tête ; les draps arrachés d'un coup sec des lits de ceux qui se touchent... Charles est sur la défensive. Il s'attend à un coup fourré.

Au matin, « la Chameau », comme l'appellent les pensionnaires, arrive, flanquée de deux autres gardiennes. Elle réveille le dortoir à grands coups de sifflet. Parvenue devant le lit de Michel Léri, elle l'extirpe de sa couche, ôte son matelas, le déshabille et l'attache à même les ressorts métalliques du sommier avec des lanières de cuir. Toute couleur a déserté le visage du garçon et ses yeux affolés roulent et scannent les environs. Il ne se défend pas. Il sait que toute révolte aggraverait la sanction.

La mère Chabaud insiste pour que nous assistions au châtiment. Elle veut que tous soient témoins de son travail de sape.

—Regardez ce qui attend ceux qui tentent de nous fausser compagnie.

Elle retrousse ses manches lentement, comme si le geste était une liturgie, se saisit d'une branche de bouleau et frappe, frappe, frappe encore... plus fort. Le corps de Michel Léri se contorsionne, se disloque, se tétanise. Des marques, profondes comme des scarifications, violettes comme des brûlures, marbrent sa poitrine, ses jambes, ses bras. Il pleure. Il a du mal à respirer.

Je suis anéanti. C'est affreux, intolérable, sadique. Je hais cette furie et ses « han » hystériques. Ma colère est braquée sur cette bourreuse de coups. Un jour, elle devra payer !

*

Voilà deux ans que Charles est à Charonne. J'ai la sensation qu'il en connaît chaque recoin, qu'il en a adopté les codes, les horaires, le vocabulaire. Lui qui hier encore craignait le silence, les fantômes, les voleurs d'enfants… n'a plus peur de rien. Il a trouvé sa place. La pièce du puzzle est entrée de force dans le jeu. Le jeudi est jour de riz au lait. Les grands en profitent pour aller zieuter les filles du bâtiment d'en face depuis la fenêtre du grenier. Ils ont dégoté une paire de jumelles et la louent contre une cigarette. Charles a appris à fumer. À défaut de tabac, il confectionne de grosses cibiches avec des feuilles de tilleul séchées qu'il roule dans du papier journal. Elles s'enflamment à chaque bouffée, mais qu'importe ! Il est un homme derrière le mur des toilettes…

Il ne voit guère Robin, trop occupé à faire régner l'ordre dans son clan miné par les rivalités. Et puis, il n'a pas le temps de torcher les mômes a dit l'un de ses lieutenants. La semaine dernière, il lui a foutu une raclée parce qu'il avait eu tort de l'appeler au secours lors d'une bagarre. Il lui a asséné un coup de boule dans le nez à ébranler un bœuf. Une autre fois, il l'a pris pour cible avec son lance-pierres et lui a planté un clou dans la nuque. C'est vrai, je le sais il a encore la marque. Il est comme ça, Robin. Tout d'une pièce.

Parfois, au contraire, il se montre plus conciliant avec son jeune frère. Ce soir, par exemple, il l'a invité à partager un secret. Un truc que personne n'a le droit de savoir.

— T'en parles pas, hein ! Juré ?

— Croix de bois, croix de fer !

— Viens !

Je vois Charles le talonner comme un petit bonhomme à ressorts. Arrivé au cinquième étage, Robin décroche l'escabeau mural, le déplie, monte jusqu'à la trappe d'accès aux combles et disparaît. Son frère le suit, à demi rassuré. Là-haut, l'atmosphère est bleue et douce, mais l'odeur de renfermé est palpable. L'endroit sent l'humidité. Ils prennent soin de marcher sur les poutres pour ne pas passer à travers le plafond. Charles frissonne de trouille. Le bois craque sous leurs pieds comme les cordes d'une vieille guitare désaccordée. Robin et lui échangent des hochements de tête à peine perceptibles. Soudain, Robin s'arrête. Un bruit ! Il attend que le craquement dévoile son origine pour continuer à avancer. Un rat ? Un ploiement de poutre ? Il est tendu.

J'imagine combien le lieu leur paraîtrait inoffensif dans la lumière du jour.

Ils sont à l'angle du pignon, quand un bruissement de soie froissée suivi d'un éclat argenté passe entre eux. Robin tourne la tête à se dévisser le cou.

— N'bouge pas !

Charles obéit comme un âne bridé mais doit fournir un effort pour retrouver sa respiration. Son frère ne peut pas voir dans l'obscurité les virgules mauves sous ses yeux. Ce bruit était celui d'une hirondelle. Elle venait de se poser dans le nid construit à l'extrémité du chevron, quant à leur approche l'oiseau s'était envolé dans un trissement aigu semblable à une bordée d'injures. Son cri avait fait passer de l'électricité dans le sang de Charles.

— Viens. Approche, chuchote Robin un doigt en travers de la bouche. Il doit y avoir des petits.

Charles s'accroupit.

—Regarde ! Ils n'ont pas encore de plumes. Ne les touche pas, sinon la mère les abandonnera.

Charles se demande si quelqu'un l'a touché à sa naissance.

*

Ce soir, c'est Noël. Les gosses ont droit à une soirée cinéma. Une équipe venue de l'extérieur projette *La Bataille du rail* sur le mur blanc du réfectoire. Un film sur la Résistance et le sabotage des lignes de chemins de fer. La guerre est encore dans tous les esprits, surtout à cause des rationnements. Charles a souffert d'un manque de lait et il a des caries grosses comme des cavernes. Le nerf est à vif. Il s'en est plaint à la Chameau, mais le dentiste ne vient qu'une fois par an. Alors ? Alors, quand il souffre trop, il fourre un grain de tabac dans le trou de sa dent. Ça l'insensibilise et l'aide à dormir.

La Chameau prend la parole à la fin de la projection.

—Prenez-en de la graine, vous tous ! Voilà ce que sont capables de faire les hommes quand ils ont à cœur de sauver la patrie. Aujourd'hui, la guerre est finie mais rien ne dit qu'il n'y en a pas une autre devant nous. Si ça arrive, j'espère que vous saurez vous montrer à la hauteur des anciens.

Pour célébrer Noël à leur manière, les pensionnaires ont garni l'un des tilleuls de guirlandes. Du papier volé aux toilettes. C'est beau ! On dirait un arbre magique. Sur les lits, ils ont trouvé une orange. Il paraît que c'est le cadeau de Jésus.

À Charonne, c'est du chacun pour soi. Les rivalités entre clans ébouillantent les nerfs et échauffent les esprits. Les règlements de comptes ont lieu la nuit, sans témoin, quand les dortoirs sont bouclés. Cette nuit, par exemple, deux gars ont été tabassés. Ils avaient cafté et ici on n'aime pas les cafards. Ils se sont retrouvés à poil, la queue pleine de moutarde. Un autre qui s'est plaint à la Chameau qu'on lui a volé un cahier a été enduit d'encre. Ceux qui ronflent, râlent ou crient, sont jetés hors de leur lit. La vie est rude, mais on s'y fait.

Début septembre coïncide avec la reprise des cours. Charles travaille comme un forcené. Il révise ses leçons pendant la récré, derrière la palissade ou aux toilettes. C'est un obsédé de la performance. Ceux qui sont agacés par son zèle le traitent de « lèche-culs ». Hier, trois vicieux l'ont alpagué à la sortie du réfectoire et l'ont conduit aux cuisines. Là, ils ont maintenu son poignet sur la plaque brûlante du four. Les cuistots n'ont pas pipé. Ils n'ont pas esquissé le moindre geste pour le défendre. Il faut dire que les sévices, ils en ont l'habitude. Charles a eu beau gueuler comme un putois, personne n'est venu à son secours. Pas même les gardiennes, qui ont prétendu n'avoir rien entendu. Robin, lui, n'a pas cherché à savoir qui l'avait torturé. Maintenant, quand il est triste, Charles regarde sa brûlure, luisante et violette. Il est marqué au fer rouge. Il a le sceau indélébile de Charonne.

« La Godille » lui serine chaque soir ses rêves de fugue. Il dit qu'il s'est fabriqué un autre corps en pensée pour passer les obstacles qu'il ne peut plus franchir. Sans s'en rendre compte, il alimente petit à petit les rêves d'évasion de Charles.

4

Le soir venu, les gardiennes de Charonne se livrent à leur sport favori : recenser les clous absents sous les semelles des galoches des gosses. Elles savent qu'ils en perdent souvent lors de leurs glissades sur le ciment et ça les excite de voir les chercher jusqu'à la tombée de la nuit.

À cette heure, le soleil est bas. Les derniers rayons filtrent à travers les nuages et frappent le pied du réverbère situé au centre de la cour qui brille d'un éclat jaune. Des cumulus gros comme de la barbe à papa chapeautent les bâtiments. Ça n'augure rien de bon.

C'est au tour de Charles de montrer ses semelles. Il y manque deux clous. La mère Chabaud, boudinée dans une robe qui devrait supporter dix kilos de moins, le fixe avec un petit air sadique. Elle pointe la cour du doigt. Charles a compris. Il va devoir ratisser le macadam sous la menace du fouet. Tâche impossible, impensable ! À Charonne, les petits bouts de métal à la tête ronde se négocient à prix d'or. Le malheur des uns fait le bonheur des autres. Il arpente la cour sans la moindre illusion. La pluie qu'il redoutait a fui, mais la nuit s'est installée, noire, lugubre. Le faisceau du réverbère dessine maintenant sur le sol une pale auréole. Charles s'assied à même le ciment pour rassembler ses idées. La directrice qui l'observe depuis son bureau ouvre la fenêtre.

—Eh bien, Baudrin ! Déjà fatigué ? Ne crois surtout pas que je vais céder. Tu y passeras la nuit s'il le faut mais tu ne rentreras que lorsque tu auras retrouvé tes clous manquants.

Elle éteint la lumière. Charles est désormais seul dans le noir. Au cours de l'après-midi, il est resté longtemps assis sur les marches du perron, la tête sur les genoux. Il se remémorait son dernier rêve. Sa mère courait vers lui, mais au moment de l'étreindre, elle se désagrégeait en poussières d'or. À quoi bon vivre dans l'ombre de celle qui s'est enfuie ? Comment devient-on cinglé ? s'est-il demandé. Est-ce une fissure qui s'agrandit insidieusement au fil des jours ou un abîme qui s'ouvre d'un coup sec ? Finalement, il s'est levé, ayant compris que l'on pouvait tout aussi bien devenir fou en restant trop longtemps assis sur la même marche.

La lune vogue haut dans le corridor des nuages poussés par le vent et sa lumière blême teint tout d'une tonalité livide. Charles a toute la nuit devant lui. Pour trouver ses clous ? Non ! pour mettre à profit l'obscurité. Pour fuir. C'est maintenant, maintenant ou jamais. L'occasion est trop belle pour être ratée. Il doit s'évader, même si cette fugue n'a pas été vraiment préparée. Depuis les velléités d'évasion que « la Godille » lui a mises en tête, Charles a toujours dans la poche quelques allumettes, un canif et un morceau de ficelle. Il pose la lampe que la Chabaud lui a fixée sur le dos, le faisceau de lumière dirigé en direction de la fenêtre de son bureau. Puis il se dirige en sautillant vers le fond de la cour. Les toilettes qu'il longe exhalent des odeurs d'urine et de sueur. La palissade est proche. Il fait basculer deux des planches qui donnent sur le terrain vague. Elles crissent et le bruit lui fait passer une décharge électrique dans le sang. Il se retourne pour s'assurer que personne ne l'a suivi. Le mur d'enceinte est à portée de mains. Au moment de le franchir, une appréhension le saisit. Il n'appartient à personne. S'il se tuait, s'il mourait à deux pas de la liberté, personne ne viendrait réclamer sa dépouille. Il pourrirait comme un chat crevé dans un caniveau. Voilà à quoi il songe, Charles, au moment d'enjamber le mur. « Un chat dans un caniveau. » Sa confiance se lézarde. Son ventre fait de curieux gargouillis. Plus il réfléchit, plus il se rend compte de sa folie. Jusqu'ici il a fait avec ce qu'il avait reçu à sa naissance, c'est-à-dire pas grand-chose. Aujourd'hui il doit aller plus loin, se rendre à Versailles, dénoncer les sévices de Charonne, faire payer à la Chameau son hystérie. Il n'a pas le mental d'un athlète, mais il doit aller au bout. Jusqu'au bout. Rien ne doit l'arrêter. Il a une mission à remplir. Cette idée le grandit, le galvanise.

Il s'assied au pied du mur. Il y a combien de kilomètres de Limoges à Versailles ? Il imagine que c'est loin, très loin. Il songe à la distance qu'il va devoir parcourir à pied. Faire du stop serait une folie. Un gamin de 12 ans seul sur la route, la nuit tombée, impensable… Le courage se dilue dans ses veines à la vitesse de la glace qui fond au soleil. Il craint la nuit, le noir, les bêtes, la police, les gendarmes… « Avec la peur, tout devient possible », lui a dit un jour Robin. Aurait-il le cran d'enjamber le mur, lui ? Il l'ignore. Ce défi à distance lui donne des ailes. Il repart à tâtons. Le plus dur est de franchir les barbelés. Victor, lors de son dernier exploit, a dessoudé deux rangées de fils. Il faut qu'il se souvienne de leur emplacement : « le montant de gauche, celui qui fait l'angle, puis deux pas à droite... », il a dit quelque chose comme ça !

Il retire une galoche, fourre sa main à l'intérieur pour faire pression sur les barbelés. Les fils résistent un moment puis cèdent dans un grincement sinistre qui lui donne la chair de poule. Il enjambe prudemment les piquants et se faufile à tâtons le long du mur. Au bout, le talus paraît plus haut. Il avance, se tient aux entre-crocs du barbelé. En voulant éviter les pointes, il bascule et accroche le bas de sa culotte. L'ourlet bâille. Avec son pull rapiécé et ses galoches à semelle de bois, il risque vite d'être repéré.

En bas, une masse sombre. Il se laisse glisser, se pend par les mains et compte : un, deux, trois... Trois un quart, trois et demi... Il lâche tout. Le choc est brutal, rude. Sa plongée dans la nuit l'a sonné. Il reste quelques secondes sans bouger à tâter ses abattis. *A priori*, rien de cassé. Où va-t-il dormir ? Trouver à manger ? Pourquoi avoir pris un tel risque ? À Versailles, personne ne le croira. Trop tard pour reculer. Il est confronté à l'existence. C'est quoi, l'existence ?

La lune éborgnée par la cime des arbres vient de faire son apparition. Dans un instant, c'est un projecteur qui sera braqué sur le fuyard qu'il est devenu. Il fonce, dos courbé, en direction de zones d'ombre. Une sensation poisseuse lui colle aux mains. Sa respiration est courte. Il halète comme un plongeur qui aurait oublié les paliers de décompression. Son souffle en rafales peut s'entendre à des kilomètres. J'exagère un peu, mais c'est vrai qu'il respire comme un phoque. Pas très loin, des maisons éclairées trouent la nuit. Il hésite. Ce serait un suicide de s'y rendre, Charonne est trop proche. Il doit continuer, courir, gagner de la distance, du temps. Marcher, marcher encore, marcher jusqu'à épuisement, jusqu'au matin. Il ne sait pas ce qu'il fuit, la solitude, la souffrance, les coups, les douches glacées, la Chabaud ? Il est parti sur un coup de tête, sans même un message à Robin. Il doit fuir le monde, se cacher, se terrer.

Au bout d'une heure de marche, il est exténué. Sa salive est acide. Il doit faire une halte. L'obscurité de la forêt tranche avec la clarté que la lune répand sur les champs. Au loin, des falaises coulent du ciel dans un décor fantasmagorique. Il a froid, tressaille au moindre bruit, au plus petit froissement de feuille. *Maman me prenait-elle dans les bras quand je craignais le noir ?* La vue d'une mare, couleur de jais, le fait frémir. Elle doit abriter des monstres marins. Il avance jusqu'à une cahute en bordure du chemin. Elle semble abandonnée. Peut-être un ancien abri de bûcherons. Il pousse la porte mangée par les ronces. Le couinement des charnières le fait grincer des dents. Il fait encore plus noir que sous les arbres. Il gratte une allumette. La flammèche bleue s'éteint aussitôt. Nouvelle allumette. Cette fois, elle se casse entre ses doigts.

J'ai l'impression en le voyant faire qu'un esprit malin, semblable à Human Fly dans la BD *Showcase*, s'ingénie à lui faire peur. La flamme de la troisième allumette vacille un instant, puis livre l'intérieur de l'abri : du bois tendu, une litière de feuilles sèches et un vieux sac de jute pendu à un crochet. Quelqu'un a dormi ici. Il hésite encore. Finalement, fatigué, il décide d'attendre le jour dans la cabane. À Charonne, les recherches ne commenceront pas avant l'aube et il a au moins cinq kilomètres d'avance sur la Chabaud. Il s'allonge et s'endort aussitôt.

Sa nuit est peuplée de cauchemars. Des monstres aux énormes tentacules sortent de la mare et le tirent par les pieds ; la mère Chabaud, déguisée en policier, matraque à la main, lui ordonne de se lever ; Aaron Rozenbaum est suspendu dans le vide…

Au matin, le bruit d'un moteur le tire de son sommeil. Des rais de lumière filtrent par les interstices des planches. Il doit faire grand jour. Nerfs tendus, il ouvre doucement la porte. Il hallucine, croit à un mauvais songe. L'image, d'abord floue, devient, au fur et à mesure qu'il écarquille les yeux, de plus en plus nette. À quelques mètres de lui un tracteur souffreteux tire à l'arrachée une bille de bois plus grosse que lui. Le chauffeur, casquette sur l'oreille et cigarette au bec, suit les mouvements chaotiques de l'engin comme s'il faisait partie intégrante de la machine. On jurerait un bousier en train de rouler une énorme boulette.

— Holà ! Pardiou ! crie le bonhomme qui vient d'apercevoir le gamin. Où qu'c'est-y qu'tu vas d'si bon matin, p'tit gars ?

Charles ne répond pas. Il plonge la tête la première dans les fougères. Sa fuite ne semble pas avoir ému le bûcheron qui poursuit sa tâche comme si de rien n'était. Charles attend qu'il se soit éloigné pour repartir. Il faut qu'il trouve au plus vite la nationale et ses poteaux indicateurs pour s'orienter. La clairière qu'il traverse est baignée de rosée. Le soleil a fait fondre les ombres malfaisantes de la nuit. Le silence l'enveloppe. Le temps est suspendu. Pas un chant d'oiseau, pas un craquement de bois. Le vent traverse le feuillage des arbres sans s'y arrêter. Il avance, les ronciers se défendent hardiment, lui griffent jambes et mains. Il glisse deux fois dans une ornière. Son genou saignotte. Il le lave à un filet d'eau coulant de la roche. Il s'apprête à en boire quand il retient son geste. « Stop ! Cette source est infectée. » Une forte odeur de soufre monte effectivement du sol. Mam-Two l'a alerté à temps.

La forêt est plus profonde qu'il ne l'imaginait. Sa route est hachée par les fourrés qui rythment sa fuite. La percée qu'il vient de découvrir donne sur un chemin bordé de châtaigniers. Le soleil fait miroiter la cloche de l'église du village proche. Une rafale d'aiguilles dorées piquette le ciel. Il cligne des yeux. Au loin, les champs ondulent. On dirait une mer qui se brise sous le friselis du vent. Les coquelicots disputent leur suprématie aux blés. Charles emprunte le sentier qui mène au bourg. Il franchit un petit pont en bois et observe, méfiant, les alentours : la mairie et son balcon fleuri de géraniums, le clocher de l'église, la place principale du village, le panneau de l'école... il ralentit l'allure. Il est midi. Tout est calme. Le village a quelque chose d'artificiel. Il fait penser à un décor de cinéma. Charles s'attend à voir apparaître à tout moment une bande de hors-la-loi et à entendre des coups de feu. Il marque un temps d'arrêt. Pour lui, les gendarmes sont déjà en action. La direction de Charonne a dû diffuser son signalement : « Visage ovale, cheveux blonds, yeux tirant sur le vert, 12 ans, 1 mètre 45 environ, culotte bleue, pull-over jaune, galoches marron. » Le dispositif de recherche a dû monter en puissance et son profil adressé par télégramme aux polices locales, à la gendarmerie, aux transports en commun, aux taxis, aux médias. Que faire ? Retourner dans la forêt et attendre ? Attendre qui ? Attendre quoi ? Non, il s'est juré d'aller jusqu'à Versailles et il ira ! Il a faim et ce ne sont pas les quelques mûres qu'il a glanées çà et là qui ont calmé sa fringale. La *Godille* l'a mis en garde. « Ne mange pas trop de fruits, ça rend malade et tu risques d'avoir la chiasse. Pour tenir le coup, mange des œufs et bois du lait. »

L'œil aux aguets, Charles rase les maisons. Personne ne prête attention à lui. La place du marché avec ses gros platanes le rassurerait presque. Il dévore des yeux les jambons et saucissons pendus à la poutre d'une charcuterie. Il voudrait pouvoir tirer dessus comme on tire sur la queue du chat aux manèges. Il se prend à regretter les saucisses et les pois cassés de Charonne, quand il aperçoit près d'une porte cochère un caisson rempli de bouteilles de lait. Personne ne semble l'épier. Il avance à pas de loup et, arrivé sur place, tente d'extirper une bouteille du casier. Elle résiste. Il insiste, tire de toutes ses forces. Des cris le figent sur place.

— Au voleur ! Au voleur ! Attrapez-le !

Un vieil homme, qu'il n'a pas vu venir, fond sur lui, la cane haut levée.

— Espèce de petit saligaud ! Tu ne vas pas t'en tirer à si bon compte.

Charles détale comme un lapin. La peur décuple ses forces, lui donne des ailes. Le vieux n'est pas de taille à lutter. Il perd du terrain. Il n'a plus l'âge de courir un marathon.

À la sortie du village personne ne barre la route au fuyard. Les gendarmes n'ont pas eu le temps d'intervenir. Charles ouvre la bouteille. Elle mousse comme de la bière trop secouée. Il engloutit le lait d'un trait. Poussée du pied comme un ballon, la bouteille vide l'accompagne encore quelques mètres. Le premier panneau indicateur qu'il voit indique : Poitiers 200 km. Il craint que ses jambes ne tiennent pas le coup. Elles sont déjà toutes gonflées et il n'a parcouru que quelques dizaines de kilomètres.

La nuit, il cohabite avec les renards et leur dispute les poulaillers les moins bien protégés. Souvent, les poules surprises et affolées déclenchent un chambard qui ameute les chiens et éclaire les fenêtres. C'est la fuite éperdue dans le noir.

Aujourd'hui, Charles a trouvé deux œufs dans un champ près d'une ferme. Il les a gobés avec une paille. Le lait, qu'il boit directement au pis des vaches, le nourrit. Elles sont dociles et se laissent faire comme si elles comprenaient son désarroi. Parfois, il s'éclabousse la figure en manipulant les mamelles et il rit tout seul. Les fruits, oignons et carottes qu'il déterre ainsi que les déchets des marchés suffisent à caler sa faim. En revanche, les nuits ne sont pas sûres. Les vrais abris sont rares. Une ruine ou un pan de mur encore dressé lui sert d'asile. Il a fini par s'habituer aux hululements des rapaces, aux souris et aux rats qui brassent les feuilles. Il attend dans les ténèbres les matins qui éclairent le monde. Voilà plus d'un mois qu'il est parti. Ses galoches n'ont plus de semelle. Il a enveloppé ses pieds, rongés d'ampoules, dans des morceaux de tissu arrachés à un épouvantail. Le soir, assis sur un cul de bois, il ôte ses bandages et baigne ses blessures au hasard des cours d'eau qu'il croise. Parfois, il a la chance d'apercevoir des gardons au ventre blanc qui flirtent avec le soleil couchant.

Versailles est encore à plus de trois cents kilomètres. Il n'en peut plus. Seuls la gueule crispée de la Chameau et ses « han » hystériques le font tenir. Ses bandages s'effilochent. Il boitille, traîne la patte, se déhanche. Il évite les chemins creux, les cailloux pointus. L'itinéraire qu'il emprunte l'oblige à traverser deux fois la route nationale. La visibilité est nulle. Soudain, un cri strident. *Aïe !* Il vient de marcher sur le couvercle d'une boîte de conserve. Son pied saigne abondamment. Il éponge la plaie avec ses chiffons sales. La blessure est profonde, boursoufflée. Des morsures de fer porté au rouge courent dans sa cuisse. Il serre les dents, ramasse un bout de bois et le mord fermement. Il pense au western où Jack Palance mordait dans un bâton pendant qu'on lui extrayait une balle de l'épaule.

Je ne pensais pas que l'aventure de Charles prendrait une fin aussi inattendue, aussi tragique. Il ne lui reste plus qu'à rentrer au bercail et à s'en remettre au châtiment de la Chabaud.

*

Charles regarde sa plaie. Elle a viré au violet. Malgré la douleur, il repart clopin-clopant en direction de la nationale. Il doit faire du stop, s'il veut aller au bout de son dessein. Il n'a guère plus le choix. La crainte d'être entravé sur un sommier métallique et fouetté comme un chien lui redonne du courage. Il doit repousser ses limites, chevaucher les frontières, emprunter les interdits. Son évasion ne peut pas s'arrêter là ! C'est ce qu'il se dit en sautillant sur un pied.

L'attente n'est pas longue. Au second signe de la main, un camion bloque ses freins dans un nuage de poussière et s'immobilise sur le bas-côté.

—Qu'est-ce qui t'arrive, p'tit gars ? demande le chauffeur routier, tu boites comme un canard à qui il manque une patte.

André Boneffois, le « gros Dédé », comme l'ont baptisé ses copains de route, à cause de son ventre rebondi, est chauffeur-livreur. Il parcourt les routes depuis près de trente ans. Son camion frigorifique sillonne la France tous les jours de la semaine, y compris le dimanche. Aujourd'hui, il doit livrer Rungis. Il aide Charles à monter dans la cabine, tout en se demandant ce peut bien faire ce môme, seul, et si tôt, sur la nationale.

Une forte odeur empeste la cabine. Charles retrousse le nez.

— Les melons ! fait le chauffeur, tournant la tête vers l'arrière du véhicule.

Charles n'entend que le vrombissement du moteur et le craquement des vitesses.

— Tu n'es pas obligé de me répondre, dit soudain le bonhomme pour combler le vide.

Charles tourne la tête vers lui. Sa bedaine, la manière qu'il a de mâchouiller son vieux mégot éteint, son regard bleu lui donnent confiance. Il lui raconte son évasion de la maison de correction, les sévices que l'on endure, là-bas, à Charonne. Le chauffeur ne répond pas. Il garde l'œil vissé sur la route et écoute. Il sait que le gamin dit la vérité.

— Et tes parents, dans tout ça ?

— J'n'en ai pas. Plus !

Sur le coup, le gros Dédé ne moufte pas. Ses yeux ont seulement glissé sur le gamin, avant de revenir sur la route.

— Tu veux dire qu'ils sont morts pendant la guerre ?

Charles baisse le nez sur le sang qui salit lc plancher de la cabine.

— Pardon m'sieur.

Le chauffeur ne prête pas attention.

— Tu vis où ?

— Dans la forêt !

— Comment ça, dans la forêt ?

— Oui ! dans la forêt, avec les renards.

— Attends ! Attends ! Y a quelque chose que je ne pige pas. Tu viens de dire que tu t'es évadé de Limoges.

C'est bien ça, non ? Limoges est à plus de 500 kilomètres d'ici. T'as fait ça comment ? En stop ?

—Non, à pied.

Le gros Dédé est médusé. Il se racle la gorge pour donner du temps au temps.

—Bon ! La première chose à faire, c'est de soigner ton pied, si tu ne veux pas qu'on t'le coupe.

Il sourit et lui donne une petite tape amicale sur l'épaule.

—T'inquiète pas ! La patronne n'est pas très accueillante mais au fond, c'est une brave femme. Elle a perdu un fils. Il venait juste d'avoir 20 ans. C'est dur ! Surtout quand c'est dans des conditions tragiques.

Dédé renifle, s'essuie les yeux, et poursuit comme pour lui-même.

—La police… une course folle sur les toits… la chute ! Ma pauvre femme ne s'en est jamais remise. C'est elle qui a découvert le corps de notre fils sur le bitume.

La Renée est campée sur le pas de la porte, les mains sur les hanches. Elle a reconnu le bruit de la semi-remorque.

—T'es en avance !

Elle entrevoit dans le reflet du pare-brise un gamin.

—Et ce drôle, qui c'est ? Où qu'c'est-y que tu l'as déniché ?

Son mari lui raconte l'endroit où il a découvert Charles, sa fugue, sa marche forcée depuis Limoges… Charonne, les atrocités, son pied blessé…

—Hum-hum ! C'est bien beau de m'ramener ce saltimbanque, mais j'vais en faire quoi, moi ? C'est pas l'armée du Salut, ici !

Cette fois, Dédé élève le ton.

— Bon ! On verra ça plus tard ! Pour l'heure, tu lui donnes à manger et tu soignes son pied. Je serai de retour dans trois heures.

— Tu ne crois pas qu'il faudrait appeler les gendarmes ?

Charles, qui a tout entendu, s'affole. Il descend de la cabine et tente de fuir, tirant la jambe comme un oiseau blessé. Dédé le rattrape.

— T'en fais pas, fiston, elle est pas bien méchante la Renée. Elle ne fera rien sans mon avis et les flics, crois-moi, ce ne sont pas mes copains.

Dos voûté, le gros Dédé se dirige vers son 20 tonnes et démarre, faisant craquer les vitesses.

Avec des gestes gourds, Renée retire les pansements du gosse. Elle pâlit en découvrant la blessure. Les bords sont ourlés et rouges comme une bouche trop maquillée. Elle plonge le pied du gamin dans une bassine d'eau tiède additionnée d'un soupçon d'eau de Javel et lui conseille de le laisser tremper pendant qu'elle appelle le docteur. Puis elle lui demande, sans se retourner, s'il a été vacciné contre le tétanos.

Il n'en sait rien.

— T'inquiète pas ! Le docteur va te faire une piqûre.

Comme il esquisse un geste de recul, elle le rassure.

— C'est un brave homme. Il est très doux.

Renée a disparu dans l'autre pièce. Charles l'entend parler au téléphone, un déclic et elle a raccroché. L'œil plissé, elle s'assied en face de lui et, avec des mots simples, lui parle de son fils, de sa fuite sur les toits, de sa chute, de son corps ensanglanté sur le trottoir…

— C'est'y pas malheureux ! Faire mourir un enfant pour le vol d'une radio.

Elle a dû ressasser la scène des centaines, des milliers de fois. Elle vit son cauchemar en continu. Chaque mot cogne dans la tête : toit… radio… vol… police… chute… mort. Elle ne croit plus en Dieu. Elle ne croit d'ailleurs plus en rien.

Le vieux médecin décrit à l'aide d'un coton imbibé d'eau oxygénée des cercles concentriques autour de la blessure du garçon. Il sort une seringue et une ampoule d'une mallette qui doit avoir son âge pour lui faire une piqûre. La Renée, qui voit Charles souffrir le martyre, l'aide à baisser son pantalon.

Charles n'a pas senti l'aiguille dans le gras de la fesse. En revanche, le liquide irradie sa jambe et ébouillante son sang. D'une petite tape sur l'épaule, le docteur lui signifie que l'opération est terminée et l'invite à marcher pour faire circuler le sérum.

Charles n'est pas resté longtemps auprès de la Renée. Quelques soins, une bonne nuit de sommeil et il est reparti. Il était temps. Il rappelait trop de souvenirs à la Renée. Trop de pleurs. Elle n'avait pas cherché à savoir qui il était, d'où il venait, où il allait. Pour elle, il était son fils. Elle l'appelait déjà « son petit ».

*

Retour au foyer Vauban. À nouveau le porche, l'enseigne, le drapeau flottant en haut du mât… Rien n'a changé ! Pourquoi ça changerait ?

Charles n'a peur de rien. Dans la cour, la gardienne qui vient de l'apercevoir croit à un revenant. Elle gesticule, brasse l'air des bras, s'égosille. Le petit Baudrin recherché par la police depuis plus de trois mois est là, bien vivant devant elle. Sa tête était sur tous les édifices, dans tous les journaux.

Mme Cérier, la directrice, bondit à son tour comme une balle. Elle est rouge de colère. Elle semble avoir vieilli. Des taches maronnasses pigmentent sa peau comme un massif de fleurs fanées.

—Ah ! Te voilà, crie-t-elle. Entre dans mon bureau ! Quand je pense qu'on te croyait mort. Où étais-tu ? L'administration a alerté les commissariats, les hôpitaux, les pompes funèbres. Qu'as-tu fait durant tout ce temps, toi qui n'es bon qu'à foutre le feu ?

Charles ne répond pas. Il est certain que l'administration est de mèche avec les gardiennes de Limoges. C'est ce qu'il se dit, et il y a dans son sourire une forme d'hostilité, de méfiance, d'impertinence.

—Mais parle, bon sang !

Charles se redresse, se tend, cherche du regard un il ne sait quoi de définitif. Et puis il avance, crache par terre, dodeline de la tête. La directrice est étonnée par son comportement, par ses yeux qui font penser à ceux d'un illuminé. Et il a fallu du temps pour que cessent ses mouvements. Il a fallu un certain temps avant que l'étonnement de la mère Cérier se transforme en aigreur. Il a fallu un cri, un cri d'horreur, un cri d'épouvante pour que Charles déballe tout ce qu'il a sur le cœur : les violences, l'hystérie de la Chabaud, ses abus, ses menaces… Sa fugue pour échapper à la maltraitance de Charonne. Il appuie là où ça fait mal. Les châtiments corporels, les entraves sur le sommier métallique, l'enfermement dans les toilettes, les douches glacées, les coups de matraque, les flagellations…

Je suis stupéfait par son audace. La directrice aussi. Le flot de haine la dépasse. Elle est incapable de l'endiguer. Sa condition de femme, peut-être de mère, est mise à rude épreuve.

Charles se tait enfin. Un silence particulier, cotonneux, qui se répand dans la pièce. La directrice se ressaisit. Elle émet un petit ricanement gêné.

— De toute façon, tu vas y retourner à Limoges et nous allons vérifier tes allégations. J'aime mieux te dire que si tu as menti, ça va te coûter cher. On ne salit pas les gens impunément.

Le retour de Charles à Charonne n'est pas un triomphe. Il se heurte à une indifférence quasi générale. Tout ce mal pour rien. Il a envie de hurler.

5

Charles est le premier à être interrogé par le médecin du groupe. Il lui ordonne de se déshabiller. Il veut l'ausculter en présence de la directrice. Les questions sont déjà sur le bord de ses lèvres. Ce gamin a déclenché l'enquête, il va être passé au crible en priorité. De fait, hormis la cicatrice au pied et la brûlure au poignet, le docteur ne relève aucune trace de sévices. La Chabaud jubile, triomphe. Sa peau, jusqu'alors livide, vient de se colorer. Un large sourire éclaire sa face. Ce petit vaurien de Baudrin en est pour ses frais.

—Regardez le dos de Michel Léri ou celui de mon frère Robin ! crie-t-il, vous verrez si j'mens.

Le médecin est médusé par tant d'arrogance. La mère Chabaud n'a pas bronché. Elle est sûre de son fait. Rien ne peut la compromettre. Aucun des deux garçons n'est là. « Ils sont de ravitaillement en ville », répond-elle au médecin qui demande à les voir. Charles est pris de court. Il rougit. La garce a tout prévu. Il renfile prestement son pantalon et fonce dans les couloirs. Aux cuisines, on ne sait rien. Il court dans toutes les directions, ouvre des portes, fouille les placards, les cagibis, les toilettes… Il est sûr qu'ils sont planqués quelque part. Mais où ?

Il débouche dans la buanderie. La porte est verrouillée. Un gros cadenas en interdit l'accès. Il tambourine, à coups de poing, à coups de pied. Rien ! Personne !

Soudain une voix.

—Qu'est-ce que tu viens foutre là, Charly ? Casse-toi !

Il reconnaît immédiatement l'aboiement caractéristique de Michel Léri.

—Merde ! Fais chier ! grogne à son tour Robin.

Charles donne un coup de pied d'âne à un bidon. Il est ivre de rage. Son front est couvert de sueur.

—Vous savez ce que vous êtes ? Des poules mouillées, des moutons qui méritent l'abattoir.

Robin intervient à nouveau.

—Charles, t'es bouché ou quoi ? On t'a dit de te casser.

Révolté, il se saisit d'une barre de fer et fait sauter le cadenas. Robin et Michel Léri sont recroquevillés au fond du local près des machines à laver.

—Fous le camp ! Oublie-nous ! Tu vas nous mettre dans la merde. Si la Chameau nous voit, elle va nous étriper, gueule Michel Léri, qui sait de quoi il parle.

—Des lâches. Vous êtes des lâches !

Il s'adresse à son frère ?

—Un dur, toi ? Une couille molle, oui ! Quand je pense que j'ai fait tout ça pour vous…

Robin renifle. Il n'est pas très fier que son frère cadet le traite de trouillard.

—C'est bon. *Cool*, frérot. Pas la peine de brailler comme un veau.

La directrice, en les voyant tous trois arriver, tourne de l'œil. Sa bouche se vrille. Elle secoue la tête, sourcils surélevés, front plissé. Comment ce diable de Baudrin a-t-il fait pour retrouver les deux ados qu'elle avait enfermés ? La porte était cadenassée... Elle a beau réfléchir, elle ne comprend pas. Tout cela est inouï. Elle a la sensation d'être dans un mauvais film, de vivre un cauchemar. Une chose est sûre : ce gosse est le diable en personne. Affolée, elle continue à tourner la tête dans tous les sens. Elle ne sait pas où poser les yeux. En entendant le médecin ordonner aux deux reclus de se déshabiller, elle se mord les lèvres pour conjurer sa peur.

Les membres de la commission poussent un cri d'effroi devant les balafres violettes et rouges qui strient le dos des deux garçons. L'enquêteur principal, qui mène les débats, s'adresse à la directrice sur un ton glacial :

— Comment expliquez-vous ces marques sur le dos des enfants, madame ? Pourquoi avoir cherché à les dissimuler à la commission d'enquête ?

Les mots de la directrice sont écorchés, rabotés, sans consonnes ni voyelles. Des sons, de simples onomatopées sortent de sa bouche : bè, euh, bah, bzzz...

— Vos méthodes, madame, sont celles d'un tortionnaire d'Auschwitz. Vous rendez-vous compte du traumatisme que vous avez infligé à ces enfants ? Ces marques, plus que de les blesser physiquement, les ont mortifiés à vie. Vous êtes une honte pour l'administration, une offense à la collectivité, à l'avenir, à l'espoir. Vous n'êtes pas digne de votre mission.

L'enquête diligentée par les services sociaux a mis au jour des adolescents terrorisés. Le procureur de la République, saisi de l'affaire, a décidé, à titre préventif, de soumettre les pensionnaires à un test psychologique. Ils sont plusieurs à les ausculter. Ils parlent de *réactions neurobiologiques, d'état de sidération, de double traumatisme, de cénesthopathie*... Autant de mots savants que les enfants ne comprennent pas.

Un mois plus tard, Charonne est définitivement fermé et les pensionnaires, dispersés aux quatre coins de l'Hexagone. Charles a gagné son pari.

6

Comme chaque jour, Émile boit un grand bol de chicorée en lisant son journal. Ce matin, il décortique l'article du *Franc-tireur* : « Le temps des orphelins. »

— Tu sais comment ils t'appellent ? demande-t-il à Charles, levant le nez du quotidien

— Qui ?

— Les journalistes !

— Non !

— « L'archange saint Michel ». Jordanau, l'éditorialiste, te compare au chevalier ailé qui a terrassé le diable durant la guerre des Anges. Pas mal, non ?

Il se replonge dans son canard.

— Bougri ! Quelle aventure ! Vivre seul dans la forêt pendant plus de trois mois, c'est un véritable exploit. Le chroniqueur n'en revient pas. Il se demande comment t'as fait pour ne pas mourir de peur, de faim et de froid.

— Tiens, regarde !

Il tend à Charles le journal. Les atrocités de Charonne font sensation dans la presse. L'administration épinglée a dû rapidement trouver une réponse à la campagne de dénigrement qui s'est répandue dans l'Hexagone. Pour étouffer en partie l'affaire et surtout soustraire l'agitateur aux journalistes, toujours friands de sensationnel, elle a confié le petit Baudrin aux Fouquet. Une famille, comme on dit, bien comme il faut qui mène une vie paisible à Forges-les-Bains, une bourgade de l'Essonne. Émile est retraité. Il a une drôle de moustache qui fait penser à une queue de vache. Il la lisse à la gomina. Martha, sa femme, a la tête des bonnes vieilles grands-mères qu'on voit sur les réclames des galettes bretonnes.

Le jardinet derrière la maison est étroit comme un couloir. C'est le royaume exclusif d'Émile. On peut regarder ses pivoines, ses forsythias ou ses chrysanthèmes, mais interdiction d'y toucher ! Les fleurs, c'est sacré. Le cabinet au fond du jardin est un peu déglingué. Il rappelle à Charles celui de Charonne. La même petite ouverture en losange dans la porte. À cette saison, le vieux William est encore couvert de poires, même si une bonne partie de sa production jonche le sol. Ça sent bon en fin de journée, lorsque les poires chauffées au soleil répandent leur parfum sucré. Charles observe les guêpes s'engouffrer dans les fruits blets. Ça l'amuse de voir leur aiguillon s'agiter avec frénésie comme sous l'effet d'un champ électrique

Quand les Fouquet ne reçoivent pas, les meubles sont recouverts de housses blanches. En fait, les Fouquet ne reçoivent jamais personne. Leurs deux enfants, âgés respectivement de 40 et 45 ans, ont fait leur vie depuis longtemps. La cadette, après un mauvais mariage, vit seule à Toulouse où elle est infirmière de nuit. Un boulot éreintant. Elle ne vient jamais voir ses parents et ne leur écrit que lorsqu'elle a des soucis d'argent. Le fils, lui, a parfaitement réussi sa vie professionnelle. Ingénieur en travaux publics, marié et père de trois enfants, il vit avec sa petite famille dans le Sud-Ouest, à Pessac.

— Tu sais où se trouve Pessac ? lui demande Émile, levant à nouveau le nez de son journal. — J'espère que tu connais un peu ta géographie et que tu sais au moins où est Bordeaux ?

Le gamin fait un petit signe du menton.

— À la bonne heure ! Si les petits cochons ne te mangent pas, on fera quelque chose de toi.

Il se lève et va à la cuisine.

— Viens, approche-toi.

Il lève le couvercle de la cocotte en fonte où frémit un ragoût dont Martha a le secret. Un fumet de thym, et d'herbes sans nom, lui chatouille les narines.

— Hume comme ça sent bon !

— Qu'est-ce que c'est ?

— Un lapin en gibelotte. Lardons, champignons, oignons, bouquet garni. Mais il faut laisser réduire le temps qu'il faut. Tiens ! En parlant de lapin, il faut que je te montre quelque chose cet après-midi. Fais-m'y penser.

Puis Émile plante le gosse là et se rend au salon. C'est l'heure de la rubrique matinale de Frédéric Dupuis sur Paris-Inter. Il ne la raterait pour rien au monde. Il tourne le bouton du poste.

Auditrices, auditeurs, bonjour. Nous sommes aujourd'hui le samedi 1er mars. Il est 9 heures. Une nouvelle importante de dernière minute vient de nous parvenir. Les conversations anglo-canado-américaines en cours, relatives aux questions atomiques, ont été interrompues jeudi soir dans la capitale américaine. Cette interruption résulterait de l'inculpation de Fuchs, le savant de nationalité britannique accusé d'avoir livré des secrets atomiques à l'URSS, et qui doit passer en jugement lundi. On ajoute dans les milieux intéressés que les dirigeants américains seraient désireux de mettre au point certaines questions de sécurité avant de présenter au Congrès un projet d'accord entre les trois pays...

—Émile, soit gentil. Arrête ce zinzin intervient Martha.

Sa femme en a assez de ces potions sucrées que les journalistes distillent au bon peuple : « Dormez tranquilles, braves citoyens, on veille sur vous ! »

—Regarde le nombre des sans-abri, fait-elle remarquer à son mari. On nous serine à longueur de journée que la France n'a jamais été aussi riche. Tu trouves ça normal, toi, tous ces pauvres qui n'ont pas de quoi manger ?

—Non, bien sûr !

—Et la Grande-Bretagne qui vient de reconnaître la Chine populaire, tu crois que ça présage quelque chose de bon ? Ils sont combien maintenant, les Chinois ? Un milliard ?

—N'exagère pas ! Six cents millions.

—Et nous ?

—Je ne sais pas, je dirais une quarantaine de millions.

—Ah ! Tu vois. Eh ben, quand la Chine s'éveillera...

Elle se tait, songeuse.

—Quoi ? Que veux-tu dire ? Va au bout de ton idée.

—Ils seront les maîtres du monde !

—Ne t'inquiète pas ! Monnet et Schuman ont déjà fait du bon boulot. Ils s'apprêtent à lancer la construction européenne avec la création de la Communauté du charbon et de l'acier. Un jour, nous serons un continent de quatre cents millions, peut-être plus.

Martha retourne à ses fourneaux, pas convaincue.

Elle soulève le couvercle de sa cocotte, touille son ragoût, le respire et repose délicatement le couvercle.

— Que faisiez-vous, Martha, avant d'être à la retraite ? demande Charles qui vient de s'approcher d'elle.

— Sage-femme !

Il comprend mieux ses mouvements simples et cette authenticité qui atteint un niveau presque abstrait. Émile le regarde. Son sourire vrille sa moustache. La présence du gamin le réconforte. Il ne s'est jamais vraiment habitué à l'absence de ses enfants. Sa vie est étriquée : sa tasse de chicorée du matin, le journal qu'il lit jusqu'à la dernière ligne, la matinale à la radio, le jardin où il va l'après-midi après la sieste, quand les grosses chaleurs sont passées. Un point, c'est tout ! Rien d'autre. En revanche, il connaît bien le nom des fleurs. Il appelle par leur nom latin, en parle avec gourmandise : « frangipane, mélisse, bonheur des anges… » Parfois Charles le voit les regarder comme si elles sortaient d'un livre d'images. Après ses cours, il l'accompagne parfois dans le jardin pour observer les va-et-vient des insectes, les colonnes de fourmis qui se croisent sans jamais se télescoper. Il voit dans le pli des roses le sourire de son Arlésienne.

Aujourd'hui dimanche, après s'être empiffré du lapin en gibelotte, Émile lui propose une promenade le long de la Prédecelle, la rivière qui alimente la Rémarde près des étangs. En chemin, le garçon lui rappelle sa promesse.

— Ah oui ! Tu fais bien de m'y faire penser. Tu sais ce que tu as mangé c'midi ?

— Euh… oui ! Du lapin.

— Du lapin, certes. Mais pas n'importe quel lapin. Du garenne, mon gars.

— C'est quoi, du garenne ?

Émile sort de sa poche de canadienne un petit rouleau de fil de fer.

—Une race de lapin qui n'aime pas trop ça, répond-il, agitant la bobine de fil.

Il rit de la plaisanterie. Charles ne comprend pas ce qu'il a voulu dire. Émile scrute les fourrés qui bordent le chemin comme s'il recherchait une plante rare. Il s'arrête soudain.

—Tu vois cette herbe un peu foulée ? Eh ben, c'est un passage de garenne. Ces lapins sont sédentaires et prennent toujours le même itinéraire.

Il sectionne un morceau de fil de fer en le tortillant plusieurs fois, puis le cintre sur le tronc d'un arbre en faisant des mouvements circulaires alternatifs.

—Cette étape est importante, fait-il remarquer en levant la tête. Il faut que le fil soit parfaitement lisse pour coulisser comme le nœud coulant d'un lasso. Regarde !

Il confectionne en un tour de main un collier, le place en travers du passage des lapins, attache l'extrémité libre du fil à une solide branche et dépose en amont du piège des morceaux de carotte qu'il a apportés.

—Voilà ! mon garçon. Le tour est joué. Il n'y a plus qu'à attendre le bon vouloir de monseigneur Rabbit !

—Et vous croyez que les lapins vont être assez bêtes pour se prendre la tête dans votre machin ?

—Mon machin, comme tu dis, est un collet. Et crois-moi, ils vont s'y jeter tête baissée. Tu verras demain !

Le lendemain est jour de rentrée à l'école. Charles ne saura jamais si un lapin a été pris au piège. La veille, il a prié, mains jointes, pour que les petites bêtes empruntent un autre itinéraire. Assis au fond de la classe, Charles est pour la première fois confronté aux autres élèves, qu'il appelle dans son for intérieur « ceux du trottoir d'en face ».

J'ai cru en le voyant qu'il cherchait de l'aide, qu'il voulait que quelqu'un intervienne pour dire aux autres qu'il était différent, ou je ne sais pas quoi d'autre, peut-être rien. Je sentais qu'il avait du mal à se couler dans cette collectivité où tout était traité en dérision. Qu'aurait-il pu faire ou dire à ceux-là qui jetaient l'argent par les fenêtres, sous ses yeux, à ses pieds ?

Au bout d'une semaine, Charly, comme l'appellent ses camarades de classe, est catalogué de « pur », un pauvre d'esprit, s'entend. Parfois ils le traitent de « rat » quand il refuse de participer aux parties « Coca-Cola » qu'ils organisent à la récré. Il ne faut pas jouer les riches quand on est pauvre. Ces crétins ignorent la distance qu'il a dû parcourir pour être au milieu d'eux. « Fonds-toi dans la masse ! Fais-toi oublier ! Serre les dents ! » La leçon du foyer Vauban. Encore et toujours. Les souvenirs sont plus forts que la mort.

Les provocations, les insultes, Charles les ignore. Dans ces cas-là, il regarde sa brûlure. Il sait que le moindre conflit, la plus petite algarade pourrait entraîner son renvoi de l'école. Alors, il reste de marbre, même quand il est meurtri. Son seul souci : le travail. Il a du retard dans les études. Le maître, M. Fragel, le sait et se montre indulgent avec lui. Peut-être a-t-il eu connaissance de sa disqualification sociale. Il s'abstient de lire ses notes à voix haute quand elles sont médiocres, mais les claironne lorsqu'elles dépassent la moyenne. Pour les élèves de la classe, et parce que Charles est obligé de travailler deux fois plus qu'eux pour un même résultat, il est considéré comme un « lèche-bottes ».

Début novembre, le maître l'a pris à part. Charles sait qu'aucun des mots qu'il prononce n'est gratuit.

— Je vais aller droit au but, mon garçon. Il va falloir que tu donnes un vrai coup de collier si tu veux avoir ton CEP.

Il lui tend une carte de visite.

— Tiens ! prends contact avec ce monsieur. C'est un ami. Il te donnera des cours particuliers.

Comme il voit Charles se crisper, il ajoute, frottant son pouce sur l'index :

— Si c'est à l'argent que tu penses, ne t'inquiète pas !

Le travail supplémentaire du samedi et du dimanche ne suffit pas à combler les lacunes de Charles. Cette année-là, le garçon ronge beaucoup de capuchons de stylos. Pourtant, il veut étonner Mam-Two, lui montrer le fils qu'il est, lui donner des regrets.

L'homme que lui a recommandé le maître s'appelle Philippe Courtequeux, mais il n'aime pas qu'on l'appelle par son nom. Il préfère « Philippe » tout court. Charles ignore ce qui lie ce professeur bénévole à M. Fragel, mais il a l'intuition qu'il lui est redevable de quelque chose. De quoi, il ne saurait dire, mais de quelque chose.

En février, Charles a enfin comblé son retard. Mieux, il est, grâce à l'implication de M. Philippe, dans les premiers de la classe. Les « élus du trottoir d'en face » ont fini par l'accepter. Ils l'invitent même à leur goûter. Un jour de déprime, Charles a eu la faiblesse de confier à son voisin de classe son indigence. La nouvelle a fait le tour de l'école. Tout le monde sait désormais, y compris le maître, qu'il est orphelin. Pour relever la tête devant ceux qui l'interrogent sur ses parents, il répond fièrement, comme si cet acte de bravoure le glorifiait, qu'ils ont été fusillés par les boches pour avoir saboté des rails et fait sauter des trains. Pour se faire apprécier plus encore, il rend de multiples services : achète des cigarettes interdites, « souffle » aux cancres, se dénonce pour des faits commis par autrui… Il fait, chaque jour que Dieu béni, la manche de l'amitié. À la fin du deuxième trimestre, sans l'avoir demandé, il est élu délégué de classe. À la maison, Émile est inquiet de le voir s'enfermer tous les week-ends dans sa chambre et n'en sortir que pour avaler un potage et regagner aussitôt sa tour d'ivoire. Le garçon maigrit à vue d'œil. Martha le regarde, muette, les mains coincées sous les aisselles. Elle non plus ne comprend pas cet acharnement.

— Tu devrais prendre soin de toi, lui recommande Émile. Bientôt, il ne te restera plus que la peau sur les os.

Charles répond, gouailleur :

— Qui vivra, verra !

Il déteste cette manie qu'il a de prendre parfois des accents de sale gosse. Hier, les Fouquet sont allés au cinéma à Forges-les-Bains pour voir *La Symphonie pastorale*. Ils sont revenus déçus. Michèle Morgan, aveugle avec des yeux blancs, ils n'ont pas supporté. À son retour, Martha a avoué que si ça n'avait tenu qu'à elle, elle serait sortie avant la fin du film, avant que Gertrude ne meure dans la neige.

Ce matin, Charles a la bouche pâteuse. Sa nuit a vogué dans des eaux glauques. Il s'est réveillé plusieurs fois en sueur. Dans sa torpeur, Il entendait des bruits taillader l'obscurité et il avait la sensation que des phobies flottaient un peu partout dans l'air ; que des bêtes visqueuses rampaient sur le sol… Il s'est caché sous les couvertures en position fœtale. Il se confiait à sa mère.

En ce jour de juillet, le ciel est gris tourterelle et plus gris encore est l'esprit d'Émile. Au petit déjeuner, l'atmosphère est plongée dans le silence. Un flacon vide de parfum, en verre taillé, est renversé sur la table. Le capuchon d'un tube de rouge à lèvres par terre fait penser à une douille de fusil. La guerre est encore proche. Il est tôt. Le visage d'Émile est froid comme le bronze et la lumière chiche de l'aube lessive ses traits. Quelque chose est cassé en lui. Son œil est trop bleu, presque transparent, vide. Il passe une main dans ses cheveux qui semblent plus gris que la veille. Il se frotte les joues des deux mains. La bouilloire qui siffle et la présence de Charles le font sursauter. Le bonjour que lui adresse le garçon se dissout dans l'air. Il pleut sans désemparer. Des aplats de brume opacifient les vitres. La pluie est silencieuse et douce. L'air gris décolore les fleurs du jardin. Les teintes sont émoussées. Émile n'a pas eu le temps de peigner sa moustache. Des poils indisciplinés rebiquent. Il lève les yeux et, dans la lueur matinale, une fulgurance traverse sa prunelle.

— Tu vas nous manquer, mon garçon. Ma femme et moi avons bien pensé à t'adopter, mais l'Assistance publique nous l'a formellement déconseillé. « Trop âgé », qu'ils ont dit.

Il parle d'une voix sourde, un aiguillon dans l'âme. Dans son visage amaigri, je vois saillir ses pommettes et l'arc de ses mâchoires. Charles est bouleversé. Il regarde avec amertume le missel sur la table de chevet, le crucifix au-dessus du lit, la dentelle des rideaux, les meubles couverts de draps blancs, écoute la vibration du néon électrique. Il se demande pourquoi le ciel ne l'a pas fait naître dans une famille comme celle des Fouquet. Il aurait sans doute aimé avoir un père qui le regarde comme sait le regarder Émile. Le regard de César à Marius dans la trilogie de Pagnol. À travers lui, il se serait inventé un parent imaginaire.

À l'école, Charles a fait la connaissance de Mireille. Une fille de 14 ans. Ils se voient souvent. Elle roule des hanches et lui fait les yeux doux. Ce dimanche, Charles a fait l'impasse sur ses révisions pour aller avec elle au village du Chardonneret situé à moins d'un kilomètre. Là, elle a voulu lui faire essayer son vélo. Il n'en avait jamais fait. Il a zigzagué quelques mètres et il est tombé dans le fossé. Elle l'a aidé à se relever et a déposé un baiser sur ses lèvres. Son premier baiser d'homme.

Après les Fouquet, pour le féliciter de sa bonne scolarité, l'administration lui a offert un mois de vacances à Habère-Lullin, un village des Alpes situé à de 790 mètres d'altitude. À son arrivée dans le hameau de Torchebise, une surprise de taille attendait Charles : Robin. Son frère, assis dans l'ombre sur une pierre plate, taillait un morceau de bois de son Opinel. Quand il l'a vu, il s'est levé d'un bond et l'a embrassé avec effusion. Charles a ressenti ce jour-là une douce chaleur au creux de son ventre, un peu comme du bonheur. Ils ne s'étaient pas revus depuis Charonne.

— Tu savais que j'arrivais ?

— Ouais ! Mme Corchiot m'avait prévenu.

— Qui ?

— Mme Corchiot, la proprio.

Robin l'a saisi par l'épaule pour l'entraîner vers le bout du pré derrière la maison. Ils avaient mille choses à se raconter.

Mme Corchiot vit seule dans sa maison. Pour arrondir ses fins de mois, elle reçoit des pensionnaires l'été. Elle est accréditée par l'Assistance publique. Elle leur raconte l'histoire du village : le nom d'Habère-Lullin qui remonte au XIIe siècle. Les Lullin qui ont cédé leurs droits aux nobles de Fernex ; la construction de l'église gothique édifiée par les marquis de Lullin dont il ne reste que quelques ruines, l'endroit où des jeunes ont été massacrés par les forces d'occupation en 1943… Elle est intarissable quand elle parle de son village. Souvent, elle les accompagne en promenade. Robin et Charles l'aiment bien, la mère Corchiot. Elle leur montre les fleurs des champs : l'orpin blanc, le doronic, l'arnica, la benoîte… Elle connaît toutes les plantes. « Vous sentez comme ça sent bon ? » qu'elle dit sans arrêt. Ils prennent des chemins tortueux, longent des maisons creuses comme des grottes où leurs voix se perdent, s'amenuisent, jusqu'à leur retour sur la route. La mère Corchiot est à deux doigts de s'écrouler et ne s'écroule jamais.

Et moi, ce jour-là, je les ai regardés longtemps. J'ignore pourquoi, mais mes yeux revenaient sans cesse à eux. Je les écoutais échanger entre eux plein de choses. Je les sentais heureux.

Robin et Charles vont souvent jusqu'au torrent qui cascade derrière la maison. Ils s'y rendent en catimini pour pêcher la truite à l'aide d'une fourchette qu'ils enfoncent sous les pierres. Un jour, un aspic est sorti de la souche d'un arbre et leur est passé entre les jambes. Ils se sont carapatés comme s'ils avaient le diable aux trousses.

Robin sait tout faire de ses doigts. Avec son couteau et trois fois rien, il fabrique des moulins à eau ou des sifflets qu'il taille dans du tilleul ou du sureau. Son frère le regarde faire, admiratif. Il mouille d'abord le morceau de bois de sa salive, le bâtonne, entaille l'écorce, décolle le tube, l'ôte, sculpte le méplat et le remet en place… Parfois, il glisse un petit pois racorni dans l'encoche pour faire rouler les sons. Ils sont heureux d'être à nouveau réunis. Leurs premières vacances d'hommes libres.

7

L'an 1955

Charles longe le mur d'enceinte comme un animal encagé. Il n'a plus de rêves d'évasion, de rêves tout courts. L'absence d'affection est une plaie qui ne cicatrise jamais. Ouverte, vive, saignante, son empreinte se fossilise quelque part dans un coin obscur de la mémoire.

Mme Cérier vient de le convoquer. Il ignore ce qu'elle va lui annoncer. Où elle va l'expédier. Les déménagements, les ruptures, les foyers, les familles d'accueil, il connaît. Ça pue dans son bureau.

—L'ail, c'est bon pour la santé et la circulation du sang, qu'elle clame, voyant la moue de Charles.

Elle le dévisage, comme si elle le voyait pour la première fois.

—Bon ! On a vu tes résultats. Ils ne sont pas si mauvais. La commission d'orientation a décidé de t'offrir une chance. Tu vas suivre une formation professionnelle. As-tu une idée du métier que tu aimerais faire ?

Métier... Aimer... faire...

En automate, il répond.

—Mouleur !

Inconsciemment, il a donné le nom du métier de son père. Robin lui a confié, un jour, que le paternel travaillait dans une fonderie. Freud dirait qu'il a décidé de croiser son géniteur à la faveur d'une usine à cracher les poumons.

— Comment ça, mouleur ?

Elle s'attarde sur sa taille et sa corpulence.

— Mouleur ? Tu n'y penses pas ! C'est un métier pour les travailleurs de force. Tu n'es pas bâti pour ça... Allons donc ! Je t'inscris comme ajusteur.

Charles insiste. Il s'obstine. C'est mouleur qu'il veut être, pas ajusteur. Pour la convaincre, il dit qu'il aime les moules, le sable, le métal... Devant elle, il est comme un enfant capricieux avec sa pelle et son seau.

Mme Cérier le regarde, interloquée. Ce gosse sait ce qu'il veut.

— Bon ! Nous allons voir ce que l'on peut faire.

Elle s'apprête à se lever quand il lui demande où est Robin, son frère.

— Il va bien !

La réponse est laconique, abstruse. Elle se redresse pour bien lui faire comprendre que l'entretien est terminé. Charles reste assis. Mme Cérier s'énerve ou feint de s'énerver.

— Allez, lève-toi ! J'ai autre chose à faire, moi.

— Et mes parents, vous n'en parlez jamais. Ils sont où ? Quand vais-je voir ma mère ?

Elle regarde Charles avec un air attendri, mais ne répond pas. Son sourire gêné, un peu idiot, masque mal son rouge aux joues.

— Putain ! Je veux voir ma mère, vous comprenez, ça ? J'suis sûr que vous la cachez.

Hors de lui, Charles s'étend sur le sol, les bras en croix. Mme Cérier sait que les orphelins expriment souvent leur douleur par des gestes. Elle a déjà été confrontée à ce genre de démonstration. Les pauvres enfants jouent par exemple à être morts pour évoquer la disparition d'un être disparu ; remettent parfois en cause leur propre existence : « lors de ma naissance, je n'étais pas là » ; demandent avec angoisse quand doit revenir le parent décédé…

— Je comprends ta colère, Charles, réagit-elle, se baissant vers lui. Mais il va falloir que tu apprivoises un jour la disparition de ta mère. Dieu seul sait où elle est, mon pauvre petit. La guerre a été un tel chambardement qu'une chatte n'y retrouverait pas ses petits.

Elle ment. Charles en est sûr. Il a envie de lui sauter à la gorge.

*

Trois jours plus tard, Charles est au centre d'apprentissage de Bezons. M. Philippe, qui a appris la nouvelle orientation de sa carrière par la direction de l'Assistance publique, est déçu. Ses résultats du primaire et l'obtention de son CEP auguraient de bien meilleures perspectives. M. Laugier, le directeur du centre, reçoit Charles dans une pièce vitrée donnant sur un atelier où l'on fond de l'aluminium. Au rez-de-chaussée, un énorme four ouvre la gueule à intervalles réguliers pour régurgiter un magma glaireux.

— Un cubilot, lui fait remarquer le directeur qui suit son regard. Bien ! Tu vas être affecté à la section moulage comme tu le souhaites. Je ne te cache pas que c'est un apprentissage long et pénible. Il va falloir que tu y mettes du tien.

Comme Mme Cérier, il évalue son gabarit.

—Je ne sais pas si ton modèle correspond vraiment à ce métier. Il faut de la force et de sacrés muscles pour porter les poches de coulée et soulever les moules…

Il s'arrête, prend son menton entre le pouce et l'index comme s'il réfléchissait en profondeur.

—Enfin… ! si tu ne fais pas le poids, il sera toujours temps de faire de toi un ajusteur.

Le garçon s'apprête à se retirer quand M. Laugier le retient.

—Ah ! Autre chose. Un certain Philippe Courtequeux est venu me voir. Il veut continuer les cours particuliers qu'il te donnait l'année dernière. Il dit que tu es doué pour les mathématiques et que « si les petits cochons ne te mangent pas, on devrait pouvoir faire quelque chose de toi ».

Charles sourit. C'est la seconde fois qu'il entend cette expression.

—Personnellement, je n'y suis pas opposé, bien que je ne voie pas très bien ce que les mathématiques peuvent avoir à faire avec la fonderie. Enfin… nous sommes tombés d'accord. Il viendra deux fois par semaine, le mercredi soir et le samedi après-midi. J'espère que tu ne le décevras pas. Il semble fonder de sérieux espoirs sur toi.

Le directeur le regarde, pensif. Cette relation adulte-enfant le rend perplexe.

—Il est marié, ce Philippe ?

Charles l'ignore. Il n'a jamais parlé avec lui de sa vie familiale. En revanche, il s'est souvent demandé pourquoi il faisait tout ça. Les cours, le bénévolat… Peut-être était-ce un sous-marin dépêché par l'Assistance publique après le scandale de Limoges ?

Dans la cour, les bâtiments lui rappellent le centre de Charonne avec son sol cimenté et son perron à double volée. Les ateliers ont presque un air de fête avec leurs grandes baies vitrées. Seule la cheminée en briques rouges qui vomit une fumée noire détonne. Il grimpe les marches du perron et enfile des couloirs. Personne ! Des murs, des portes closes, des fenêtres grillagées : son décor habituel.

— Salut !

Il se retourne et se heurte à un gars en tee-shirt, aux biceps impressionnants. Il lui tend une main aussi large qu'un battoir.

— Bernard ! Bernard Barron. BB, comme on m'appelle ici. Pas la star, hein ! Faut pas confondre.

Il pouffe.

— Et toi ?

— Baudrin.

Il hoche la tête comme si ce nom lui disait quelque chose.

— Comment tu dis ?

— Baudrin.

— T'es malade… C'est quoi ce nom de merde ? Une marque de capote ? Pourquoi pas « belle queue » pendant que tu y es.

Il ricane par en dessous.

— Toi, j'parie que tu vas être ajusteur !

Il tire sur le mégot éteint de la Boyard qu'il tient pincée entre ses ls lèvres.

— À quoi tu vois ça ?

— Les ajusteurs, c'est les petits gabarits. Les p'tites quéquettes, comme on dit.

Charles se racle la gorge et prend une voix grave.

— Tu t'es gouré, mec ! Mouleur.

— Mouleur ? T'as intérêt à l'avoir pas seulement beau, mais grand, ajoute-t-il, se forçant à rire.

Charles ne voit pas à quoi il a fait allusion.

— T'as pas compris ? « Beau drain », espèce de pomme !

Il ne saisit toujours pas. Il n'avait jamais fait le rapprochement. Bernard jette son mégot et lui présente son biceps garrotté par la manche du tee-shirt.

— Tiens ! Touche ça et dis-moi si c'est de la gnognotte ?

Il plie le bras pour faire saillir son biceps. Le muscle est gonflé comme un ballon de rugby. Bernard rallume une nouvelle Boyard, le prend par l'épaule et l'entraîne vers le réfectoire.

— Allez, fais pas la gueule. Cool ! C'était juste pour te chambrer un peu !

Charles retrouve les tables métalliques du château de L'Yvette, de Charonne, de Vauban, les mêmes enfants, mais cette fois montés en graine. Pas forcément de la mauvaise graine, mais bruyants, turbulents, querelleurs. La sempiternelle rivalité entre les ajusteurs et les mouleurs.

— Viens ! Y a de la place, ici ! hurle Bernard dans le brouhaha.

Un grand blond, la tignasse en bataille, l'interpelle.

— Eh ! Bernard ! Tu pourrais nous présenter ta fiancée ! Elle est arrivée quand ?

Bernard se lève et fonce droit sur le blondin.

— Tu veux voir ma fiancée, eh ben tiens, la voilà !

Son poing s'est détendu comme un ressort et a heurté de plein fouet la mâchoire du provocateur. C'est soudain la cohue dans le réfectoire. Tout le monde s'est levé pour faire le cercle autour des pugilistes.

— Vas-y ! Défends-toi, Mathias !

— Assomme-le, Bernard !

Au fond de la salle, les surveillants ne bronchent pas. Ils sont habitués à ce genre d'empoignade.

Mathias est à terre, la lèvre en sang. Il bégaye entre deux reniflements.

— T'es dingue ! C'était pour rire. On sait bien qu't'es pas pédé.

Bernard le toise un instant et éclate de rire.

— Moi aussi, c'était pour rire.

Il lui tend la main pour l'aider à se relever et ajoute à l'intention des autres.

— Lui, c'est Baudrin. Un mouleur. Il fait partie de l'équipe.

Les plus proches le détaillent. Ils cherchent à évaluer sa musculature à travers son pull-over un peu trop grand. Bernard coupe court à leur examen.

— Vous verrez, c'est un costaud !

Les gars qui l'entourent se passent le sel, le poivre, l'eau ou le vin. D'autres mastiquent des morceaux de pain et lui jettent par moments des coups d'œil furtifs. Les mouleurs, du fait de leur prétendue supériorité physique, jouissent du respect des autres sections. La caste s'octroie les privilèges de l'internat, sous l'œil bienveillant des profs et des pions. Grâce à Bernard et à sa présentation au réfectoire, Charles fait partie de la bande. Il n'est pas vraiment intégré et doit encore accepter quelques rounds amicaux avec des mouleurs bâtis comme des armoires à glace. Ses bras sont couverts de bleus, mais ce sont autant de médailles à son actif. Les autres disent qu'il encaisse bien, que c'est une bonne recrue. L'amitié est scellée.

À l'atelier, il préfère les cours pratiques à la théorie. Il apprend vite à manier le fouloir, les lissoirs, la spatule, la queue de crapaud, la toupie... Des outils qui brillent comme des armes, à force de lisser le sable. Il a aussi appris à passer la soufflette dans l'empreinte des moules pour éviter les « pailles » dans le métal. De jour en jour, le métier s'installe en lui. Il aime voir le métal en fusion se glisser dans les moules comme un serpent et se faufiler dans les empreintes. Il résiste assez bien à la chaleur saturée de l'atelier, aux efforts titanesques qu'il faut pour porter les poches de coulée du cubilot aux moules, à la plombagine et au sable omniprésents dans l'air... Ses poumons ne sont pas d'accord, mais il s'en fout. Il éternue, tousse souvent. Bientôt, si le destin le veut, il pourra affronter sa mère et lui manifester sa fierté. « Regarde ce qu'est devenu ton fils. Un mouleur ! Un pro ! »

Charles hait les week-ends qui vident l'établissement de tous les pensionnaires. La plupart du temps, il est seul. Il a la sensation d'être là depuis des siècles sans que jamais personne n'ait prononcé son nom. Heureusement, M. Philippe vient le samedi après-midi. Ça rompt un peu sa solitude. Prof de math et de science, il lui enseigne la géométrie, la trigonométrie, la physique quantique, les atomes, les particules, le rayonnement électromagnétique. Souvent, devant sa soif d'apprendre, il déborde sur ses horaires.

Un jour, au cours de sa troisième année d'apprentissage, il a confié à Charles que leurs rencontres le samedi étaient pour lui un vrai réconfort après sa semaine, un collège destiné à favoriser la scolarisation et répondre aux besoins éducatifs d'élèves en situation de handicap. « Les ados, lui a-t-il dit, font souvent le mur pour se rendre dans le cimetière d'en face où ils hurlent comme des loups et jouent à "Esprit es-tu là ?". »

Charles a profité de ce moment de confidences pour lui demander s'il était marié, s'il avait des enfants.

— Mes parents ont divorcé lorsque j'avais une dizaine d'années. Je n'ai pas voulu reproduire leur schéma. Je l'ai regretté parfois, pas à cause du mariage, mais des enfants. J'aurais aimé avoir un fils...

Il s'interrompt, pris d'une quinte de toux.

—Excuse-moi !

Charles sent bien qu'il est gêné de parler de son passé. Il l'interroge sur ses relations avec M. Fragel, il veut savoir pourquoi les cours sont gratuits. M. Philippe sursaute. Il ne s'attendait pas à cette question.

—Pourquoi me demandes-tu ça ?

—Parce que c'est à lui que je dois les cours que vous me donnez.

—Oui ! Et alors ?

—Qui les paie ?

—Personne ! Et puis, cesse ces questionnements !

Charles sent qu'il n'en dira pas plus. D'ailleurs, M. Philippe a déjà changé de sujet.

—Je suis fier de tes progrès. Tu as maintenant un bon niveau. Je vais me renseigner pour savoir si tu ne pourrais pas intégrer le Cnam.

Charles écarquille les yeux.

—Le Conservatoire national des arts et métiers, tu vois ce que c'est ?

Avant qu'il réponde, il poursuit.

—L'établissement a été créé en 1794. Il n'est pas d'hier. On y dispense une formation à la carte. Il offre aux élèves le moyen de se former à tout moment de leur carrière, selon leurs projets et leurs intérêts, tout en poursuivant une activité professionnelle et sociale. Tu pourrais par exemple – qui sait ? –, si tu obtiens toutes les unités de valeur, devenir ingénieur. Ça s'est déjà vu, tu sais. Le Cnam n'est pas réservé aux fils à papa. Je te verrais bien, par exemple, suivre l'enseignement « mécanique-automatique-production ». Qu'en penses-tu ? La formation se fait en cours du soir. Et, puis le métro Arts-et-Métiers n'est pas si loin.

Charles est sur le point de partir quand M. Philippe le retient.

— Ah ! Une dernière chose, ne parle pas à M. Fragel du sujet que nous venons d'aborder. C'est un peu un secret de famille.

— Un secret ?

— Oui, enfin pas vraiment un secret, disons une petite cachotterie.

L'insistance de Charles l'agace. Il hésite.

— Je peux te faire confiance ?

Charles hoche la tête de haut en bas.

M. Philippe retire ses lunettes et se masse les paupières.

— Bien ! Il y a une dizaine d'années, j'étais directeur d'un centre aéré pour enfants handicapés à Hossegor. Tout roulait comme sur des roulettes, jusqu'au jour où l'administration a décidé de recruter un professeur de sport. Selon les médecins, l'activité sportive pouvait améliorer l'unité fonctionnelle de la base du système nerveux des enfants. C'est ainsi que j'ai vu débarquer Samina.

— Qui c'est ?

— Une jeune femme qui venait tout juste d'être diplômée du Capeps.

— C'est quoi le Capeps ?

— Le Certificat d'aptitude au professorat de l'enseignement physique et sportif. Elle n'avait pas d'expérience, ce qui, selon moi, pouvait poser un problème avec des enfants handicapés. Je lui ai fait part de mes réticences et elle l'a mal pris. Elle s'est fâchée et m'a gratifié de tous les noms d'oiseaux, me traitant de « vieux schnock, de passéiste, de conservateur », et je ne sais plus quoi d'autre. Elle avait réagi avec la fougue de la jeunesse. Je ne lui en voulais pas, mais elle, de son côté, semblait avoir de la rancœur. Au bout de quelques jours, nos relations étaient si tendues qu'elle perturbait le bon fonctionnement du centre. Non seulement elle m'ignorait et prenait ses repas loin de moi, mais elle me critiquait ouvertement auprès de mes collègues, allant jusqu'à prétendre que j'étais misogyne.

— Alors ?

M. Philippe détourne la tête et j'aperçois une dose d'inquiétude dans sa prunelle.

— Alors, quoi ? J't'en pose des questions, moi ?

— Non ! Mais j'aime bien votre histoire.

— Ce n'était pas comme tu dis une histoire, mais un vrai drame. C'était arrivé à un point tel que j'ai dû alerter l'administration. Pour se défendre devant la commission, la jolie Samina – car elle était belle – n'avait rien trouvé de mieux que de prétendre que j'étais un pervers, un pédophile. Elle jurait ses grands dieux m'avoir vu faire des gestes indécents et avoir procédé à des attouchements obscènes sur la personne de deux enfants autistes. J'étais abasourdi. Non seulement cette femme était une menteuse, mais c'était surtout un être malfaisant, une mythomane.

— Boudi ! Vous avez dû avoir peur ?

— Un peu, oui ! Je ne voyais pas comment me sortir de ce guêpier. Les inspecteurs de la Ddass sont venus à Hossegor. Ils voulaient voir les enfants, les entendre, recueillir leurs témoignages, interroger les parents sur place. C'est à cette occasion que j'ai connu M. Fragel. Son fils, Léon, était atteint de déficiences motrices provoquées par des déviations de la colonne vertébrale. Il était interne au centre. Xavier Fragel accepta de témoigner en ma faveur et déclara aux membres de la commission avoir été le témoin oculaire et auriculaire de ma maturité d'éducateur, de ma sobriété et de ma tempérance à l'égard des enfants. Son témoignage étayé et argumenté emporta la conviction de la commission qui me relaxa de toutes poursuites et radia Samina de l'enseignement.

— Il était sympa M. Fragel ?

M. Philippe prend le temps de la réflexion.

— Oui ! Très gentil. Il avait compris en me voyant que j'étais incapable d'avoir accompli les atrocités que me prêtait Samina. Je lui en suis éternellement reconnaissant.

— Et son fils ?

— Léon ? Il va beaucoup mieux. Il a subi une greffe osseuse et n'est plus en chaise roulante.

— Ouf ! Super !

— Oui ! *Ouf !* comme tu dis. Il y avait quelque chose de pourri dans la tête de cette femme, ajoute-t-il, poursuivant sa pensée.

Cet entretien avec M. Philippe a donné la pêche à Charles. Dès qu'il a un moment de libre, il se plonge dans les bouquins qu'il lui a apportés. Il veut tout savoir, tout connaître, depuis la résistance des matériaux jusqu'à la mécanique des fluides. Il absorbe, avale, déglutit les lectures. Il est pressé. Il a une revanche à prendre sur Mam-Two. Elle ne pourra pas rester éternellement sourde à sa réussite. Un jour, il est sûr qu'elle courra vers lui. Il l'entend déjà murmurer :

— Oh ! mon fils. Oh ! Mon chéri, comme tu es fort, comme tu es grand.

Charles a fini l'année avec son CAP en poche et une place de deuxième au concours du meilleur apprenti de France. À nouveau l'Assistance publique lui offre un mois de vacances avec son frère Robin. Pas à la montagne, cette fois, à Milly-la-Forêt, une ville de l'Essonne. Nouvelle famille d'accueil, nouvel environnement, nouveau décor. Il ne compte plus les ruptures, les déracinements, les transferts. Les Touvenelle sont beaucoup moins accueillants que la mère Corchiot d'Habère-Lullin. La femme, Geneviève, est une ancienne institutrice. Elle veut faire des deux frères des savants. Ils ont droit à la visite de la chapelle Saint-Blaise-des-Simples, au château de Courances, aux ruines de Pervèche… Le soir venu, avant le dîner, elle les interroge sur ce qu'ils ont retenu de la journée : la chapelle décorée par Jean Cocteau sur le thème des plantes médicinales ; la date de construction du château, l'étalement de ses réfections depuis le XIIe siècle… Elle les soûle. Robin et lui bâillent comme des oisillons affamés. Gaston Touvenelle, assis dans son fauteuil, face à la cheminée, écoute sa femme religieusement sans l'interrompre. Il est émerveillé par ses connaissances. À dire vrai, il a tout du benêt avec sa casquette de guingois et son éternel mégot éteint.

Geneviève le prend parfois à témoin. Il sourit alors sottement et opine du chef.

— Votre séjour à Milly-la-Forêt ne servira à rien si vous n'y mettez pas du vôtre, qu'elle clame à tout bout de champ.

Hier, Robin et lui ont fugué. Oh, pas longtemps, juste la matinée. La mère Touvenelle était dans tous ses états. Chignon défait, les cheveux en bataille, elle courait dans tous les sens en moulinant des bras. Gaston avait ratissé les buissons, taillis et fossés, en vain. Elle avait cru défaillir en les voyant revenir sur le coup de midi, dépenaillés, trempés, le visage noir de charbon. Et encore, les deux garnements s'étaient bien gardés de lui révéler ce qu'ils avaient fait. Elle serait morte sur place.

Ils avaient marché une bonne heure dans la forêt lorsqu'ils avaient débouché sur une masure en ruines. À l'intérieur, il y avait des caisses de munitions, un reliquat de la guerre ; des balles, des grenades, de vieux pistolets. Charles craignait que ça explose. Il avait pris la main de son frère dans la sienne pour l'entraîner au-dehors.

— Viens ! C'est dangereux.

Le rire de Robin avait résonné entre les murs.

— Penses-tu ! Regarde !

J'ai pris le temps de relever chaque détail de ce qu'il faisait. Il a déboîté une cartouche, a récupéré la poudre noire qu'elle contenait, l'a étalée en ligne et y a mis le feu. Pchhhh ! Un grésillement, un éclair bleu, et plus rien. Rien qu'un petit cordon tout cramé. Tout s'est passé au ralenti. Même la voix de Robin semblait lointaine.

— Alors, tu vois pauvre couillon, qu'c'est pas dangereux, a dit Robin. Ça, en revanche, c'est autre chose !

Il s'est saisi d'une grenade quadrillée, a passé un doigt dans l'anneau de déverrouillage et l'a dégoupillée. Là, j'ai vu Charles s'affoler.

— Tu veux manger du poisson ? C'est maintenant, qu'il a dit.

— Robin n'avait peur de rien. Il était capable de tout. Même de faire sauter la chapelle Saint-Blaise.

— T'es fou ! Qu'est-ce que tu vas faire ? a crié Charles.

— Rien ! un peu de bruit, c'est tout.

Pour Robin, tout était simple. Il s'est approché de la rivière qu'il venait d'enjamber et il a lancé la grenade dégoupillée dans le courant. Se sont ensuivies une forte détonation et une énorme gerbe d'eau. Charles était ahuri, trempé, transi. Robin, lui, était hilare. Un rire nerveux qui éclatait en morceaux.

— Tu t'es vu ? On croirait qu't'as plongé dans la rivière.

— Et toi, tu t'es regardé ?

Tous deux dégoulinaient d'eau. Robin a palpé ses vêtements et a fait la moue. Lui et son frère avaient l'air de deux cornichons confits dans le vinaigre. Puis, ils ont éclaté de rire. Un rire un peu crispé, un rire de délivrance. Toute sa vie, lorsqu'il croiserait son reflet dans un miroir et qu'il reverrait son enfance en accéléré, Charles se souviendrait de ce moment. Du rire tonitruant de Robin et du ventre blanc des poissons flottant au fil de l'eau.

— Viens vite ! s'est écrié Robin qui commençait à courir. Je ne sais pas s'il y a un garde champêtre ici, mais s'il y en a un, on risque gros.

Ils ont couru comme des dératés jusqu'au village. Une rocambolesque aventure qui les a rapprochés plus encore, Robin et lui avaient frôlé la mort ensemble.

*

Pour une fois, la voiture de l'Assistance publique chargée de récupérer Charles à la gare ne le conduit pas à Versailles. Il va dans un autre foyer. Nouveau dépaysement. Nouvel apprentissage. Il a déjà plusieurs vies à son actif. Les copains de Bezons, notamment Bernard, lui manquent. Il craint la solitude. L'image du chat crevé dans un caniveau le poursuit. Elle lui revient souvent à l'esprit, surtout lors des nouveaux emménagements. Il ne voudrait pas finir de cette façon.

Le véhicule traverse le pont de Bezons, rejoint la gare d'Argenteuil et stoppe devant un portail aveugle. Un coup de klaxon, un judas s'entrouvre sur un œil inquisiteur et les deux battants coulissent, découvrant une large allée bordée de marronniers et une imposante bâtisse. Plus qu'un château, le foyer d'Argenteuil est un havre de paix. Il abrite des garçons dont l'âge s'échelonne de 17 à 21 ans. Ce n'est pas à proprement parler un internat, mais une résidence-dortoir subventionnée par l'État et placée sous la tutelle de l'Assistance publique. Pour les mineurs comme Charles, la cloche sonne à 19 heures. À l'heure dite, ils doivent se présenter au surveillant général qui transfère leurs fiches nominatives de la case « sorti » à la case « rentré ». M. Husson, le maître-éducateur du foyer, le reçoit dès son arrivée. Il n'y va pas par quatre chemins. Pour lui, les choses ont le mérite d'être claires.

— Ici, pas de passe-droit. Tout le monde est sur un pied d'égalité. On fait son lit, son ménage, son lavage, son repassage et la vaisselle à tour de rôle. On ne sort que pour se rendre au travail et les jeunes, comme toi, doivent rentrer sitôt la fin du boulot. Les promenades hors du foyer, le week-end, sont soumises à l'autorisation de la direction.

Il fronce les yeux, pas sûr d'avoir été compris.

— C'est clair pour toi ?

— Oui !

— On dit « oui, monsieur » !

— Oui, monsieur.

— Ah ! Autre chose. Chaque interne doit payer un loyer mensuel. Deux cents francs. Une goutte d'eau. Une simple participation aux frais de bouche. Pour les deux mois d'été qui arrivent, tu seras dispensé de cette contribution puisque tu n'as pas encore d'emploi. Mais dès septembre, la comptabilité retiendra ta contribution sur ton salaire, si tu en as un.

Il se lève pour lui signifier que l'entretien est clos.

—N'oublie pas de respecter les consignes et tout ira pour le mieux, lui lance-t-il sur le pas de la porte. J'ai ton dossier. Je sais d'où tu viens et ce que tu as fait…

L'avertissement de Raoul lui revient en mémoire : « Cet incendie sera comme une pierre à ton cou. » Charles n'a pas prononcé un mot. L'homme l'a impressionné avec sa grosse voix et sa barbe drue aussi fournie qu'une brosse à reluire.

—Pardonnez-moi, m'sieur, mais j'aurais besoin d'une dispense.

—Quoi ? Déjà ? Quelle dispense ?

—Je suis inscrit au Conservatoire national des arts et métiers et j'aimerais pouvoir poursuivre mes études.

—Et tu vas payer ton loyer comment ? Tu ne crois tout de même pas que le Cnam va régler la contribution à ta place !

—Non ! Bien sûr. Mais je vais travailler.

—Comment ça, travailler ? Tu as un don d'ubiquité pour être en même temps au four et au moulin !

—Non, m'sieur ! Mais les cours ont lieu le soir de 19 à 21 heures et le samedi matin.

M. Husson tisse sa barbe des deux mains.

—Il faut voir. Je dois, avant toute chose, être couvert par l'administration.

Le premier interne que Charles rencontre dans le parc ressemble à s'y méprendre à Robin avec son accroche-cœur sur le front enroulé en spirale comme un escargot. Il est aussi triste que ses vêtements.

—T'es nouveau ? J't'ai jamais vu.

Il lui tend une main molle.

—Éric Quintin.

—Charles. Charles Baudrin.

Son visage s'éclaircit soudain comme s'il venait d'être frappé par la grâce.

—Toi, j'suis sûr que t'as touché à la croix de Baptiste.

Comme Charles reste sans voix, il poursuit, blême de peur.

—La croix de Baptiste, celle au fond du parc. Tu y es allé, hein ?

Charles ne sait pas de quoi il parle. Il vient juste d'arriver.

—Qu'est-ce que c'est que cette histoire de croix ?

L'autre hésite, l'observe un instant pour s'assurer qu'il ne se moque pas de lui.

—Personne n'ose approcher cette croix. Elle porte malheur. Pierre Catin, qui l'a touchée pour faire le malin, s'est évanoui. À l'infirmerie, il a raconté qu'une décharge électrique lui avait traversé le corps et qu'une lumière blanche l'avait aveuglé.

—Et tu crois à ces balivernes ?

—Ce ne sont pas des balivernes. Bien sûr que j'y crois.

Un rire éclate dans son dos.

—Une histoire de bonnes femmes soûles, oui !

Charles se retourne. Il n'en croit pas ses yeux. Il a soudain la sensation de rêver, que le sol se dérobe sous ses pieds. Pourtant, c'est lui ! Lui et son éternel petit air moqueur. Il le regarde intensément pour s'assurer qu'il est bien en présence de l'original et non pas d'une copie. Que fait-il là ? Il le bouffe des yeux. Il a mûri. C'est un peu comme si plusieurs couches de peau s'étaient superposées sur son visage. L'adulte a pris le pas sur l'adolescent qu'il a quitté quatre ans auparavant. Ces retrouvailles le vident de ses toxines empoisonnées. L'émotion est forte. Il se jette à son cou :

—Robiiinnn… !

L'écho de sa voix résonne dans les arbres. Cette fois, son frère ne le repousse pas. Il l'étreint et Charles sent à nouveau quelque chose de doux et de chaud dans son ventre. Il en bégaye.

« Ah ! Vous voilà à nouveau réunis », chuchote Mam-Two qui le traque jusque dans ses rêves éveillés.

— Je… J'ignorais que t'étais là. M. Husson ne m'a rien dit !

— Il a peut-être voulu te faire une surprise, frérot. Ou bien il a oublié. Il y a beaucoup de monde ici. Il paraît que nous sommes plus de trois cents.

— T'es arrivé, quand ?

Robin ne se souvient plus exactement. Pour lui, les jours sont collés les uns aux autres. Il a dans le regard quelque chose d'éteint, de flétri. Il pose une main protectrice sur l'épaule de son frère.

— Viens ! Il faut que je te parle.

Cette fois, le ton de sa voix est grave.

— Je ne sais pas par où je dois commencer…

Il s'interrompt et renifle comme s'il était enrhumé.

— Quoi, qu'est-ce qu'il y a ? T'as l'air paumé.

— Attends ! Attends, Charles, allons-y mollo. Tu te souviens de Charonne ? Tu pensais être seul au monde, puis on s'est rencontrés…

— Oui ! Mais pourquoi tu me rappelles ça ?

— Calme ! Cool !

Il a l'intuition que Robin cultive le suspense.

— Parce que j'ai une importante nouvelle à t'annoncer.

Il se tait à nouveau, faisant grandir la curiosité de son frère.

— Alors, t'accouche !

— Eh ben voilà ! On n'est pas deux, mais cinq !

— Quoi, cinq ?

— Oui ! Je ne sais pas si notre mère était de la mauvaise graine ou une pute, mais toujours est-il qu'elle a fait cinq gosses.

La nouvelle étrangle Charles. Il va vomir. Sa bouche a un goût de fer. Des spasmes lui broient le ventre.

— Cinq ?

— Oui ! Deux autres frères et une sœur.

— Une sœur ?

— Julie, l'aînée. Elle a huit ans de plus que moi.

— Attends ! Attends. Qu'est-ce que tu me chantes là ? T'as appris ça où, comment ?

Robin danse d'un pied sur l'autre, visiblement mal à l'aise.

— J'ai rencontré Julie par hasard.

— Comment ça, par hasard ?

— Tu ne me croiras peut-être pas, mais je l'ai croisée au foyer Vauban. Elle y était en même temps que moi et la directrice, Mme Cérier, nous a présentés. Je ne sais pas si c'était un coup monté, mais toujours est-il que c'est là qu'on s'est vus. C'est elle qui m'a raconté que nous étions cinq. Elle m'a indiqué comment ça s'était passé.

— De quoi parles-tu ?

— De l'abandon !

— Quoi ? Tu veux dire que nos parents nous ont abandonnés ? Qu'ils nous ont balancés sur le trottoir comme des sacs-poubelles ?

— C'est plus compliqué que ça, Charles. Et puis, c'était la guerre.

— Et alors ?

Chacun semble sonder l'autre.

— Je préfère que ce soit Julie qui t'explique. J'vais la voir dimanche prochain. Tu devrais venir avec moi.

Charles écoute Robin, ahuri. Il vit l'un des moments les plus importants de sa vie, son frère lui annonce tout bonnement qu'ils sont cinq, qu'ils ont été abandonnés, qu'il a une sœur aînée… Il a l'esprit tourneboulé. Le film qu'il voit en accéléré remonte le temps à tout berzingue.

— Ce qui est curieux, poursuit Robin, c'est qu'elle n'ait pas de mec. À vingt-sept berges on n'enfile pas que le chas des aiguilles.

Il fait un mouvement obscène de va-et-vient du bassin.

— *Zizi pan-pan !* Si tu vois ce que je veux dire ?

*

Deux mois ont passé. Charles n'a toujours pas vu Julie. Robin ne lui en parle d'ailleurs plus. Il se borne à évoquer leurs souvenirs ; Charonne, les bagarres, les raclées, le clou dans la nuque, les chardonnerets, les grillons qu'ils élevaient dans des boîtes à chaussures… Jamais il ne lui parle de LA mère. Pour lui, le sujet est tabou. Parfois, quand Charles l'évoque par mégarde, il a un hochement de tête qui ne veut rien dire.

Aujourd'hui, Charles erre dans le parc et longe le mur d'enceinte. Un mur semblable à ceux qui ont jalonné son existence. Un cri le fait soudain sursauter. Il connaît ce timbre de voix : celle d'Alexis Samsoloff, un gars de Limoges.

— Charles ! Viens vite ! Le père Husson a une bonne nouvelle à t'annoncer. Il te cherche.

Alex se frotte les mains, excité comme s'il venait de découvrir un sac d'or enterré.

— J'crois qu'tu vas être content.

— Qu'est-ce que c'est ?

— J'sais pas ! Du boulot, j'crois.

—Du boulot ?

—Oui ! Un emploi.

Robin, qui se trouve dans les parages, se joint à eux.

—Ben mon cochon ! T'as vraiment du pot ! T'es à peine arrivé que t'as déjà un job. T'as vraiment une veine de cocu !

M. Husson lui tend une lettre.

—Tiens ! Baudrin. Ça vient de la Snecma.

Charles fronce le nez. Il n'a pas l'air de savoir de quoi il s'agit. Peut-être une boîte d'électricité, ou une banque ?

—J'ai l'impression que la nouvelle ne t'émeut pas beaucoup, marmonne M. Husson, un peu déçu. Tu sais qui est la Snecma ? La Société nationale d'études et de construction de moteurs d'avions. Cette entreprise a pour l'habitude de recruter son personnel de fonderie au centre d'apprentissage de Bezons. Ta place de deuxième au concours du meilleur apprenti de France y est sans doute pour quelque chose. Tu commences demain. Tiens ! Lis la lettre d'embauche. Tout y est : horaires, fonction, salaire, congés payés… Tu es affecté à l'atelier de magnésium.

À l'usine, on a intégré la jeune arpète à une équipe qui travaille sur l'Atar volant. Un avion qui décolle à la verticale. En tant qu'OS, Charles suit les conseils des anciens, les P1 et P2 qui l'entourent.

—Si tu écoutes et fais le boulot, tu ne resteras pas ouvrier spécialisé toute ta vie, lui glisse un des gars de l'équipe. Tu pourras devenir un jour P1, professionnel de première catégorie, comme moi.

Il lui tend une bouteille en plastique.

—Tiens, petit, bois un coup !

Charles hésite. Le liquide jaunâtre ne lui dit rien qui vaille.

— T'fait pas de bile, p'tit gars ! On ne veut pas t'empoisonner. C'est du coco ! C'est bon pour bander, à c'qu'on dit.

Il part d'un fou rire, repris par ses collègues.

— T'es puceau ou quoi ? Moi, à ton âge, il y a déjà longtemps que je niquais les filles. T'as une petite amie, au moins ?

Il ne répond pas.

— Il faudra le présenter à la cuisinière. Paraît qu'elle aime bien les p'tits jeunes.

Nouvel éclat de rire.

La vie en usine n'a rien à voir avec celle que Charles a connue au centre d'apprentissage. Dans l'atelier, où les vitres ont été blanchies à la chaux, le bourdonnement des chariots élévateurs, le grincement des treuils, le crissement métallique des châssis montent à l'assaut des sens. Les bruits transpercent le crâne et trouent le cerveau. À ce vacarme s'ajoute la fumée qui absorbe la lumière du dehors, le souffle chaud du cubilot, la température extrême des poches de coulée qui imprègnent l'air d'une moiteur suffocante. En fin de journée les os des mains de Charles lui filent entre les doigts à force d'avoir manié le fouloir. Comme dit Robin, « Charles se goinfre de solitude et de silence ». C'est vrai qu'il fuit le monde. Il se cache dans sa prison de verre dont il lèche les vitres comme un farlowella. Il remâche sa déconvenue. B.B., Bernard Barron, avait raison. Il n'était pas fait pour être mouleur. Pour tromper sa frustration, il rêve aux hommes en blouse blanche qu'il aperçoit au premier étage. Eux ne respirent pas les fumées, le sable, la plombagine. Ils sont peinards derrière leurs stores. Un jour, il aura lui aussi un critérium et des stylos de toutes les couleurs dans la pochette de sa blouse. Non, il n'est pas mégalo.

C'est possible. D'ailleurs, il est sûr que sa mère l'y aidera. « Compte sur moi, mon garçon. Tu sais bien que je veille sur toi », le rassure Mam-Two.

Au bout d'un mois, il n'en peut plus. Il donne sa démission. M. Husson, à qui il apprend la nouvelle, est abasourdi. Une expression étanche voile ses yeux.

— Démissionné ? T'es complètement fou. Tu avais une chance unique de devenir quelqu'un, un contremaître, un chef d'équipe, peut-être. Et voilà que monsieur plaque tout sur un coup de tête.

Charles baisse le nez. M. Husson ne peut pas comprendre. Sa mère ne veut pas qu'il soit contremaître. Elle a pour lui des visées plus ambitieuses. Elle veut le voir en haut de l'échelle.

— Tu veux que je te dise, Charles ? T'es un présomptueux ! Continue comme ça et même ton ombre refusera de te suivre.

— J'veux seulement reprendre mes cours au Cnam, m'sieur.

— Le Cnam, le Cnam, tu n'as que ce mot en bouche. Qu'est-ce que tu crois ? Qu'ils attendent après toi, là-bas ? Fais ce que tu veux, mais paie ta contribution ! Sinon c'est la porte.

Charles repart, gonflé à bloc. Il consulte aussitôt les sociétés susceptibles d'engager un jeune débutant en électromécanique. Elles ne sont guère nombreuses à lui répondre. De ce côté-là, c'est plutôt l'échec ! Les chefs d'entreprise enclins à écouter les états d'âme d'un arpète voulant améliorer son sort ne sont pas légion. La chance finit toutefois par lui sourire. Il a déniché un job chez Newbeer, une maison spécialisée dans la fabrication des machines de conditionnement des packs de bière. Ce n'est pas le pétrole, mais c'est déjà ça. Il va pouvoir régler sa cotisation et rester au foyer d'Argenteuil.

Robin se fait de plus en plus rare. Il bosse la semaine dans une pépinière et ses soirées sont absorbées par une fille qu'il a rencontrée dans la boîte où il travaille. Il est tombé amoureux d'elle tout de suite, au premier regard. Il en a perdu l'appétit. Il ne vit que pour elle. Les week-ends, quand elle va chez sa mère, il se morfond. Quand elle est là, Charles attend son frère parfois jusqu'à minuit et s'endort sur son lit. Robin le réveille quand il rentre. La visite à sa sœur Julie a été reportée déjà quatre fois. C'est à croire que Robin ne veut pas qu'il la connaisse. Il ne lui a toujours pas dit où elle crèche.

Le directeur des services techniques, M. Junot, lui a confié, dès son arrivée chez Nexbeer, un projet : élaborer une nouvelle machine rotative. Malgré ses connaissances en mécanique, Charles nage complètement. À l'heure du déjeuner, M. Junot vient vérifier le degré d'avancement de son travail.

—Alors ? On barbote, à ce que je vois.

Charles ne sait pas où poser son regard. D'une bourrade, le directeur l'invite à le suivre.

—Allez, ne te fais pas de bile. On a tous débuté un jour. Viens ! Allons manger un morceau ensemble. Tu m'expliqueras ce que t'as compris, ou plus exactement ce que tu n'as pas pigé.

La cantine ressemble à un hall de gare. Difficile de se faire entendre. Ça grouille, ça beugle, ça gesticule. Quand ce ne sont pas les « chaud devant » lancés par les serveurs, ce sont les plaisanteries douteuses et égrillardes adressées à la cuisinière, tout émoustillée par les gaillards qui tournent autour d'elle.

La tête de Charles se perd dans le tohu-bohu. Il ne parvient pas à exposer à M. Junot ce qu'il ressent. Il n'entend rien de ce qu'il lui répond. Il saisit tout juste quelques bribes de phrases : « familiariser… chez moi… Colombes… bouquins… ».

M. Junot et sa patience sont un vrai doping pour Charles. La journée, il se perfectionne au sein de l'entreprise qui l'a accepté comme stagiaire, le soir il est au Cnam. Il a déjà passé et obtenu deux unités de valeur. M. Philippe qui continue de lui donner des cours, l'encourage.

— Je savais que je ne perdais pas mon temps avec toi. Tu es de la race des seigneurs, ajoute-t-il en riant.

Il ébouriffe ses cheveux d'une main amicale, allume une cigarette et lui tend le paquet.

— Tu fumes ?

— Non merci !

Charles pense aux cibiches qu'il fumait à Charonne. Il en a encore le goût âcre et amer dans la bouche.

— Dis-moi, Charles. Je voudrais te poser la question qui me turlupine depuis un bout de temps. Tu n'es pas obligé de me répondre. Qu'est-ce qui te fait courir comme ça ? Tu veux impressionner qui ?

— Ma mère !

— Quoi, ta mère ? Tu m'as dit qu'elle t'avait abandonné.

— Justement !

— Comment ça, justement ?

— Vous ne pouvez pas comprendre. C'est un truc entre elle et moi.

8

Janvier 1958

Julie a beau plisser les yeux, le visage du jeune homme ne lui rappelle rien. Ses yeux verts couleur de rivière et sa fossette au menton ne lui évoquent aucun souvenir.

Robin jubile. Il se bat les flancs. Les farces et les quiproquos, il aime ça. C'est une marotte chez lui. Un toc. Son œil frise de malice. Il interroge sa sœur de but en blanc.

—Alors, tu te souviens de lui ?

Dans son for intérieur, il se bidonne déjà du gag et adresse un clin d'œil à Charles qui a juré de tenir sa langue.

Un peu désorientée, Julie détourne la conversation.

—Tu aurais pu me prévenir, je me serais faite belle. Regarde comment je suis attifée.

Son tablier lie-de-vin, sa robe verte et ses mules en acrylique blanc n'ont en effet rien de bien sexy.

Elle enlève son tablier.

—Je l'ai achetée au marché d'Arpajon, dit-elle, désignant sa petite robe informe.

Robin baisse les yeux.

—T'inquiète pas, Julie. T'es superbe avec tes bébés phoques.

—Espèce de grand sot ! Ce ne sont pas des bébés phoques… des agneaux.

—Bah ! Au moins, t'es sûre que le loup ne les bouffera pas.

Il pouffe. Robin a son franc-parler. Il s'exprime comme il pense.

—Alors, comment tu trouves mon pote ? Beau mec, non ?

Julie roule à nouveau un œil sur le garçon qui se tient près d'elle. Son regard ne peut se détacher des yeux du jeune homme qui vibrionnent comme s'ils voulaient quitter leur orbite.

—On se connaît ?

—Non !

—Ça ne m'aide pas beaucoup.

Elle l'assaille de questions.

—Vous êtes qui ? Vous venez d'où ? Que font vos parents… ?

—Morts !

La réponse ne la surprend pas. Les êtres malheureux se reconnaissent entre eux. De son côté, Charles s'efforce de sourire, mais ses lèvres à peine entrouvertes se referment aussitôt dans un petit claquement sec.

Robin trépigne et piaffe d'impatience. La farce s'éternise et il en a ras la casquette.

—Bon ! Ça suffit ! Vous n'allez pas vous regarder dans le blanc des yeux jusqu'à la Saint-Glinglin ! Charles n'est pas le Messie, bon Dieu !

—…

Julie se tait, étonnée. Un étonnement qui enfle au point

de suspendre les mouvements, les regards, les paroles. Sa peau est blanche et pâle, comme si le sang et la vie venaient de la quitter. Une boule d'émotion lui monte dans la poitrine. Elle ne sait plus où elle est. La temporalité, le lieu, les souvenirs sont déstructurés, sa voix se brise en stupéfaction.

— Désolé, grande sœur. Je voulais simplement te faire une surprise.

Julie reste bouche bée, pétrifiée par l'émotion. Après quelques secondes suspendues dans le temps, elle se tourne vers Charles, esquisse des morceaux de phrases qui ne s'adressent pas vraiment à lui, qui ne s'adressent à personne.

— Ce… ce grand gaillard est l'enfant qu'on m'a arraché des mains en 1942. Le bébé que je portais dans les bras sous les bombes ? Oui. Oui, oui ? Bien sûr !

Sa voix vibre, hachée, son débit sonne de plus en plus faux, comme si elle était pressée d'en finir au plus vite, que chacun reparte, qu'il ne soit jamais venu. Sa présence remue trop de souvenirs. C'est trop ! Elle vacille et doit au chambranle de la porte de ne pas s'écrouler. Robin lui tend une chaise. Une force obscure monte de ses entrailles, tandis qu'une chape de plomb écrase ses épaules. Sa respiration est courte, son cœur bat comme une pendule déréglée. Elle a du mal à déglutir. La potion a été violente, brutale, difficile à avaler. Elle fait quelques mouvements respiratoires pour tenter de remettre les choses en ligne, boit un grand verre d'eau, se racle la gorge. Elle est comme quelqu'un qui serait resté trop longtemps plongé dans l'eau et qui réapparaîtrait à la surface. Après avoir respiré à pleins poumons et bricolé l'illusion d'un léger mieux, elle balbutie.

— Charles ?

Elle a la sensation d'entendre sa voix dans un écho lointain. Très lointain.

— Nous te croyions mort.

Elle tend maladroitement les bras vers son frère comme quelqu'un qui ne sait pas comment s'y prendre pour se saisir d'un bébé. Charles, jusqu'alors immobile, s'avance, l'étreint comme on s'agrippe à un récif. Julie fait partie de lui. Elle est sa chair, son sang. Certes, il n'a aucun passé, ni aucun historique avec elle, mais ils sont de la même mère, du même ventre. Il déglutit. Une sœur ? Cette idée ne lui avait jamais effleuré l'esprit. Il pensait être seul au monde et le voilà flanqué d'une fratrie.

*

Ces retrouvailles ont, en bonne logique, marqué Charles au plus profond de son être. Il a opéré, malgré lui, un choix sélectif et ne garde en mémoire que quelques images ponctuelles et fugaces de cette première rencontre avec sa sœur : son étreinte maladroite, ses remords, sa farandole de regrets sur ce qui s'était passé quand il était nourrisson. Plus tard, les rires, les bourrades, les embrassades, confuses et hystériques… Toutes ces choses inutiles qui viennent à l'esprit quand le passé vous surprend et que vous cherchez une porte de sortie. Cette histoire était, il le savait, assise sur le sable. Un sable mouvant poussé par le vent du passé.

Julie avait 10 ans à l'époque des faits. Charles veut qu'elle lui raconte l'abandon, comment ça s'est passé. Qui sont ses frères ; si elle a revu la mère et les autres membres de la famille ; où ils sont…

Exaspérée par l'insistance de Charles, Julie fléchit et cède.

— C'était l'été. Le temps était absurdement beau. Tout était absurde d'ailleurs ce jour-là ; les bottes martelant le sol de Paris, l'acier des fusils scintillant insolemment au soleil, les mortiers, gueule ouverte, qui se taisaient… Pour combien de temps encore ? En ce mois d'août 1942, la France était en partie occupée par le troisième Reich. L'Assemblée nationale et le Sénat avaient donné les pleins pouvoirs au maréchal Pétain qui assurait depuis Vichy la gouvernance du pays. C'était la période de la débâcle, de la collaboration avec les nazis, des lois antisémites. Virginie, la mère, marchait péniblement devant nous. Elle s'évertuait à éviter les nids-de-poule. Parfois, son pied se dérobait et elle boitillait comme un oiseau blessé.

Julie s'interrompt, revivant la scène.

— La mère n'avait pas recousu l'ourlet de son imperméable. Il pendait lamentablement sur ses chaussures. Des escarpins jadis. Ses cheveux poivre et sel – plus sel que poivre – dérangeaient dans ce visage encore jeune. Trente-cinq ans, c'est pimpant. Ça sent bon. Hormis ses cernes violacés, elle était presque jolie. Elle parlait peu. Elle semblait avoir édifié entre elle et le monde extérieur les murs d'un territoire qui n'appartenait qu'à elle. Lui – elle parlait du père – se tenait en retrait. Il s'efforçait de ne pas la dépasser, comme s'il redoutait d'accrocher son regard. Il était lâche. Tout l'attestait : son dos voûté ; ses yeux en accent circonflexe ; sa bouche aussi fine qu'un coup de crayon ; sa peau couperosée… Tous deux marchaient au ralenti, comme s'ils voulaient retarder le plus possible le moment fatidique où ils devraient verser dans l'innommable. Nous ignorions où nous conduisaient les parents. La mère t'a pris dans les bras pour descendre les marches du métro. À la gare

Saint-Lazare, nous sommes montés dans un train en partance pour Versailles.

Julie s'arrête un instant. Elle profite de la ponctuation pour faire de courtes pauses et reprendre haleine. Le récit lui pèse. Après chaque halte, elle respire profondément et reprend le cours du récit comme pressée d'en finir. D'expulser une bonne fois pour tout le fiel qui lui ronge la rate.

— Je me demandais, reprend-elle, si la mère était réglée comme une horloge ou si elle avait un coucou dans le ventre pour avoir accouché d'un enfant tous les deux ans. Comment un corps pouvait-il se remplir et se vider comme une outre aussi régulièrement.

Elle se tait à nouveau, pour réfléchir à ce qu'elle vient de dire.

— Notre fratrie était un peu comme une pieuvre. Oui, c'est ça, comme une pieuvre à cinq tentacules. Moi, la plus âgée, Luc, Olivier, Robin, et toi le plus jeune ».

Julie sourit en pensant à la métaphore. Cette idée ne lui avait jamais caressé l'esprit et l'image lui plaît.

— Une pieuvre, répète-t-elle comme pour elle-même, pensant à *La Camorra*, le film sur la mafia sicilienne qu'elle venait de voir et où le gang s'appelait justement « la Pieuvre ».

Charles a pris l'habitude, lorsqu'il ne sait pas quoi dire, ou qu'il est sous le coup d'une émotion, de reprendre à son compte les paroles de son interlocuteur. *Tu as donc pensé que notre fratrie était comme une pieuvre. Une grosse bête à cinq branches, toi, Luc, Olivier, Robin et moi. C'est ça ?*

Julie secoue légèrement la tête.

— Arrivés devant la grille du château de Versailles, nous avons tourné à droite pour emprunter la rue des

Réservoirs. Plus tard, les parents se sont arrêtés devant un porche où flottait un drapeau tricolore. Là, je les ai vus hésiter. Ils se sont consultés du regard, avant de s'engager sous le porche et de longer un couloir à la peinture écaillée menant à une salle d'attente. Là, une grosse femme, à qui il manquait un bras, les a accueillis. Elle a tiqué devant la tripotée que nous étions. C'était la guerre, mais quand même ! Elle a fait entrer les parents dans son bureau et nous a parqués dans une pièce attenante. Je ne savais pas ce qui se tramait de l'autre côté de la cloison. Je tremblais d'angoisse. Durant le voyage, les parents n'avaient pas desserré les dents et leur mutisme avait attisé ma peur.

Julie déroule le passé, l'œil fixe et luisant.

—J'observais la mouche qui se cognait contre la vitre. J'y voyais un signe. Je pressentais quel serait mon avenir. Sans doute semblable à celui de l'insecte. Comme lui, je me frapperais inlassablement la tête contre les murs. J'ai immédiatement compris ce que signifiaient les mots « Assistance publique ». J'avais déjà entendu parler à la radio de cette institution. On disait qu'elle avait été créée pour venir en aide aux orphelins. J'imaginais ce qui se disait dans le bureau d'à côté. Les parents déclinant leur identité ; le père expliquant qu'avec sa paie d'OS dans une fonderie et les quelques picaillons que rapportait sa femme à la maison, il n'avait pas de quoi nourrir cinq bouches. Il râlait contre la guerre, les topinambours, les rutabagas, les fèves qui manquaient…

Julie s'interrompt à nouveau, renifle et toussote pour expulser le chat qu'elle a dans la gorge.

—La porte du bureau s'est soudain ouverte. Et là, j'ai entendu la manchote lancer aux parents qui s'éclipsaient : « Réfléchissez bien aux conséquences de votre décision. Elle sera irréversible ! »

—Et alors ? intervient Robin qui, depuis le début, a écouté bouche bée.

—Le père a répondu, baissant la tête : « Je sais ! Je sais ! Mais on n'a pas le choix. »

À cet instant, Julie marque une nouvelle pause. Ses joues ont viré au rouge. Sa voix est rageuse, imprécatoire.

—On a toujours le choix ! Topinambours, rutabagas, fèves… Foutaise ! S'il n'avait pas englouti sa paie dans la piquette, il n'en serait jamais arrivé là !

Elle poursuit.

—Luc et Olivier ne se rendaient pas compte de la situation. Ils riaient. Toi, Robin tu enlevais tes galoches…

Julie tourne les pages d'un livre d'histoire qui n'a rien de commun avec les contes de Perrault. Le passé l'obsède, la bouleverse.

—La directrice est revenue, mais cette fois accompagnée d'une infirmière. Une certaine dame Trotel. Une femme vêtue d'une pèlerine bleu marine dont la cornette faisait immanquablement penser à un oiseau en colère. Elle nous a offert un bonbon, puis nous avons été séparés. Toi, Charles, le plus jeune d'un côté, les trois autres garçons et moi de l'autre…

Charles dodeline de la tête, obnubilé par les questions qui l'obsèdent. Comment peut-on abandonner cinq enfants en même temps ? Pourquoi l'a-t-on isolé ? Qui en a décidé ? Pour quel motif ? Que sont devenus les autres membres de la famille ? Les grands-parents, tantes, oncles, cousines, cousines…

Il bombarde Julie de questions. Il veut tout savoir. Il dit qu'il y a du *Fantômas* dans cette histoire.

—Oh ! Tu m'embêtes Charles, avec tes questionnements… Que s'est-il passé ? Où m'a-t-on emmené ? Que sont devenus les parents ? Et patati !

Et patata ! Que veux-tu que je réponde ? Rien que tu ne saches déjà ! À compter de ce jour, j'ai fait un black-out. Tu comprends ? J'ai eu un trou de mémoire.

Julie ment. Elle se dérobe. Charles le sait. « À compter de ce jour, j'ai fait un black-out, un trou de mémoire… » Il réfléchit à ce qu'elle a voulu dire.

— Putain ! J'ai quand même le droit de savoir ce qui s'est passé, non ?

Sa sœur plisse le front, ouvre la bouche et la referme aussitôt, prise de tremblements. Son visage est tendu. Son mascara a coulé et une larme orpheline pend à l'aile de son nez. Ces questions raniment un passé qu'elle croyait avoir oublié. Elle se gratte la joue. Charles continue de la pressurer. Elle seule peut replacer les pièces manquantes à leur histoire.

— Merde ! J'ai besoin de comprendre, Julie. De savoir qui je suis. D'où je viens ? Qui est ma famille ? Ce qu'elle est devenue ?

Julie se débine à nouveau.

— Pas maintenant, Charles. Ne mêle pas ta vie à cette sordide histoire. Tu as très bien vécu jusqu'ici sans rien savoir… Alors ?

Il contemple sa sœur dans un brouillard. « Tu as très bien vécu jusqu'ici… » Que sait-elle de sa vie, de ses angoisses, de ses nuits de cauchemar, de ses rêves éveillés… ? Rien ! Les esquives de Julie alimentent chez lui les hypothèses les plus folles. Ses efforts pour étouffer ses réminiscences ne font qu'amplifier ses craintes. L'air est irrespirable. Il a une envie obsessionnelle de remonter loin en arrière. Julie détient la vérité, mais sa pudeur lui interdit d'en dire plus. Pour elle, ce jour est maudit. Son silence nourrit les fantasmes de Charles. Il pense que les choses ne se sont pas déroulées comme elle le prétend.

Il imagine avec déraison que, dans cette période troublée, ils ont été vendus au marché noir, troqués contre des sacs de riz ou de fèves, que les parents sont en prison pour trafic… La prison, qui n'était encore pour lui qu'une facétie du Monopoly, prend une funeste dimension. Tout se bouscule dans sa tête.

Soudain, une idée lui vient à l'esprit. Une idée tellement saisissante que Julie en tombe presque de sa chaise.

— Et si j'allais à l'Assistance publique ? Si je menais moi-même l'enquête ? Nous sommes en 1958. Cette histoire n'est pas si vieille. Le foyer Vauban doit toujours exister. Eux savent ce qui s'est passé. Ils ont des archives.

Julie toussote dans son poing et hausse les épaules comme pour dire « *Vas-y !* », mais il sait qu'elle prie pour qu'il n'en fasse rien.

Robin, jusqu'alors muré dans le silence, intervient à son tour.

— Ta sœur a raison. Tu ne pourras qu'être déçu, Charles. À quoi bon remuer toute cette merde ?

— Quoi ? Ils ont bousillé notre jeunesse et tu voudrais qu'on fasse l'impasse ?

Le carillon de l'église Sainte-Marie-de-la-Conception, proche de la rue Olivier-de-Serre, sonne 4 heures. Julie profite de cette pause improvisée pour mettre un peu d'ordre dans ses idées. Elle réfléchit, la tête dans les mains. Puis, elle laisse tomber les bras en signe de capitulation. La paume de ses mains claque sur ses cuisses comme une gifle.

— Bon ! Tu l'auras voulu ! Mais ne viens pas ensuite me faire des reproches. Le père buvait. Voilà, t'es content !

Elle attend une réaction de Charles qui ne vient pas.

— À plusieurs reprises la police l'avait interpellé. Il beuglait dans la rue des insanités. Les voisins s'étaient plaints. Il avait été condamné à des cures de désintoxication. Il était multirécidiviste. Il disait que le vin l'aidait à voir la vie en couleur… En rouge, sans doute ! Une enquête a été ouverte. Une assistante sociale est venue chez nous à Plaisir dans la banlieue ouest de Paris où tu es né. Une horrible HLM, calée entre la nationale 13 et la déchetterie. Ça puait les pots d'échappement, le fioul, l'huile et les ordures. L'éducatrice a été horrifiée quand elle a vu qu'on vivait à sept dans un deux-pièces qui prenait l'eau comme un vieux rafiot. Tu étais son souffre-douleur, poursuit Julie. Déjà, lorsque la mère enceinte lui disait : « Regarde, il a bougé », il refusait obstinément de poser la main sur la protubérance de ton pied ou de ta main. Il braillait : « C'est toi qui l'as voulu ! T'avais qu'à faire dégringoler le polichinelle du tiroir. »

Sans l'opiniâtreté de la mère… Julie n'ose pas imaginer ce qui serait arrivé.

—Heureusement l'avortement était interdit. Le père ne voulait pas d'une bouche de plus à nourrir. Pour lui, tu étais un « accident » qui allait grever plus encore le budget du ménage. Le jour où tu es né, tu n'as pas crié. Tu étais bleu. La sage-femme t'a collé sur un radiateur pour te réchauffer. Tu pesais à peine 2,7 kilos. Tu n'avais pas vraiment tiré le bon numéro, mon pauvre Charles.

Julie se tait. Elle ferme les yeux sous le poids de l'émotion. Quand elle les rouvre, c'est pour ajouter, comme si elle avait oublié quelque chose.

—Le père t'avait pris en grippe. Ta mèche blonde, tes yeux clairs et tes traits fins l'irritaient. Il cherchait à t'isoler. La simple idée que tu puisses jouer avec nous autres le rendait fou. La mère te défendait comme elle pouvait, mais il était si brutal, si impulsif, si imprévisible qu'elle n'osait évidemment pas le heurter de front.

Elle disait qu'un jour de grand vin, il t'étoufferait sous un oreiller et ferait passer ta mort pour un accident.

Julie s'arrête pour reprendre son souffle. Charles a la sensation d'être habité par une étrange émotion qui le délivre de l'espace-temps gelé depuis son enfance et qu'il bascule soudain dans le présent.

Il profite de l'interruption pour interroger à nouveau sa sœur. Elle avait 10 ans à l'époque des faits et doit se souvenir de tout.

— Ils m'ont envoyé où ?

— Je l'ignore ! Du jour de notre séparation je ne t'ai jamais revu, ni les parents d'ailleurs.

— Jamais ?

Elle attend que sa vague d'émotion se retire.

— Jamais !

— Et à ta majorité, tu n'as pas cherché à savoir ce que j'étais devenu ?

— Je viens de te le dire. J'étais amnésique. Cet abandon avait été pour moi un véritable tsunami. J'ai souhaité tout oublier. Mon cerveau s'est mis en jachère, en sommeil, si tu préfères.

— J'ai posé un couvercle sur ma mémoire. Tu peux comprendre, ça ? C'est toi et toutes tes questions qui me forcent à me souvenir.

Charles comprend qu'il n'obtiendra rien de plus de Julie. Sa sœur n'a plus aucune idée de la profondeur du temps.

9

C'est un peu plus tard que Charles a su qu'elle s'appelait Sophie. Il l'avait abordée sans manière comme s'ils se connaissaient déjà. Ils avaient parlé de tout et de rien et avaient ri avec l'insouciance de la jeunesse. Elle avait 16 ans, lui 19. Elle pratiquait la danse classique, lui ne faisait rien, enfin, rien en dehors de ses cours au Cnam. Il vivotait grâce aux quelques sous que les maraîchers lui donnaient quand il les aidait à décharger les camions ou à installer les étals. Elle secondait sa mère à l'heure du déjeuner à L'Auberge montmartroise de ses parents.

— Maman me donne les pourboires que laissent parfois les clients, lui avait-elle soufflé.

Elle riait, dévoilant des dents faites pour mordre dans la vie. Elle était d'une rare beauté : des cheveux d'un brun profond, des yeux allant du gris au vert en passant par toutes les nuances de la gamme, un nez légèrement relevé, les oreilles ourlées comme des petits escargots, il n'y avait vraiment rien pour contredire la pureté de ses traits. Une icône. Oui, une icône. C'est le mot qui était venu spontanément à l'esprit de Charles en la voyant. Elle avait tout d'une icône : la lumière, la carnation, pâle et claire. Une vraie aquarelle de Marie Laurencin.

Sophie et lui avaient pris l'habitude de se retrouver chaque soir vers 17 heures, place Constantin-Pecqueur. De là, main dans la main, ils erraient dans Montmartre : rue Tholozé, rue des Trois-Frères, rue des Martyrs. Parfois, ils s'arrêtaient Chez Michou ou devant la devanture de Madame Arthur. Charles ayant reçu l'autorisation de M. Husson de sortir le soir jusqu'à 10 heures, ils allaient parfois boire un verre sur la place du Tertre, Aux Cadets de Gascogne ou Au Clairon des chasseurs. Souvent, Sophie le gratifiait de sa menue monnaie pour qu'il s'achète ses cigarettes, des Winston.

Les cours de Charles pâtissent un peu de sa *love story* avec Sophie, mais c'est dur à 19 ans de maîtriser son cœur quand il bat la chamade. Ne voulant pas décevoir M. Philippe, il a décidé qu'il ne verrait plus Sophie que deux fois par semaine, le lundi, car il n'a pas cours, et le dimanche.

Ce soir, la place du Tertre est endiguée par les touristes en quête de « poulboteries ». Charles aime ce bourdonnement de ruche humaine, cette foule bigarrée qui baguenaude et s'exprime dans des langues qu'il ne comprend pas. Là, un découpeur de silhouettes dentelle de ses ciseaux une jeune Allemande assise sur un pliant ; ici, un Rembrandt de fortune fond les contours d'une église blanchâtre qui voudrait ressembler au Sacré-Cœur ; plus loin, un Picasso de pacotille, qui mériterait d'être milliardaire si la peinture se vendait au poids, s'évertue à peindre un bouquet de lilas. Ici, aucun prix de Rome, peut-être, mais ça vit, ça ondule, ça grouille. L'atmosphère est saturée de visages, mais Charles ne voit que Sophie, un soleil doré parmi les toiles. Jamais il n'a aimé avec une telle intensité.

Sophie lui happe le bras. Elle vient de s'arrêter devant une aquarelle punaisée sur un chevalet.

—Regarde ! C'est inouï ! Cet hôtel est situé pas loin du restaurant de mes parents. Viens ! C'est à deux pas d'ici. Je vais te le montrer.

Elle l'entraîne rue Lepic, tourne rue des Abbesses, débouche peu après dans la rue Piémontési. À leurs pieds, la place Pigalle scintille de tous ses feux. L'hôtel est moins pimpant que sur l'aquarelle. Il est écaillé comme un Toulouse-Lautrec.

Derrière le comptoir, décoré d'un puzzle de cartes postales, se tient un homme massif à la barbe drue.

Contre toute attente, Sophie entre.

—Bonjour, nous aimerions savoir si vous avez une chambre à louer. Au mois, ajoute-t-elle, de crainte que le bonhomme se méprenne sur ses intentions.

Charles est éberlué par l'empressement de Sophie. Ils ne se sont pas consultés.

L'hôtelier les dévisage, se gratte la barbe comme s'il réfléchissait.

—J'suis complet, mais lundi la 24 se libère. C'est au deuxième étage.

—Combien ? demande Sophie.

—Cent cinquante francs, sans le petit déjeuner.

Les yeux de Sophie ne sont plus que deux petites fentes de bonheur. Pour elle, Charles est déjà locataire. Elle se tourne vers lui.

—Si on la retenait tout de suite ?

Charles est sidéré par sa précipitation.

—Combien pouvez-vous verser d'arrhes ? demande l'hôtelier.

Sophie ouvre son sac, compte ses pièces.

—Vingt francs !

Le bonhomme ouvre la bouche sur trois chicots jaunis.

—Ça ira ! Vous semblez être de braves petits.

Dans le métro, sur le chemin de retour, Charles repense à l'aplomb de Sophie. Elle a réservé l'hôtel sans le consulter, sans même se demander s'il a de quoi payer le loyer. C'est bizarre, cette attitude. L'aquarelle de la butte lui revient en mémoire. Ça sent le piège.

Le lendemain soir, Sophie l'attend chez Barbe, la brasserie qui fait le coin de la place du Tertre. Elle est assise sur un banc à l'extérieur. Quand elle aperçoit Charles, elle se lève d'un bond et court à sa rencontre.

—Ça y est, c'est fait !

—Quoi, qu'est-ce qui est fait ?

—J'ai réglé le solde du loyer de l'hôtel. Maman m'a avancé l'argent. Je lui ai parlé de tes projets. Elle est ravie de pouvoir nous aider.

Charles écarquille les yeux. Il a la sensation de recevoir une gifle.

—Tu sembles avoir oublié que je suis mineur et pensionnaire au foyer d'Argenteuil.

Sophie blêmit. Elle n'avait pas pensé à ça. Deux perles translucides apparaissent aux coins de ses yeux. Charles est soudain submergé par l'émotion. Il prend son icône dans les bras et essuie de la langue les perles qui ruissellent sur ses joues.

—Ne t'inquiète pas ! J'irai dès demain à Versailles pour demander une dispense.

Un pâle sourire anime à nouveau le visage de Sophie. Elle fait rouler ses épaules comme si elle suçait un bonbon et tournoie comme une ballerine dans une boîte à musique.

—C’est vrai ? Tu vas venir habiter ici, près de chez moi ?

« Tes projets », l’expression résonne dans la tête de Charles. Il a 19 ans et bien qu’il consacre plus de trente heures par semaine à ses études, il n’a à ce jour que douze « UV ». Certes, il a été admis à l’École d’ingénieurs du CNAM, mais il doit encore acquérir une bonne douzaine d’UV, planifier un parcours diplômant et préparer une thèse s’il veut obtenir un jour le diplôme d’ingénieur. La route risque d’être longue.

*

L’Auberge montmartroise est plaisante avec ses bois, ses cuivres, ses nappes à carreaux rouges et blancs, son comptoir surmonté d’une étagère où se reflète une forêt de verres. Au centre de la salle, un escalier en colimaçon se visse dans le plafond vers une salle à l’étage. Sophie lui parle. Il ne l’entend pas. Ses yeux sont rivés sur la porte des cuisines. Il s’attend à voir surgir à tout moment ses parents. Pour le détendre, Sophie l’entraîne à l’étage. De là, on découvre la place Pigalle. La nuit, l’endroit est inondé de lumières, de strass et d’enseignes flamboyantes. De jour, ce ne sont que murs gris et réseaux de fils électriques.

—T’as vu l’état de la friteuse ! Tu veux quoi ? Que les clients bouffent du charbon ?

Une voix, excitée, impatiente, vient du rez-de-chaussée. Charles n’aime pas les cris. Ils lui rappellent les hurlements des gardiennes à Charronne.

—Et les moules ? Tu crois que tu vas pouvoir les vendre avec la gueule qu’elles ont ?

Sophie tente de le rassurer.

— Ne t'inquiète pas, c'est mon père. Maman et lui sont comme chien et chat.

À travers la rampe à claire-voie, Charles aperçoit un homme de petite taille qui gesticule comme une marionnette. La toque à gaufre qu'il porte s'agite à chaque mouvement de sa tête.

— Papa, lui lance Sophie, je te présente Charles, tu sais l'étudiant dont...

— Oui ! Bonjour, bonjour, maugrée-t-il en faisant claquer les doigts. J'ai autre chose à faire. Tu vois bien que je parle à ta mère.

Sa femme, les cheveux permanentés comme une poupée de foire, se montre plus avenante.

— Bonjour Charles. J'espère que ma fille vous a prévenu du caractère de mon mari. Une vraie soupe au lait.

Charles répond de son mieux.

— Ce n'est rien, madame.

— Pas de chichis entre nous. Appelez-moi Renée.

Par un mélange de grimace et de sourire, elle essaie de faire comprendre au jeune homme que les éclats de voix de son mari ne sont pas bien sérieux et qu'il faut savoir les balayer d'un revers de main.

— Vous savez, c'est un homme très gentil, mais quand il entre en cuisine, il devient une vraie boule de nerfs. Vous verrez, vous vous habituerez.

Elle parle comme s'il faisait déjà partie de la maison. Charles est sur le qui-vive. Il n'a guère l'habitude de ce monde effervescent. La vie en internat ne l'a pas préparé aux scènes de ménage. Il a envie de fuir, de retrouver son réfectoire, son dortoir, les siens.

— Qu'avez-vous Charles ?

— Rien ! Rien, madame, mais je dois partir, car...

Elle ne lui laisse pas le temps de terminer sa phrase.

—Taratata ! Partir ? Vous n'y pensez pas ! Vous allez dîner avec nous. Il est 6 heures un quart et nous ne mettons le bec-de-cane qu'à 7 heures et demie. On a le temps !

Elle a déjà disparu, avalée par la porte battante des cuisines.

Charles est seul avec Sophie. Il a envie de déguerpir.

—N'aie pas peur ! le rassure-t-elle. Papa a un cœur d'or. Je le connais bien. Je suis sûre qu'il t'a déjà adopté.

Elle se mord les lèvres. « Adopté », le mot qu'il ne faut pas prononcer. Il s'apprête à lui en faire la remarque quand son père réapparaît, comme un diable sorti de sa boîte.

—Me voilà ! clame-t-il en se précipitant sur Charles, tout sourire, comme s'il venait de recevoir l'appui de l'aviation. Désolé pour tout à l'heure, mais ici, je dois tout faire !

Il lui serre la main à la broyer.

—Je m'appelle Augustin, mais ici, dans le quartier, on m'appelle « Tavernier ». J'aime bien. Ça fait époque. Celle où l'on savait faire encore la différence entre la grande cuisine et les gargotes !

Il disparaît, puis réapparaît dans l'embrasure de la porte, une assiette à la main.

—Ça, c'est pour toi ! Tu vas m'en donner des nouvelles.

Timidement, Charles essaie de lui expliquer qu'il préférerait attendre que Sophie et sa mère soient à table pour commencer à dîner mais Augustin balaie l'objection d'un geste de la main.

—Bof ! Si tu attends qu'elles soient assises, tu n'es pas près de manger. Une entrecôte comme ça, tu n'en trouveras nulle part ailleurs. Vas-y, attaque !

Il a soigné la présentation jusqu'à déposer sur le

côté de l'assiette une rose confectionnée à partir d'une pelure de tomate enroulée en spirale. Les frites sont d'un blond doré.

— La cuisine, ça ne s'invente pas. Ce qu'il faut, c'est bien saisir la viande. Un simple aller et retour pour qu'elle soit bien cuivrée, une noix de beurre pour remplacer l'huile de cuisson et tu laisses mijoter à petit feu pour qu'elle soit chaude à cœur. Et la sauce… ?

Il est intarissable quand il parle de son métier.

— Un émincé d'échalotes, un demi-verre de vin, du beurre manié, de la tomate et le tour est joué.

Sophie, qui les a rejoints, ne peut retenir un fou rire.

— Arrête, papa. Charles n'a pas envie d'être cuistot, il veut être ingénieur. Alors, ton homard au corail, tes cailles forestières et je ne sais plus quoi, ça ne l'intéresse pas vraiment.

Augustin baisse le nez comme un enfant pris en faute. Puis il se lève d'un bond, comme mû par un ressort.

— Bon ! Dépêchons-nous, les clients ne vont pas tarder à arriver. Vous mangerez le dessert plus tard. Où est le bec-de-cane ?

— Au pied de la lampe, répond Renée, qui déjà coupe une montagne de pain.

Le restaurant est à peine ouvert qu'un groupe d'Allemands entre, suivi d'autres touristes. *Montmartre by night.* Les étrangers dînent tôt. Bientôt, le bruit enfle. Les conversations, la chaleur, le vin, transforment vite la salle en hall de gare. On s'interpelle, rit, se congratule, applaudit. À ces manifestations bruyantes se superposent le cliquetis métallique des couverts, le choc cristallin des verres. L'enfer de la promiscuité est là. Charles se lève de table. Il n'a qu'une envie, fuir.

*

Plus tard, la tête appuyée contre la vitre du métro, Charles s'interroge. Ne risque-t-il pas de perdre sa liberté et son autonomie dans sa relation avec Sophie ? C'est quoi, d'ailleurs, la liberté ? On aspire tous à la liberté. On veut pouvoir décider librement de son avenir, agir sans contrainte. Dans un couple, la liberté est nécessairement entravée. Il craint les restrictions que va lui imposer Sophie. On est libre quand on est dans un environnement qui correspond à sa nature. Le poisson est heureux dans l'eau, parce qu'il est dans l'eau. Son environnement à lui, c'est l'orphelinat, la collectivité, les dortoirs, le chacun pour soi. Chacun sa merde, disent entre eux les laissés-pour-compte. Même si leurs souffles sont parfois chargés de haine et d'amertume, ils se soutiennent, se serrent les coudes. Les blessures, les colères intérieures, les séquelles émotionnelles, ils les partagent.

Dans le wagon, à cette heure, Charles est presque seul. Il broie du noir. Il se sent floué. Sophie lui a tendu un piège. D'ailleurs, la façade de l'établissement sur l'aquarelle ne ressemblait pas vraiment à la devanture de l'hôtel, rue Piémontési. Des idées sombres stagnent dans son cerveau. D'un côté, il adore être aux côtés de Sophie, de l'autre, il n'a pas le premier sou pour payer la chambre qu'elle a louée.

Au foyer, M. Husson qui l'a entendu rentrer, l'arrête dans le couloir. Il le regarde, l'œil sourcilleux.

— Eh bien, Charles ! Tu n'as pas l'air dans ton assiette à ce que je vois. Des problèmes au Cnam ?

Il s'assied à califourchon sur une chaise, face à lui. Éducateur dans l'âme, l'homme est proche de ses pensionnaires. Il sait les écouter, les réconforter, les secouer, si nécessaire. Ce soir, il sent bien que quelque chose ne tourne pas rond chez Charles. Il plisse le front, fronce les sourcils.

—Allez ! Déballe ! Vide ton sac !

Charles lui raconte ce qui lui arrive : Sophie, le restaurant, l'hôtel, le loyer, la confusion de ses sentiments, sa pudibonderie…

M. Husson se tait, les yeux clos. Il se caresse le cou d'un air absent.

Son silence gêne Charles.

—Tout d'abord, dit-il, sortant de sa réserve, il va te falloir une dispense de l'administration. Tu n'as pas la majorité.

Il parle avec la voix suave d'un curé au confessionnal. En présence d'un orphelin, il sait toujours le langage à adopter, selon qu'il est paisible, excité ou, pire, plongé dans le désarroi. Il a si souvent éprouvé leur malaise. Il n'ignore pas aussi que certains choisissent la confrontation, d'autres le silence ou l'excès dans le désordre, mais que tous sont prêts à voler au secours de l'autre. Il connaît la solidarité des pauvres.

Il ôte ses lunettes, se frotte les yeux, comme sujet à une irritation. Je le vois gêné aux entournures. Ces questions de mariage le dépassent. Il n'a jamais été marié et, quand bien même l'aurait-il été qu'il ne pourrait rien répondre. Chaque cas est différent.

—Que veux-tu que je te dise ? Qu'attends-tu de moi ? Que je… que je te dise quoi ? Je ne suis pas expert en relation conjugale ou en hyménée. Je crois seulement que le rapprochement de deux êtres est la plus belle chose qui puisse arriver. Surtout à toi, Charles, qui n'as pas eu de famille. Ta plus belle victoire serait d'en créer une, d'avoir des enfants, de leur offrir ce que tu n'as pas eu.

Charles est sur le point de lui faire part de ses angoisses, mais M. Husson lit dans ses pensées.

— Ton inquiétude est légitime, Charles. Tu n'as aucune expérience en amour, ni en affection d'ailleurs. Tes années de privation n'ont pas contribué à ton éducation sentimentale. Et puis, la solitude a toujours été ta compagne.

Il se tait, l'air absent.

— Nous sommes toujours seuls face au destin. Toi, moi, Sophie, nous sommes seuls. Le sang qui coule dans les veines de l'un ne coule pas dans les veines de l'autre. La mort de l'un n'entraîne pas la mort de l'autre. Enfin, pas souvent.

Il s'essuie le front, change de position.

— Tu dois agir en ton âme et conscience.

Il réfléchit à ce qu'il vient de dire, pas sûr d'avoir été compris.

— Tu sais ce que c'est, la conscience ?

Charles baisse la tête, honteux comme l'élève qui a besoin qu'on lui répète la question.

— La conscience, mon garçon, c'est la force que l'on possède par-delà le corps et le cerveau : c'est la paix intérieure. Plus le niveau de conscience est élevé, plus la volonté est grande. Tu dois faire la paix avec toi-même. Je vais te confier une chose qui n'est un secret pour personne. Je ne suis ni catholique, ni bouddhiste, ni musulman et je ne crois pas plus au nirvana qu'à la résurrection, mais l'amour que l'on donne à autrui est à mon humble avis le seul moyen d'accéder au bonheur.

Charles cherche un indice sur le visage de l'éducateur, mais il demeure obstinément vide.

— Je sais, poursuit-il, même si elle n'est pas apparente, que ta souffrance est là. Elle s'exprime par le corps, les gestes, les actes. Chez toi, par tes réactions, tes colères, tes terreurs nocturnes. La blessure peine d'autant plus à se refermer qu'elle a été précoce. Fais confiance à l'amour, Charles. C'est un excellent remède pour cautériser les plaies à ce qu'on dit.

Il sourit un moment assez long, triturant le capuchon d'un stylo avec des gestes maladroits.

Le lendemain au réveil, Charles a pris sa décision. Le sermon de M. Husson a porté ses fruits durant la nuit. Il ira s'installer à l'hôtel, rue Piémontési, dès qu'il aura obtenu la dispense que M. Husson va requérir de l'administration. Charles a une boule sur l'estomac. Contrairement aux gens normaux qui ont vécu en famille, lui, depuis son plus jeune âge, dort au milieu de dizaines d'enfants. Comment va-t-il trouver le sommeil, seul dans une chambre d'hôtel ?

*

L'ampoule nue du réverbère de la rue Piémontési projette sur le sol un halo qui a bien du mal à percer l'obscurité. Dans la pénombre du couloir, Charles déniche la clé de la chambre 24 à l'endroit que lui a indiqué l'hôtelier. Il s'engage sans bruit dans l'escalier. Chaque marche craque sous ses pieds. Il a la sensation que sa respiration peut s'entendre de la rue. Une odeur indéfinissable de saleté lui soulève le cœur. Soudain, une voix rauque le fige sur place. Il se retourne, le temps d'apercevoir dans l'obscurité l'hôtelier qui se tient au pied de l'escalier. Il a le sentiment que l'homme a bu. Sa voix est éraillée et la bouteille de rhum sur le comptoir est à moitié vide.

Le tenancier monte quelques marches, le prend par l'épaule et l'entraîne vers la réception.

— Viens, camarade ! C'est ta première nuit dans un palace. Ça s'arrose ! Tu permets que je te tutoie ? Tu pourrais être mon fils. D'ailleurs, j'te rassure, un fils, j'n'en ai pas. Tu vois cette photo sur le mur ? Eh ben, c'est moi ! Ça t'en bou… bouche un coin, hein ? Bien sûr, j'étais plus… plus jeune, plus… gaillard. Et puis, j'en avais là. Il plie le bras pour montrer son biceps. Je disputais le championnat de France des poids coqs. On m'appelait le « bombardier », comme Cerdan.

Il sert à Charles une rasade de rhum et l'entraîne dans son parcours du combattant. Tout y passe, son entraîneur, sa pute de luxe, son *sparring-partner* aussi mou qu'une chambre à air, ses combats, la foule, les femmes… Son dernier duel à Lille et le KO où il a perdu connaissance et une partie de la vue. Il rit. Un rire démoniaque qui annonce une envie violente de tuer, de massacrer quelqu'un.

Charles a peur. Il ferme les yeux pour se soustraire à l'escalade dans laquelle son imagination l'entraîne et il profite de ce que l'hôtelier vide la bouteille de rhum pour s'éclipser. Dans l'escalier, il l'entend encore beugler.

— J'aurai ma revanche !

Charles ferme sa porte à double tour. Il aurait aimé pour cette première nuit que Sophie soit près de lui. Ils ont eu si souvent envie de faire l'amour sans jamais oser en parler. Sans se déshabiller, il s'allonge sur le lit. Par la fenêtre ouverte, il voit la lumière du réverbère qui éclaire sa nuit. Il ne dort pas, songe aux garçons « du trottoir d'en face », qui flirtent, se masturbent, baisent, quand lui n'a goût à rien. Il est sans énergie, il ignore où est sa libido d'homme.

8 heures viennent de sonner à l'église des Abbesses. Derrière le Sacré-Cœur, le soleil chatouille déjà l'air.

L'atmosphère baigne dans une douce clarté bleue. Charles monte la rue Houdon encore engourdie, les mains dans le dos, avec le pas qu'on adopte dans les musées. La nuit n'a pas lissé sa fatigue. Il n'a pour ainsi dire pas dormi. Il s'arrête face à l'auberge. Elle est encore fermée. La façade est occultée par une lourde tenture rouge et les volets sont clos. Il lève le nez vers le second étage et joint les mains. Il aimerait que Dieu souffle à Sophie d'ouvrir ses persiennes, qu'elle se montre à la fenêtre, qu'il soit la première personne qu'elle voie à son réveil.

Frustré, il se dirige vers le marché. Déjà, les commerçants installent les devantures. Les marchandes des quatre-saisons garnissent les chariots de fruits et légumes. Un attelage tiré par un gros percheron encombre le passage. Le postillon se fait houspiller par le boucher qui nettoie le devant de son étal à grande eau. Le poissonnier, qui attend depuis plus d'une heure ses pains de glace, se rebiffe.

— Il faut bien que tout le monde travaille, non ?

En passant, Charles regarde les poissons, ventrus, bêtas, délavés par la mort. Leur couleur s'écaille comme des ongles mal soignés. Il pense à Robin et à sa grenade dans la rivière. La mort est laide.

Il est 9 heures quand il atteint l'église des Abbesses. Sur la petite place, face au vieux cinéma renfrogné au fond de l'impasse et destiné à être démoli, un groupe de pigeons, pareils à des notaires, fait les cent pas autour de la grille d'un arbre. Trois clochards assis sur les marches de l'entrée du métro, un litron à la main, le regardent fixement. Leurs joues cramoisies et leur immobilité font penser à des mannequins de cire. Plus loin, trois Blacks interprètent, à la guitare, au banjo et au cornet, *Petite fleur* couci-couça. Sidney Bechet doit se retourner dans sa tombe. Des ménagères s'interpellent, le sac à provisions posé entre les jambes.

— Charles !

Il n'a pas vu arriver Sophie. Elle est accompagnée de sa mère qui s'inquiète déjà de savoir s'il a pris son petit déjeuner.

— À votre âge, il faut manger !

Sophie est resplendissante avec sa bouche en cœur et ses joues nacrées. Elle est pressée de savoir comment s'est passée sa première nuit d'homme libre. Il lui raconte les matches de boxe que lui a fait vivre l'hôtelier. Elle rit comme une petite folle et l'invite à les accompagner.

— Pour porter les sacs, dit-elle, pour le taquiner.

Elle fait à Charles un clin d'œil en signe de « tout va bien, tu leur as plu ».

À leur retour, Augustin se tient au milieu de la salle. Un canard pend au bout de son bras.

— Bonjour Charles, tu vas te régaler. C'est un barbarie. Mon ami Gontran, qui vit à la campagne, vient de me l'apporter. Celui-là n'a pas été élevé à la farine de poissons. Regarde comme il est gras !

Les visites de Charles chez les parents de Sophie se font de plus en plus régulières. Augustin l'a invité à prendre tous ses repas à l'auberge. Il dit qu'il est maigre comme un coucou et qu'il a besoin de se remplumer. Il lui a même offert de l'héberger au deuxième étage dans une chambre proche de celle de sa fille. Il a une idée derrière la tête. Pourtant, le parti que représente Charles n'a rien de très enviable. Pas encore ingénieur, pas de situation, un statut somme tout pas très reluisant. En échange, Augustin aimerait bien, en période de pénurie de touristes, qu'il travaille comme chasseur devant l'auberge, le soir après ses cours.

— Tu pourrais te faire quelques sous. On en a besoin à ton âge.

Vêtu d'un spencer, Charles harangue les badauds. Il leur fait miroiter les délices de la cuisine d'Augustin. Si l'été les touristes abondent et montent de Pigalle à Montmartre en empruntant la rue Houdon qui mène à L'Auberge montmartroise, à la saison froide, seuls les gens du quartier viennent de temps à autre goûter la cuisine d'Augustin. Certains jours de pluie, la salle est déserte. Augustin, qui l'entend héler les passants sans grand résultat, lui suggère de descendre sur la place Pigalle et de proposer ses services aux cabarets.

— Eux marchent toute l'année, dit-il.

La Boîte à sel où Charles a été embauché est un lieu sordide avec une scène minuscule au fond d'un couloir. On y accède par un escalier casse-gueule. C'est là, sur une estrade tendue de velours rouge, que les filles montrent chaque soir leurs appâts à quelques clients égarés. Dehors, Charles aboie les formules que lui a enseignées le malfrat qui tient la boîte : « Les plus beaux nus de Paris ! », « Venez effeuiller Eva la libellule, Lily le papillon », « Goûtez aux charmes de Paris… » Eva passe en début de spectacle et Lily exhibe ses gros seins en deuxième partie. Il est abasourdi par la vulgarité du spectacle, les postures obscènes, les regards aguicheurs, les provocations brûlantes. Les « artistes » miment sans la moindre conviction l'acte d'amour sur une stéréo grinçante de feulements de lionne en chaleur. Obscène, pitoyable, grotesque. Lui, qui n'a jamais fait l'amour, est horrifié. Même Eva, avec sa poitrine parfaite et sa lingerie fine ne parvient pas à capter l'attention des rares spectateurs dans la salle. Courageuses, les filles qui, pour vivre plus ou moins chichement, sont contraintes de se déshabiller plusieurs fois dans la même soirée. Comme lui, elles ont dû apprendre à se défendre très jeunes, sans filet et sans espoir.

Planté sur le trottoir, casquette dorée et redingote à brandebourgs, il essaie de faire naître des tonnes de fantasmes dans l'esprit des promeneurs, mais le cœur n'y est pas. On vend mal ce que l'on ne connaît pas !

— T'es pas suffisamment cochon, lui lance Méjean, le videur. Parle-leur de cul, de chatte, si tu veux qu'ils rentrent. Et arrête de prendre cette tête de sacristain, on n'est pas au confessionnal.

Souvent, il se fait agonir par les clients qui estiment avoir été piégés. Heureusement, Méjean le protège de son nerf de bœuf.

Eva l'a pris en sympathie et l'invite souvent à boire un dernier verre à la brasserie d'à côté où se mêle une foule hétéroclite de prostituées, de fêtards, de faux maquereaux, de vrais indics, de petits truands. Un soir, au lieu de le quitter comme d'habitude sur le pas de la porte, elle l'invite à l'accompagner jusqu'à sa voiture et, au moment de démarrer, lui propose de monter.

Il est 1 heure du matin mais la circulation est encore dense dans les quartiers chauds. Ils descendent la rue de Leningrad, tournent plusieurs fois sur la gauche avant qu'Eva stoppe la voiture. L'escalier en colimaçon qu'ils empruntent à une odeur de cabinet dentaire. Eva maugrée.

— Encore ce connard de dentiste.

Puis elle fouille dans son sac, en sort une bombe lacrymogène et un trousseau de clés. Comme toutes les filles qui travaillent la nuit, elle a toujours sur elle cette arme de dissuasion pour le cas où elle se ferait attaquer par un client frustré. Elle pousse la porte, fait de la lumière et invite Charles à entrer. Hormis la banquette en similicuir un peu défraichie et le plaid en Crylor, l'appartement est plutôt coquet. Charles hésite. Il tirebouchonne sa veste.

— Qu'est-ce que tu fais Charles ? Tu as peur de moi ?

— Heu, non !

— Bon alors, mets-toi à l'aise. Enlève ta veste. Qu'est-ce que tu veux boire ?

Tandis qu'elle se dirige vers la cuisine, elle lui lance, sans se retourner.

— Mets un disque. Ils sont rangés à droite, sous la fenêtre !

Quand elle revient quelques minutes plus tard avec un seau chromé d'où dépasse le col d'une bouteille de champagne, Charles est assis sur le bord du canapé et écoute le quarante-cinq tours qu'il a mis.

Par le temps que je prends pour ne penser qu'à toi
Par mes rêves de jour où tu règnes en idole
Par ton corps désiré de mon corps qui s'affole
Et l'angoisse à l'idée que tu te joues de moi...

— T'aimes Aznavour ?

— J'adore ! C'est mon chanteur préféré.

Il a répondu comme une midinette.

— Ah ! tu vois, on a les mêmes goûts.

Son genou est près du sien. La chaleur monte en lui, la sueur coule dans son dos, ses jambes tremblent. Il la voit nue sur la scène de La Boîte à sel où elle se déshabillait il y a moins d'une heure. Il a des fourmillements dans les mains, il voudrait la toucher, la caresser, mais il n'ose pas. Parfois, il lui est arrivé de se caresser dans son lit en pensant à ses seins ronds, sa peau blanche, sa toison clairsemée de jeune femme. Eva se penche en avant et pose son bras sur son épaule. La coupe de Charles tremblote dans ses doigts. Il craint qu'elle découvre son innocence : 19 ans et puceau. Une tare, même si les mœurs sont sévèrement encadrées. Elle est maintenant collée contre sa hanche et son parfum l'enivre. Le champagne lui tourne la tête, le rouge lui monte aux joues.

— Dégrafe ta cravate, mon chou, tu as chaud.

Pour se donner une contenance, il allume une cigarette. Eva caresse sa nuque, se blottit contre lui. Sa robe de jersey a sournoisement glissé sur ses cuisses, lisses et fuselées. Charles les a vues cent fois sur scène, mais là, elles sont à lui, rien qu'à lui.

— Touche comme elles sont douces, dit Eva qui a surpris son regard.

Elle lui prend la main, la pose sur son genou, remonte doucement jusqu'à la lisière de sa culotte. Cette fois, il est écarlate. Devinant son trouble, Eva saisit son menton et plaque sa bouche sur la sienne. Il garde les lèvres closes.

— Comment ça ? À ton âge, tu ne sais pas embrasser ?

Cette fois, la langue d'Eva tournicote dans sa bouche. Il vacille, chavire. Bientôt, il est à moitié nu dans ses bras. Son corps se tend sous ses baisers et ses caresses. La peau d'Eva est lisse et blanche comme la porcelaine. Étendue sur le dos, elle a dans la pénombre le profil d'une nymphe dessinée à la craie. Une flagrance poudrée se mêle à des notes épicées. Il a envie de s'enrouler autour d'elle comme un drapeau. La respiration haletante, les narines dilatées, il se cramponne à ses hanches, la chevauche comme un brocard maladroit, embrasse goulûment son cou, sa gorge, ses aisselles, chaque parcelle de sa peau. Excités, ses doigts fouillent son entrejambe, s'y perdent. Les odeurs pétillent, explosent. Son phallus est bandé comme un arc, son gland, turgescent. Jambes en l'air, seins au clair, Eva engloutit son sexe dans son utérus brûlant. Tout son être est tendu vers un sommet improbable, le sang cogne à ses tempes, il halète, explose dans un râle de fauve.

Eva est pantelante. Sa poitrine se soulève sporadiquement et il peut entendre les battements de son cœur. Elle découvre les petites perles qui ont éclaté sur les ailes de son nez.

— Qu'as-tu ? Pourquoi tu pleures, Charles ?

Il baisse les yeux et murmure, un peu bêta.

— C'était la première fois !

— Quoi, tu veux dire que tu étais puceau ?

Eva est estomaquée. Elle ne peut pas comprendre comment un si beau garçon peut encore être « neuf » à 19 ans. Assis sur le lit, il lui relate son parcours : les internats, les familles d'accueil, les maisons de redressements, les pensions, peu d'endroits où l'on peut rencontrer des filles et faire l'amour. Eva est abasourdie quand il lui dit qu'il ne sait rien faire, ni nager, ni faire du vélo, ni skier… Il n'a jamais vu la mer. Elle lui déballe à son tour son enfance. Sa mère putain. Les inconnus qui entraient et sortaient de chez elle. Des hommes qui parlaient mal à sa mère. « Allez, montre ton cul, salope ! » Le rideau qu'elle tirait. Les gémissements, les râles, les sarcasmes, qu'elle entendait : « T'as aimé ça hein, putain de truie. » Charles étreint Eva. Leurs larmes se mêlent. Le moment est intense, unique.

Vers 2 heures du matin, Charles quitte Eva. Il marche dans la rue d'un pas alerte. Il sourit. Il a la conscience tranquille. Il est blanc comme neige. Il n'a pas trompé Sophie, il a simplement réussi son examen de passage.

10

Il y a des choses dans la vie qu'on ne maîtrise pas : la tartine qui tombe toujours côté confiture ; la biscotte qui se brise entre les doigts ; la dernière marche qu'on n'a pas vu venir… La loi de Murphy, dit-on : « Tout ce qui est susceptible d'aller mal, ira mal et le pire est toujours certain… » Le capitaine Carey fait partie de ces probabilités.

Le port d'Alger fascine les conscrits avec ses grues géantes et ses navires prisonniers de cordages entrelacés comme les fils d'une toile d'araignée. Charles fait partie de ces troufions qui viennent de débarquer en Algérie. Son regard s'attarde sur des hommes en djellabas, assis à même le sol, les jambes ramenées sous le menton. Un Arabe coiffé d'une chéchia, l'œil aussi effilé qu'une lame de couteau, l'observe.

— Faudra t'y faire ! l'avertit Peluche, un bidasse près de lui qui en a vu d'autres. Ils sont comme ça ! Ils matent tout.

— Tu crois qu'ils nous comptent ? demande Charles, inquiet.

— Possible !

La panique chez les Vatel lui revient à l'esprit. Elle le harcèle comme à chaque fois qu'il est confronté à une épreuve. Dans ces moments-là, il revoit tout : la cave, le vent, l'orage, la lampe à pétrole, le feu, l'affolement… Pourtant, son appel sous les drapeaux ne l'a pas inquiété plus que ça ! Pour la plupart des appelés, c'est le grand saut dans l'inconnu, la première séparation d'avec les parents. Ici, plus de « Bonne nuit mon grand », plus de « As-tu bien dormi mon chéri ? », plus de « Mets ton écharpe avant de sortir »… Fini, les jupons de maman, les bras douillets des femmes. Les bidasses ne sont plus que des numéros, des matricules, des anonymes. L'épreuve pour eux va être pénible, voire insupportable. Ils vont devoir accepter les nuits en dortoir, la toilette en commun, les ordres, les gardes de nuit, les garde-à-vous, les gare-à-toi, autant de contraintes qui brisent la personnalité. Lui est zen. Il retrouve sa communauté, ses réfectoires, ses dortoirs. Il est chez lui, dans sa famille. Il dort tranquille.

Après dix mois de classe et de peloton, il a finalement embarqué avec deux mille autres troufions sur le *Commandant-Quéré*, un vieux transatlantique de deux cents mètres de long, à quai au port de Marseille. Il emporte comme souvenirs de Berlin le Mur et ses barbelés, le secteur français de Friedrichstrasse, son record de vitesse sur le parcours du combattant.

La guerre contre les Allemands l'a arraché à sa mère et, comble d'ironie, il est appelé à défendre la mère patrie de l'autre côté de la Méditerranée. Sophie voit l'Algérie au travers du prisme « Arabe-couteau-entre-les-dents ». Il faut dire que, sous l'impulsion de l'OAS, les murs de la capitale sont couverts de poncifs islamophobes : « Morts aux ratons », « Arabes, assassins », « Vive l'Algérie française ». Le bruit court que les fellaghas coupent les testicules des jeunes appelés et les leur cousent dans la bouche. Selon Sophie, Charles n'aurait jamais dû aller en Algérie. Son frère Olivier y était déjà et le règlement des armées interdit la présence simultanée de deux frères sur un même front. Cette fois, l'armée s'est assise sur le règlement.

En France, on parle de « maintien de l'ordre », ici, c'est la guerre. Une guerre que les membres du FLN livrent « à l'occupant ». Ils oublient un peu vite que la France a construit l'Algérie de toutes pièces, les routes, les écoles, les lycées, les hôpitaux, la poste... Ils semblent ignorer que l'Algérie n'était qu'une dépendance de l'Empire ottoman, une régence en déclin, un pays en proie à la violente dissidence des tribus de l'arrière-pays, à la rébellion d'une partie de la population qui affichait ouvertement son désir de se débarrasser de la régence. Qui se souvient aujourd'hui de l'équipage entier de la frégate *Duchesse-de-Berry* décapité par un millier d'Algériens, dont les têtes étaient vendues cent piastres la pièce ?

Tout avait bien commencé pour Charles. À son arrivée, l'officier chargé de faire l'appel des bidasses lui avait adressé un discret sourire en mentionnant son nom. Il y avait vu un signe encourageant. Pour une fois, la roue semblait vouloir tourner dans le bon sens. Ce n'est que lorsqu'un vieux de la vieille lui a chuchoté à l'oreille que le capitaine de la 3e compagnie où il était affecté avait « un pet au casque » qu'il a saisi la portée du sourire de l'officier. Selon l'ancien, l'unité du capitaine Garey était tombée dans une embuscade à Diên Biên Phu et quatre-vingt-quinze de ses camions avaient cramé. Il ne s'en était jamais remis et avait perdu ce jour-là, en quelques minutes, l'intégralité de ses cheveux.

Un gradé excité le tire de son cauchemar.

— Bon ! Magnez-vous, bordel ! Vous vous croyez où, au Club Med ?

Charles rejoint au pas de course le dernier camion qui déjà s'ébranle, précédé de deux half-tracks. Un char AMX ferme la route. Le capot de la Jeep du commandant est équipé d'un brise-fil pour casser les câbles tendus par les fellaghas en travers des routes. Il faut éviter de retrouver sa tête sur la banquette arrière lorsqu'on roule le pare-brise baissé.

Le convoi traverse un douar, quand des hurlements stridents déchirent l'air. Charles sursaute sur sa banquette.

— Des youyous ! lui souffle le militaire de carrière qui les accompagne. Les femmes signalent notre passage comme le font les macaques pour annoncer la présence d'un prédateur dans la Vallée aux singes.

La colonne quitte la route et s'engage sur une piste bordée de dunes. Le sable chaud diffuse une délicieuse odeur poivrée. Un peu plus loin, des collines blondes promettent une grande liberté. Le soleil est au zénith et les feuilles des orangers, pailletées d'écailles. Si la guerre n'était pas devant eux, Charles pourrait se croire en vacances. Le panorama sommeille dans une chaleur nonchalante.

À Boufarik, au QG de la 3e compagnie, le capitaine Garey, immobile sur le perron, un stick sous le bras, attend. Son crâne brille comme un sémaphore sous le soleil. Il descend quelques marches et se dirige droit sur le groupe de soldats que le camion vient de déverser devant lui. Il se tourne aussitôt vers le gradé.

— C'est vous, le sous-officier qu'on m'a collé ?

Il est raide comme un bois de justice.

— Sergent Baudrin, 45e bataillon d'infanterie, matricule 1223, mon capitaine !

— Ça va ! Pas de palabres. Ici, on n'est pas à Berlin. Les planqués, j'connais pas !

Il observe les pieds de Charles.

— C'est ainsi que votre armée d'opérette vous a appris à vous chausser ?

Charles se rend compte qu'une de ses guêtres a pivoté sur sa cheville et que le boutonnage est à l'extérieur. Il ne répond pas tout de suite, garde son calme. « Fais acte de maîtrise, de sang-froid », lui souffle Mam-Two. Charles regarde le capitaine droit dans les yeux.

— Pardon, mon capitaine, c'est pendant le transport...

Garey aboie.

— Je me fous de vos bonnes raisons ! Ce que je veux, ce sont des soldats exemplaires. Vous m'entendez, exemplaires ! Rajustez-vous et vérifiez la tenue de vos hommes. Vous m'appellerez quand vous serez décent.

Une femme apparaît derrière le capitaine. Elle est vêtue d'une robe grège et d'une capeline mauve qui masque en partie ses yeux. Charles suppose qu'elle est jolie.

— Ah ! Geneviève, je vous présente le sergent Baudrin, ma nouvelle tête de turc. Un *fils à papa* qui nous vient de Berlin. Un régiment réputé pour sa musique. C'est bien ça, sergent, non ?

Charles baisse la tête.

— Vous avez de la chance sergent. J'vous ai réservé une harka.

Il rit à s'en décrocher la mâchoire. Charles pâlit. Il sait que les harkis, anciens fellaghas ralliés à la France, remontent parfois dans le djebel avec armes et trophées à la main, après avoir égorgé leurs collègues français.

— Avec eux tu peux être tranquille, lui glisse un vétéran. Ils connaissent le terrain mieux que personne, mais surtout en embuscade, même si la nuit te paraît longue, ne t'endors jamais.

Il passe un pouce en travers de la gorge pour lui faire comprendre ce qui pourrait lui arriver.

Une semaine plus tard, allongé à même la terre, l'œil collé à l'œilleton de son pistolet-mitrailleur, Charles scrute l'espace devant lui. Il essaie tant bien que mal de diriger le canon de son arme sur la trouée de ciel bleu qu'il entrevoit à l'autre bout de l'orangeraie. Il ne fait pas encore totalement nuit, mais sous les arbres l'obscurité alimente les fantasmes. Il a donné ordre aux membres de la harka de ne plus émettre le moindre bruit après la mise en place de l'embuscade. Plus question de bouger, de roter, de se gratter ou de péter. Il y va de la sécurité de tous. Les hommes, dont le visage est grimé, sont disposés en étoile pour que leurs pieds se touchent et que leurs yeux couvrent l'intégralité du terrain. Charles se rassure à l'idée qu'une trentaine de bidasses, arme au poing, allongés tout habillés sur leur lit, veillent sur eux au PC. La consigne : gicler dans les GMC au premier coup de sirène et être sur le lieu de l'embuscade en moins de trois minutes.

La colonne dirigée par Charles a mis deux bonnes heures pour parcourir les trois kilomètres depuis le poste de commandement. Une progression lente, semée d'arrêts. La règle : s'accroupir tous les cinquante mètres, bloquer sa respiration trente secondes, écouter et repartir pour un nouveau bond de cinquante mètres et ainsi de suite. Pour casser les formes, les mains et les visages ont été noircis au charbon de bois et les jambes de pantalon, ficelées comme des rosbifs pour éviter les frottements.

Saïd était éclaireur. Le groupe l'a suivi à vue. Les taillis, les rochers escarpés, les fossés, il connaît. Ancien membre du FLN, il a maintes fois emprunté les contreforts des oueds lorsqu'il ravitaillait ses partisans dans les mechtas. Aujourd'hui, il a rejoint l'armée française, mais Charles garde un œil sur lui.

Cette nuit, il est seul avec huit harkis et il a un sentiment de fragilité. Il est 22 heures et l'embuscade doit durer jusqu'au petit jour. Déjà, il bâille. « Ne pas dormir », a dit le vétéran. Ses yeux le brûlent, mais il s'efforce de rester éveillé. Sans bruit, il glisse une main dans la poche de son treillis pour sentir sous les doigts la lettre que le bourgmestre lui a remise avant de partir et qu'il n'a pas encore eu le temps de lire. Sophie lui écrit tous les jours. Elle lui parle de ses parents, du restaurant, de ses cours de danse, des pourboires qu'elle met de côté pour quand il reviendra… Elle dit qu'il lui manque, qu'elle l'attend. Qu'elle l'attendra le temps qu'il faudra. Il sourit en pensant aux bons moments qu'ils ont passés ensemble quand un cliquetis, guère plus perceptible qu'un claquement de mâchoires, le surprend. De quoi s'agit-il ? du basculement inopiné du mousqueton d'un fusil, du maniement de la sécurité d'un pistolet… ? La terreur flottent dans l'air. Il a la sensation que les autres peuvent entendre sa peur tant sa respiration est courte. Son pouls s'accélère. Sa vie vient de prendre un relief tranchant et mystérieux qui lui dévoile un monde inconnu : celui de la crainte de mourir. Ses cheveux vont tomber d'un coup, comme ceux du capitaine Garey à Diên Biên Phu. Les fellaghas sont là devant lui. Ils avancent dans sa rangée. Il les voit. Comme eux, ils progressent par petits bonds, s'accroupissent, se relèvent, repartent. Il veut prévenir les autres, mais son pied est paralysé. Son doigt est impuissant à vérifier la sécurité de son pistolet-mitrailleur. Plus rien n'existe. Il n'a plus de passé, plus d'avenir, seul compte l'instant présent. Un instant unique, indicible, figé dans le temps.

Il pointe son arme sur les ombres qui progressent, mais son corps ne veut pas réagir. Son index refuse d'épouser la détente de son arme. Il ne parvient pas à connecter son cerveau. Il va mourir. C'est une question de secondes. Les fellaghas sont là, à portée d'arme. Ils avancent sans bruit, légers comme des enfants. Charles doit tuer pour ne pas mourir. Le moment le plus fou qu'un homme puisse connaître dans la vie est arrivé. « Tuer pour ne pas mourir », se répète-t-il. Comment en est-il arrivé là ? Il a traversé des années de galère, subi les humiliations, les sévices, il aurait pu mourir par le feu et le voilà confronté aujourd'hui à l'impensable : tuer des êtres qu'il ne connaît pas. Ôter la vie arbitrairement à des hommes, sans même les voir, sans entendre leur voix. Il a envie de leur crier : « Fuyez ! Sauvez-vous ! »… Et, malgré lui, il déclenche un tir nourri, instinctif, sauvage, hystérique. Il tire, tire, tire encore, vide tout le chargeur, en remet un autre. Ce ne sont plus autour de lui que déflagrations, explosions, détonations. Un fracas assourdissant cisaille le silence qui régnait dans l'orangeraie. Les armes crépitent de toutes parts, les fusées giclent, les grenades éclatent, des rais bleus et rouges balafrent le ciel. Les harkis arrosent tout devant eux.

Une boucherie !

Le silence revient. Un silence de pierre. Tout est à nouveau paisible, impavide, innocent. Les bruits ont disparu instantanément comme l'eau sur une terre aride. La mort ensevelit le bourdonnement des vivants. C'est alors, et alors seulement, que Charles reprend conscience. Son passage à l'état animal n'a duré que quelques secondes. Des secondes durant lesquelles il a été le maître du monde avec droit de vie et de mort sur son prochain.

Dieu, qu'a-t-il fait ? Les projecteurs des camions éclairent les allées de l'orangeraie. La section d'alerte n'a pas mis trois minutes pour arriver au point P13, pointé sur la carte Lambert. La boule à zéro du capitaine Garey luit sous l'éclairage des phares. Il est excité à l'idée que l'embuscade a « accroché ».

—Combien au tapis ?

Charles baisse le nez. C'est l'horreur ! Les cadavres sont là, paisibles, sereins, éternels... Point besoin d'être grand clerc pour comprendre à la vue de l'oranger taillé en brosse et aux oranges criblées de balles ce qui est arrivé. Les branches des arbres, animées par le vent, se sont muées dans l'imaginaire de Charles en des combattants armés de fusils qui suintaient la mort. La peur a fait le reste. Elle a trahi son sens du discernement et sa perception sensorielle. Pris entre l'état de veille et le sommeil, il a halluciné.

Le capitaine, l'interroge à nouveau.

—Alors, ils sont où, vos *fellous* ?

Il balaie frénétiquement le sol de sa lampe torche, incrédule. Il sait que quand un PM « crache » à cinq mètres, ça fait du dégât.

—Écoutez sergent, vous vous foutez vraiment du monde ! S'ils étaient là, ils y seraient encore.

Les harkis volent à son secours. Eux aussi ont vu les fellaghas. Saïd sourit quand Ben Ameur décrit avec force détail leur tenue. Ce serait à pisser de rire si l'instant n'était pas aussi grotesque.

Il est près de 2 heures du matin quand les hommes regagnent les camions, après avoir vainement ratissé le terrain de long en large. Au PC, « le Chauve », comme on l'appelle, le convoque sur-le-champ dans son bureau.

— Écoutez-moi bien, sergent. Que vous me réveilliez en pleine nuit est une chose, mais que vous vous foutiez de ma gueule en est une autre. Il n'y avait pas plus de fellaghas que de beurre en broche.

— Mon capitaine, je vous assure que…

— Arrêtez vos conneries ! Des erreurs, tout le monde en fait. L'important, c'est de les reconnaître. Allez au pieu, mais je vous garantis que si vous me faites le coup une deuxième fois, vous pourrez toujours vous brosser pour que je vous envoie les camions.

Depuis cette embuscade ratée, le capitaine Garey semble avoir chassé Charles de son esprit. Quand il le croise, il répond à son salut d'une main ferme comme si c'était l'uniforme qu'il saluait. Il ne s'intéresse plus aux embuscades de nuit qu'il mène un jour sur trois.

Ce matin, trois cadavres trônent dans la cour. Le tableau de chasse de l'adjudant Motard, expert en guet-apens. Il ratisse les pistes poussiéreuses après le couvre-feu et revient au petit matin pour relever les empreintes. Selon leur direction, il sait si les fellaghas descendent du djebel ou s'ils y remontent et quand ils repasseront. Il fait généralement mouche.

Comme Charles, les harkis ont eu la plupart du temps une enfance douloureuse. Ils ne parlent pas ou peu de leurs problèmes métaphysiques. Seul compte le présent ; le ratissage des douars, la fouille, la recherche des caches, des planques creusées à même le sol et ventilées par un tuyau fait de boîtes de conserve qui débouche dans un buisson ou dans un figuier de Barbarie.

Massouda, un autre poste où le capitaine Garey a affecté Charles, est tenu par une section d'Africains de la Haute-Volta. Des professionnels. Il a 20 ans et il doit commander des militaires de carrière qui ont le double de son âge. Les Guebéogo, Bouatama et Méssaguo l'ont adopté. Les Voltaïques sont gais et généreux. Ce sont de grands enfants qui rient tout le temps. Ils se chamaillent parfois et se dispersent comme des envolées de moineaux. Le poste est planté au milieu d'un douar de 2 990 habitants. Charles est un vrai factotum, aurait dit Raoul Vatel. Il est un peu tout à la fois : shérif, instituteur, médecin, flic. Parmi ses hommes, nombreux sont ceux qui n'écrivent pas très bien le français. C'est Charles qui assure la correspondance entre eux et les chefs de cercle à Ouagadougou. La vie est relativement paisible. Peu d'embuscade ou de ratissage. Le village semble avoir été oublié par le FLN. L'essentiel de son activité consiste à contrôler les étrangers qui entrent dans le village et à protéger les fermes des colons que les fellaghas n'hésitent pas à incendier.

Le calme est interrompu un après-midi d'été. Tout est tranquille quand des crépitements de pistolets-mitrailleurs rugissent du côté de la ferme Séguy. Il y a longtemps qu'on n'avait pas entendu les armes résonner dans le secteur. D'abord surpris, Charles et ses hommes n'ont pas tardé à réagir et à courir en direction d'où sont parties les détonations. La scène qui les attendait dépasse l'entendement. Entre les rangées de vignes gît le corps du capitaine Garey. Criblé de balles, la gorge béante, les yeux tournés vers le ciel, il semble interroger l'au-delà. Les fellaghas lui ont tranché le cou. La haine que le FLN nourrissait envers le capitaine explique leur hargne. Ils l'ont tué deux fois. Plus loin, à une dizaine de mètres, Charles découvre les corps de Guatama et d'Helbout, un jeune du contingent. Au bout du champ de vignes, la carcasse de la jeep est renversée sur le flanc. Une roue tourne encore.

Il a fallu beaucoup d'autorité aux officiers pour contenir la rage des hommes envoyés sur place pour ratisser le terrain. Tous voulaient raser le village de Massouda, d'où venaient les assassins. Le miner, tout faire exploser, voilà ce qu'exigeaient les Africains pour venger Guatama, le chauffeur du capitaine Garey. L'hystérie avait gagné les consciences et, avec elles, les exactions s'étaient multipliées : mise à sac, mises à nu, viols, tortures, explosion des maisons où des caches étaient mises au jour… On n'arrête pas un animal qui a la rage.

Lorsque le nuage de haine est retombé, Geneviève, la femme du capitaine, comble du cynisme, a demandé à Charles de l'aider à déménager l'appartement de son mari. Pour le remercier, elle lui a donné une paire de Church's, presque neuves, qui lui appartenaient.

*

Mars 1962

La Haute-Volta a obtenu son indépendance. Elle s'appelle désormais le Burkina Faso. En Algérie, les accords d'Évian ont mis fin au conflit armé entre le FLN et les troupes dites « colonialistes » sont rentrées. Bilan : quarante mille morts du contingent – qu'il faudra vite oublier –, un rapatriement précipité des troupes, l'exode des pieds-noirs, le lâchage ignoble des harkis désarmés, qui seront exécutés par dizaines de milliers après le départ des troupes françaises… Charles en voudra éternellement au général de Gaulle.

La décolonisation a déçu. Ceux qui attendaient l'indépendance, la liberté d'expression, la souveraineté, les libertés individuelles et collectives sont frustrés. La délivrance, tant attendue, n'est pas au rendez-vous. Décolonisation ne rime pas avec démocratie.

Des systèmes autoritaires ont été mis en place ; une partie des élites locales a accaparé le pouvoir et avec lui une part importante des richesses, déclenchant un coup d'État de l'armée. Les militaires, dès leur arrivée au pouvoir, ont interdit les réunions, la presse, la contestation. La résistance est muselée. La fin du colonialisme n'aura été qu'une étape sur le long chemin de l'émancipation.

Démobilisé, Charles est ramené en France avec une expérience de plus et de fréquentes migraines hépatiques que les médecins attribuent à des amibes – il apprendra cinquante ans plus tard, à l'occasion d'une prise de sang, que c'était une hépatite B et qu'il aurait pu en mourir. – Il ne pèse plus guère que 47 kilos.

Il se demande comment il n'est pas encore devenu dingue avec tout ce qu'il a vécu jusqu'ici. « Tu as la résistance d'un tardigrade », ricane Mam-Two. Le petit invertébré est capable d'entrer dans un état de non-vie pendant des années et de redevenir actif en quelques minutes. Charles a cette même résilience.

11

Charles a l'impression de jouer William Holden dans *Trahison sur commande*, le film de George Seaton, quand il palpe du doigt la porte capitonnée qui lui fait face. Aucun bruit ne lui vient aux oreilles, pas même celui du crépitement des machines à écrire du secrétariat qu'il a traversé en arrivant. Il a beau se frotter les yeux, se creuser la cervelle, il ne parvient pas à savoir où il est vraiment.

Lorsqu'il s'est levé ce matin, la neige colmatait tout. La nuit semblait vouloir s'incruster. Les nuages avaient une lourdeur qui les empêchait de fuir. Pâle comme la lune encore présente dans le ciel, Charles rasé et parfumé était un autre homme. Sophie l'avait aidé à faire son nœud de cravate. Elle avait ergoté sur le motif qu'il avait choisi. « Trop flashy », qu'elle avait dit. Suivant ses conseils, il avait opté pour une cravate club à dominante bordeaux. Puis il avait jeté un coup d'œil par la fenêtre pour juger du temps. Deux vieilles femmes emmitouflées jusqu'aux oreilles avançaient à pas glissés et un homme au col relevé les suivait. On ne musardait pas. Le froid imposait les trajectoires les plus courtes.

Il avait enfilé le seul costume qu'il possédait, en flanelle grise, et avait mis la chemise que Sophie lui avait méticuleusement repassée. La glace du salon lui renvoyait l'image d'un homme présentable. Il n'y avait pas eu de miracle, il était toujours aussi maigre, mais il avait serré exagérément le nœud de cravate pour combler le jeu de l'encolure de sa chemise.

Dehors, la neige continue de tomber à gros flocons. Il hèle un des rares taxis qui circule à cette heure matinale et ordonne au chauffeur, la portière sitôt fermée :

— Au 115 boulevard Hausmann, s'il vous plaît !

Il ne veut pour rien au monde arriver en retard à son rendez-vous. Le destin pour une fois avait bien fait les choses. Il avait quitté l'entreprise Newbeer, où il végétait, pour un bureau de dessin et eut la divine surprise, un jour qu'il descendait déjeuner, d'apercevoir M. Philippe assis à la terrasse d'une brasserie. Il ignorait à ce moment précis que cette rencontre impromptue allait changer radicalement son destin.

M. Philippe, après l'avoir invité à prendre un verre, lui conta une bien curieuse histoire. Il avait déjeuné la veille à l'hôtel Hilton – où se tenait un forum consacré à l'orientation professionnelle – quand son voisin de table, qui n'avait pas desserré les dents durant le repas, l'avait informé au moment du dessert qu'il était à la recherche d'un collaborateur. M. Philippe n'avait pas très bien compris sur l'instant la profession du bonhomme. Charles, de son côté, ne voyait pas où voulait en venir M. Philippe. Il lui confia que le monsieur lui avait parlé de Concorde, de Tupolev, d'espionnage, enfin de tout un fatras auquel il n'avait pas saisi grand-chose, si ce n'est que l'homme devait voguer dans de hautes sphères.

— Ça n'engage que moi, ajouta encore M. Philippe à Charles, mais à l'écouter, je ne savais plus si j'avais affaire à un ponte ou à un parano. De toute façon, c'était à coup sûr un personnage haut placé.

Le mot « espionnage » fit sursauter Charles. Il pensa spontanément au KGB ou à la Stasi. Le voyant froncer les sourcils, M. Philippe le rassura.

— Si ça avait été un espion, il ne se serait pas confié à moi. Je pouvais faire partie du Sdece.

Charles avait la tête de celui qui n'a pas compris.

— Le Sdece, tu sais ce que c'est ? Le Service de documentation extérieure et de contre-espionnage.

Puis, M. Philippe plongea la main dans la poche intérieure de son veston.

— Tiens ! Prends cette carte de visite. Moi, je ne peux rien en faire. Je suis sûr que vous pourriez vous entendre. Il a une très grosse affaire, tu sais. Cinquante ingénieurs, je crois. Ah ! N'oublie surtout pas de lui préciser que tu viens de ma part.

*

Charles observe ce qui l'entoure : quatre Chesterfield en cuir ; un tapis beige, des gravures, une vitrine bourrée de chinoiseries. Accaparé par son inventaire, il n'a pas entendu la porte s'ouvrir dans son dos.

— Ah ! Mon petit. Je vois que vous vous intéressez aux œuvres d'art.

L'homme qui lui fait face a la tête d'un aristocrate qui aurait échappé à la guillotine. Nez bourbon, peau fine, moustache et cheveux blancs, il a la stature et la suffisance d'un de Gaulle. L'œil de Charles est attiré par la rosette écarlate qui émaille le revers de son veston et par la montre en or qui pend à son gilet. Le bonhomme a fière allure dans son costume à chevrons, son col glacé et sa cravate unie. Sophie avait raison, la sienne avec des girafes aurait dénoté.

— M. Philippe m'a téléphoné, commence-t-il. Il m'a dit tout le bien qu'il pensait de vous. C'est pourquoi j'ai accepté de vous recevoir. Venez, passons dans mon bureau !

Charles est interdit. Il s'attendait à un salon aussi rébarbatif que la salle d'attente et se trouve face à une bibliothèque en chêne massif et à un bureau Empire aux griffes de lion. Il avait déjà vu au Louvre un meuble de ce style avec des cariatides. Le bonhomme se tait un instant. Il observe Charles dont les yeux se sont posés sur les nombreux dossiers empilés sur le bureau.

— Eh oui ! Je n'ai plus la force d'absorber les affaires comme naguère, dit-il au bout d'un moment. On ne peut pas être et avoir été. Je ne suis pas tout jeune, vous savez.

L'homme reste à nouveau un instant pensif, droit dans son fauteuil. Puis il passe une main dans ses cheveux et devise, sans même se soucier de la présence de Charles : la marche du monde ; ses faiblesses peccamineuses, la rivalité des grandes puissances industrielles, le *leadership* de la Chine dans le concert mondial… Il s'arrête pour enfin regarder Charles dans les yeux :

— Vous voyez mon garçon, la volonté est primordiale quand on se lance dans le combat de la vie.

Charles n'a pas compris ce qu'il a voulu dire exactement. Le propos lui semble décousu. Il a la sensation de vivre un rêve éveillé. Pour un peu, il jurerait qu'un lapin va sortir du veston du bonhomme. M. Philippe avait raison, le personnage est étrange. Le climatiseur qui vibrionne au-dessus de sa tête comme un mixeur ne trouble pas sa litanie. Charles, lui, est sans voix.

La voix qui l'interpelle le fait soudain sursauter.

— Vous vous appelez bien Baudrin, Charles Baudrin ?

Il remue la tête de haut en bas, puis murmure comme dans un souffle.

— Euh… oui !

— Simple question ! Qu'avez-vous fait comme études ?

Charles balbutie, comme au sortir d'un songe.

— J'ai… j'ai fait le Cnam et l'université Paris II Panthéon-Assas.

Le bonhomme balaie sa réponse d'un coup de menton.

— Vous n'êtes pas issu des Big Five.

Charles tique.

— Je veux dire par là que vous ne sortez pas de Polytechnique, Centrale, des Mines, ou des Ponts, par exemple.

— Euh… non, monsieur, mais j'ai passé ma thèse.

La logique aurait voulu que l'entretien s'arrête là, mais le personnage est avide d'informations. Il veut tout savoir de Charles : ses parents, sa jeunesse, s'il est croyant, va à la messe le dimanche, boit de l'alcool…

— J'avais un proche collaborateur, lui raconte le bonhomme. Un centralien. Ce sot m'a quitté pour épouser une Bavaroise alors qu'il avait un avenir tout tracé chez moi. Il aurait pu me seconder. Qui sait, me succéder.

Il parle sans aménité de son ex-employé.

Charles ne saisit pas la raison d'être de cette confidence.

— Quel âge me donnez-vous ? lui demande-t-il soudain.

La question surprend Charles. Il y voit un piège. Doit-il le flatter, au risque de passer pour un flagorneur, ou lui donner l'âge qu'il paraît vraiment ? Il réfléchit.

Une chose est sûre, l'homme est coquet. À y regarder de près, il est sans âge. Il semble venir d'un siècle indéfinissable. La vieillesse paraît être son premier souci. Il doit faire partie de cette catégorie de personnes qui ont conscience que la vie est bien trop courte pour piétiner dans les files d'attente.

— Euh… Je ne sais pas. Je me trompe toujours sur les âges, répond Charles, un peu sur la pointe des pieds. Entre 60 et 65 ans.

Charles le voit sourire pour la première fois.

— Vous êtes gentil. J'ai 72 ans et je vais atteindre ma soixante-treizième année dans quelques jours. Mon médecin me jure que je suis de la graine des centenaires.

Il s'arrête, s'imaginant à cet âge-là.

— Mais il faut savoir passer un jour le témoin. Vous me voyez traîner dans les entreprises, appuyé sur une canne, le dos voûté, la voix chevrotante ?

Le vieil homme saisit les accoudoirs de son fauteuil et entre dans le vif du sujet.

— Vous êtes ingénieur en quoi ?

— En électromécanique. J'ai fait ma thèse sur la simulation des systèmes multiphysiques en génie électrique.

Charles ne sait toujours pas dans quel domaine travaille son interlocuteur.

— Bien ! Il faut que vous sachiez qu'ici, nous conseillons les multinationales, ce qui nous impose évidemment une discrétion absolue. Vous comprenez ça ?

Charles écarquille les yeux. Il ne saisit toujours pas ce qu'il fait dans ce bureau ni ce que l'on attend de lui. Le personnage se fait plus précis.

— Nous protégeons leurs inventions, dans la plus grande discrétion, ça va de soi ! Il faut éviter les fuites, les détournements de savoir-faire. Vous voyez ce que je veux dire ?

Avant qu'il ne réponde :

— À quoi croyez-vous que tout cela serve ?

Il désigne du menton les portes capitonnées.

— À ce que rien ne filtre. Ici, vous êtes dans un sanctuaire.

Charles opine, sans avoir tout compris. La seule chose qu'il sait, ce sont les guerres souterraines que se livrent l'Est et l'Ouest, la Chine et le monde occidental.

— Avez-vous des langues au moins ? Dans notre profession, l'anglais et l'allemand sont nécessaires, je dirais même indispensables.

Charles s'interroge avant de répondre. Il hésite. Il craint d'être face à une taupe du KGB. Les pires scénarios galopent dans sa tête. La vente des plans du Concorde – qui n'est encore qu'à l'état de projet – aux Russes, la remise en douce du dossier de l'Atar volant aux Chinois…

— Je crois que vous ne m'avez pas bien saisi, poursuit-il devant la tête de merlan frit que fait Charles. Nous ne faisons rien d'autre que déposer des brevets d'invention. Nous vivons dans un monde exaltant, mon garçon. Non seulement nous avons la chance d'être au confessionnal, mais de plus, nous vivons dans les coulisses de l'exploit. Nous portons sur les fonts baptismaux les nouveaux produits, les nouvelles machines, avant même qu'ils n'apparaissent sur le marché.

Il est fier de lui, de sa mission.

— Eh oui ! Nous sommes sans cesse en avance sur l'actualité industrielle. Avant qu'ils ne volent, prennent la mer ou roulent, nous connaissons les plans des avions, des sous-marins, des bolides. Nous avons un regard aiguisé sur l'avenir : l'électronique, le spatial, la cybernétique, les biotechnologies… Avez-vous déjà pensé aux plateformes satellisées, à la séparation des métaux nobles en milieu cosmique, aux nouvelles fusées, au progrès de la science, de la médecine ? Un jour, qui sait, nous marcherons sur la lune. Oui, je dis bien sur la lune.

Il est intarissable. Ses joues se sont empourprées d'un rouge carmin.

—Marié ?

—Oui !

—Des enfants ?

—Pas encore !

Il sourit, comme si la réponse le satisfaisait.

—Dans notre métier, il ne faut pas d'entrave. Être libre de ses mouvements. Pouvoir sauter à tout moment dans un train, un avion. Parlez-moi de vous, de votre vie, de votre famille…

Sans faux-fuyants, Charles lui raconte son enfance, sa mère absente, ses déracinements : les familles d'accueil, les orphelinats, les internats… sa formation aussi : son apprentissage, ses études, ses espoirs, ses ambitions. Il ne lui cache rien de son chemin de croix. Le vieux monsieur l'écoute patiemment, mais bâille de temps en temps. Charles a l'impression que ce qu'il lui raconte lui passe au-dessus de la tête. Il en a trop dit, peut-être ? Sa misère a dû l'effrayer. Il pense que le bonhomme va se lever pour lui faire comprendre que l'entretien est terminé. Alors, en désespoir de cause, il aspire une grande bouffée d'air comme un nageur qui s'apprête à plonger en apnée et articule d'une voix qu'il ne connaît pas.

—Je ne suis peut-être pas le collaborateur que vous cherchez, monsieur, mais je vous assure que si vous m'engagez, vous ne le regretterez jamais.

La phrase lui est sortie de la bouche d'un coup. Jamais il ne se serait cru capable d'une telle audace.

L'homme fronce les sourcils et scrute Charles au fond des yeux sans prononcer un mot.

J'ai la sensation qu'il est stupéfait par l'aplomb de Charles et qu'il soupèse le degré de pertinence de sa déclaration, pour le moins péremptoire. Puis il fait une petite moue, comme au sortir d'un songe, se masse les deux joues et demande :

— Quand pouvez-vous commencer ?

Charles est à son tour ébahi. Il bégaye, tremblote. Sa voix n'est plus qu'un filet à peine audible.

— Euh… dès… dès demain, oui m'sieur, dès demain. Juste le temps de prévenir le bureau d'études où je suis intérimaire.

— Bien ! Bien ! fait le vieux monsieur, lissant cette fois ses cheveux des deux mains. Nous sommes au complet et tu n'auras donc pas de bureau personnel. Tu travailleras ici, près de moi, sur cette table de bridge.

Il vient de tutoyer Charles pour la première fois.

*

Le froid n'a pas relâché son emprise, mais Charles a étonnamment chaud. L'air glacial boit sa fatigue. Tandis qu'il marche, il remonte les sentiers de son enfance chargée du limon de sa vie. Si Robin était là, il croirait à un canular. Il verrait dans cette histoire d'embauche une farce, un attrape-nigaud. Robin l'a vu naître, et même s'il ne l'a pas toujours protégé, Charles le sait capable de prendre le fer pour tailler en pièces tout crétin qui prendrait le risque de l'humilier.

À l'écouter, Sophie, elle aussi, est bouche bée. Elle n'en revient pas qu'un homme aussi important se soit intéressé à son mari. Elle pense qu'il affabule. Qu'il se fait mousser. Qu'à un moment ou un autre, le soufflé va retomber. Ce n'est pas grave. Elle aura rêvé un instant qu'elle est riche, qu'elle a quitté son deux-pièces minable de Vincennes, où elle est obligée de se laver les fesses dans une bassine d'eau, pour un appartement plus vaste, plus cossu.

— Arrête ! Tu te fais du mal, Charles ! finit-elle par bredouiller.

— Quoi, tu ne me crois pas ? Tiens, regarde ! Il m'a donné sa carte de visite. Je commence demain matin.

Elle lit et relit, incrédule, le texte calligraphié : *Joseph Guilledoux de Questembert, président de l'Association européenne des ingénieurs-conseils en propriété industrielle.*

— C'est quoi, cette médaille, près de son nom ?

— Je ne sais pas. La légion d'honneur, je pense.

— Waouh ! Eh ben ! Il ne se mouche pas du coude, ton Guestemberg.

— Pas Guestemberg, Questembert ! Tu veux que je te dise les choses simplement ? Cet homme, c'est un géant ! Un marquis !

Sophie lui saute au cou et l'embrasse. Puis elle court dans la cuisine et revient avec une bouteille de mousseux.

— Une nouvelle comme ça, ça s'arrose. Tiens ! Ouvre-la ! Et, pendant que j'y pense, pourquoi tu n'en apporterais pas une demain à ton Guestem… je ne sais plus quoi ?

Elle est incorrigible. Elle écorche toujours les noms propres.

— Non ! Il doit boire autre chose qu'un vulgaire Paillet. Et puis, ça ferait le mec qui veut payer la facture du gaz.

Quand Charles est revenu d'Algérie, après deux années de mobilisation, les choses avaient changé. Pour lui, le monde était différent. Il y aurait un avant et un après Boufarik. La guerre l'avait muri, durci aussi et il était bien décidé à ne pas aller dans le sens que le destin avait toujours voulu lui imposer depuis l'enfance. L'Algérie, il n'y était pas allé de gaîté de cœur. D'ailleurs, on ne lui avait pas demandé son avis. À travers ses correspondances épistolaires avec Sophie, il s'était fabriqué une épouse imaginaire. Un peu comme Mam-Two dont il esquissait le portrait dans sa tête le soir avant de s'endormir. Elle lui avait confié que ses parents aimeraient l'avoir pour gendre. Qu'ils pourraient se marier au mois de juin. Et c'était parti ! Le costume bleu marine à boutons recouverts, commandé chez Saraména, l'alliance, le repas à L'Auberge montmartroise, les cailles aux raisins, la poularde farcie, les alcools... La crise de foie.

À la sortie de l'église, Sophie l'avait pris par le bras.

— Alors, heureux mon petit mari ?

Il ne savait pas s'il était heureux. Il avait épousé Sophie sans bien s'en rendre compte. Le mariage l'avait collé au sol un peu comme le joueur de rugby plaqué avant qu'il ne reçoive le ballon. La spirale l'avait englouti : le curé, le maire, le cortège de fleurs, les conseils, les recommandations, les alliances... Il devait bien ça aux parents de Sophie. Ils l'avaient si gentiment accueilli. Évidemment, il aurait préféré prendre son temps, goûter aux joies de la vie, appendre à faire du vélo, du ski, à nager, à courtiser, à séduire, à boire à la bouteille, toutes ces choses qu'il n'avait pas connues et qu'il ne connaîtrait sans doute jamais. Il avait brûlé les étapes à la manière du sauteur qui a fait l'impasse pour se concentrer sur le dernier saut.

Sophie est pleinement heureuse d'avoir pris le large. La vie est un étrange paradoxe où certains se félicitent de quitter leur famille alors que d'autres rêvent d'en avoir une. Charles se demande parfois si le bonheur ne s'obtient pas sur ordonnance. Le dimanche, dans les allées du bois de Vincennes, il joue au « monsieur marié », longe le lac, s'y mire, y voit le reflet de ce qu'il avait imaginé lors de ses nuits blanches dans les pensionnats : « Un jour, je serai un homme normal… J'aurai une femme, des enfants, et je montrerai mon bonheur à tout le monde. Non ! Pas à tout le monde. Pas à ceux qui ne savent pas ce qu'est une famille. »

Au cours de la cérémonie de mariage, Julie, à ses côtés, lui a présenté les deux autres frères qu'il ne connaît pas. Elle lui a expliqué que Luc et Olivier habitaient dans l'Yonne, qu'ils venaient rarement à Paris, qu'ils étaient mariés et avaient des enfants. Luc a un garçon et une fille, Olivier, deux garçons. Que pouvait-il leur dire ? Il n'avait aucun passé, aucun historique avec eux. Pour lui, c'étaient presque des étrangers. Pour Julie, c'est différent. Elle et eux ont passé leur jeunesse dans la même ferme, elle comme bonne à tout faire, eux comme garçons vachers.

— Ils n'ont pas eu la vie belle, lui a-t-elle fait remarquer. Si Robin et toi avez connu les affres des dortoirs, les déracinements et je ne sais quoi d'autre, eux ont mené une vie de forçats ; levés à 5 heures du matin pour soigner les bêtes et jamais couchés avant 23 heures, après avoir trait les vaches et nettoyé les étables. D'ailleurs, Luc, à trop vouloir soulever des sacs de blé, s'est déformé la colonne vertébrale. Neuf mois dans une coquille d'acier à l'hôpital Saint-Louis, précise-t-elle. À sa sortie, il a fallu lui réapprendre à marcher.

Charles n'a pas osé leur demander s'ils avaient des nouvelles de la mère. Ils ne devaient pas en savoir beaucoup plus que Julie. Peut-être avaient-ils, eux aussi, fait le black-out.

Charles voit ses frères aux fêtes de Noël qu'il organise chez lui. Pour Robin et Jacky, sa femme, c'est différent. Ils habitent Brunoy, près de Paris. Et puis, Robin, c'est sa jeunesse, les années de pension, les orphelinats, les familles d'accueil ; les quatre cents coups, la grenade dans la rivière, les escapades dans les combles de Charonne, les cigarettes dans les arbres, les pin-up sur des papiers jaunis et écornés… Julie est la plus âgée d'entre eux et, aux yeux de Charles, elle est un peu la femme-mère. Parfois, il profite de ce que Jean, son mari, est au travail pour aller la voir. Il ne lui a jamais reparlé de la mère. Il ne veut pas l'agacer avec ça. Leurs rencontres sont trop courtes pour être gâchées. Un climat de confiance s'est tissé entre eux et Sophie en prend un peu ombrage. Elle est dans une période où tout est important. Elle attend un enfant.

Son travail terminé, Charles court à la maison pour la retrouver. Il vit chaque jour dans la hantise d'une mauvaise nouvelle. Le médecin a conseillé à sa femme de ne pas se lever si elle veut conserver son enfant. Perdre un enfant, c'est ce qu'il y aurait de plus tragique. L'idée le bouleverse. Il a déjà tout imaginé : la naissance, sa petite tête chafouine, son premier cri, les langes, le bonnet, les chaussons pour ses petons… Si c'est une fille, elle aura des petites robes à smocks avec des manches ballons et un col Claudine. Si c'est un garçon, des culottes en shetland, un col marin ; un duffle-coat à brandebourgs. C'est lui qui lui donnera ses biberons, le couchera, lui chantera des anciennes comme… comme quoi, d'ailleurs ? Il n'en connaît aucune. Pas plus *Pomme de reinette et pomme d'api* que *Promenons-nous dans les bois* ou *Un grand cerf dans la forêt*... Il faudra qu'il les apprenne. Il ne sait rien de la vie. Il a tout à apprendre.

Leur fille est née un dimanche à 7 heures du matin. Quand il l'a vue, il a reculé d'un pas. Elle était toute violacée avec une marque sur les tempes.

— Le bassin était trop étroit. Il a fallu utiliser les forceps, a dit la sage-femme. C'est un gros bébé, vous savez.

Puis elle a désigné les petites rougeurs sur les côtés de la tête :

— Ne vous inquiétez pas, ça disparaîtra dans quelques jours.

Ça n'a jamais disparu ! Les rougeurs se sont atténuées avec le temps, mais les marques sont restées.

Sophie y met aussi du sien pour le rassurer. Elle voit bien qu'il est angoissé à l'idée que l'enfant n'est pas comme il l'avait imaginé.

— Ils sont tous comme ça, à la naissance, mon chéri. Dans deux jours, elle aura pris des couleurs. Elle est superbe, non ?

Superbe, n'est pas le mot. On dirait un chaton écorché. Ses mains sont ridées comme celles d'une vieille femme.

— Heu… Oui, elle est jolie, mais pourquoi ces marques ?

— La sage-femme vient de te le dire : les forceps !

— Ah ! Oui, c'est vrai. Où ai-je la tête ?

— Tu es fatigué, mon pauvre chéri. Tous ces événements t'ont chamboulé. Rentre te reposer. Demain, tu y verras plus clair.

Elle le retient au moment où il s'apprête à sortir.

— Attends, comment allons-nous l'appeler ?

Alain, Jacques, Philippe… Charles n'a en tête que des prénoms masculins. Il rêvait d'un fils.

— Je… Je ne sais pas. C'est à la maman de choisir.

Est-ce Mam-Two qui l'a baptisé Charles ?

Sophie répond à côté. Elle est toujours dans l'extase.

— C'est si merveilleux de mettre un enfant au monde. Quand je pense que ce petit bout de chou faisait, il y a encore à peine une heure, partie de mon ventre et qu'il est là maintenant, dehors, je n'arrive pas à y croire. J'ai la sensation qu'une partie de mon corps s'est détachée de moi et que je ne suis plus la même.

Sophie pleure. De grosses larmes tombent sur le lange de l'enfant.

— Donnez-le-moi, ordonne la sage-femme. Et vous, monsieur, éloignez-vous !

Elle prend Charles à part et lui susurre, comme si elle prononçait un gros mot :

— Le contrecoup de l'accouchement. Elle a beaucoup souffert.

Charles décide de rentrer à pied. Il a besoin de respirer, de se faire à l'idée qu'il est père. Une sacrée responsabilité, ce petit être qui vient de naître. Il repasse dans sa tête tout ce qu'il a lu, tout ce qu'il faut éviter : le soleil, l'eau sucrée, les bestioles, les microbes, les courants d'air… Il réfléchit à un prénom de fille. N'en trouvant pas, il se rue, une fois rentré, sur le calendrier de la cuisine : Monique, Élisabeth, Madeleine, Évelyne, Marguerite… Trop long, trop vieux ! Il finit par cocher Charlotte, le deuxième prénom de la mère, aux dires de Julie. Va pour Charlotte !

*

Sophie est rentrée de la clinique, sa fille dans un couffin, la tête emmitouflée dans une capuche. Pour l'occasion, Charles est passé au drugstore et elle découvre en entrant du champagne, du vrai, du saumon fumé, du foie gras. Elle marque sa surprise devant l'étalage.

—Waouh ! Tu as dû payer ça une petite fortune ! Tu sais qu'on doit régler le tiers provisionnel la semaine prochaine.

Aujourd'hui, il se fout de tout. Du tiers provisionnel et du reste. Il n'a qu'une chose en tête, Charlotte. Et il est joyeux, insouciant. Il a envie de crier, de danser, de chanter.

Pour que son bonheur et son délire soient complets, il court chercher sa fille dans son berceau et la fait tournoyer serrée contre sa poitrine.

—Attention ! Elle vient de téter. Et ne la caresse pas comme ça, tu vas l'user, rit Sophie.

Le champagne donne à leurs verres à moutarde le reflet de flûtes vénitiennes et leurs doigts laissent des fantômes gras sur les verres. Sophie a des étoiles dans les yeux. Entre deux rasades, elle revient sur son embauche.

—Tu sais combien il va te donner, ton Gueslemberg ?

—Pas Gueslemberg. Q.U.E.S.T.E.M.B.E.R.T.

Il a épelé le nom. Elle n'a pas le droit d'écorcher le patronyme du bienfaiteur qui va changer leur vie.

—On n'a pas parlé salaire. Je n'ai pas osé. Je pense pouvoir bien gagner ma vie. Je suis ingénieur, quand même.

Il repose sa fille et attrape Sophie pour la faire virevolter à son tour.

—Doucement, mon chéri, j'ai la tête qui tourne. Tu crois qu'on va pouvoir changer d'appartement ?

Sophie a de la suite dans les idées. Elle veut savoir quelle sera leur nouvelle condition sociale avec ce Questembert. Elle fait déjà des plans sur la comète. Lui ne rêve pas. Il vit le présent, l'immédiat. La guerre, la terreur, les cabales, les sévices, le passé n'existe plus. Il en oublierait presque sa brûlure ou l'empreinte du clou dans sa nuque. L'avenir n'a peut-être pas encore de visage, mais il n'est plus à des années-lumière.

12

Charles ne s'est jamais senti aussi seul. À son réveil, il ne fait plus nuit, mais pas encore jour. C'est l'hiver avant la fin. Le lac de Vincennes, où se reflètent les arbres, ressemble à du cuir verni. La lumière est étrange. Le ciel hésite entre le rose nacré et le mauve. C'est un peu sa rentrée des classes, cette première journée au cabinet Questembert. Celle des petits. Celle d'un nain face à un géant.

—Ah ! Tu es déjà là, s'étonne le boss qui vient de pousser la porte de son bureau.

Il lorgne sa montre gousset.

—Il n'est que 7 h 45. Mais qu'à cela ne tienne, tu peux arriver avant le personnel. Qui t'a ouvert les portes, d'ailleurs, de si bon matin ?

—Les femmes de ménage !

—Ah, oui ! J'oubliais. Elles commencent tôt.

Il s'assied, ouvre une vieille sacoche en nubuck noir qui a dû connaître bien des racks de trains et d'avions et se tourne vers Charles.

—J'ai décidé de t'accorder 2 500 francs par mois et, si je te garde après dîner, tu établiras un relevé de compte spécial et je te paierai ces heures supplémentaires personnellement.

De toute évidence, le chiffre ne se discute pas. Joseph Guilledoux de Questembert n'est pas homme à marchander. Néanmoins, Charles devine chez lui une forme d'altruisme. Le dévouement propre à certains aristocrates qui, conscients du devoir que leur impose leur caste, se tournent vers les plus humbles.

— Ça t'ira, mon petit Charles ? De toute façon, si tu te montres capable, tu auras de la promotion. C'est à toi de faire tes preuves.

« Ses preuves »... Aurait-il déjà oublié le récit de son enfance, les périls qu'il a dû affronter ?

— C'est très bien, monsieur !

Cette somme est supérieure d'au moins 20 % à son dernier salaire. Sophie va être aux anges. Elle va pouvoir envisager un appartement plus grand, avec une chambre pour Charlotte et elle n'aura plus besoin de traverser Paris et se rendre à L'Auberge montmartroise pour gratter quelques pourboires.

— Eh bien, tu vois, claironne M. de Questembert, nous sommes faits pour nous entendre !

Cette première journée est une prise de contact. La secrétaire lui fait visiter les bureaux. Elle le présente aux collaborateurs : Grobois, Périer, Vatin, Berthaud... Charles surprend sur leurs visages quelques sourires narquois. Tous ont l'air de fils de bonne famille. Il a l'impression en les observant qu'il fait tache.

À l'heure du déjeuner, le chef comptable l'interpelle dans le couloir de la cantine.

— Ah ! Baudrin, un moment, s'il vous plaît. Il faudra que vous passiez me voir cet après-midi pour que je vous remette votre fiche d'embauche et votre contrat de travail.

Il semble sur le point de s'éloigner quand il se retourne.

—La cantine n'est pas fameuse. Venez manger un morceau avec moi ! Il y a un petit bistrot à côté. Ce n'est pas le grand luxe, mais on a vu pire pendant la guerre.

Il rit et, devant l'hésitation du nouveau venu, ajoute sur un air triomphal.

—C'midi, c'est moi qui régale.

La brasserie Ma Bourgogne, au bas du cabinet, est un vrai marché aux poissons un jour de criée. Les clients se disputent les places à grands coups de gueule. Une véritable usine à bouffe. Les affamés gesticulent, parlent fort, se lavent des soucis du quotidien. Le chef comptable serre des mains ici et là, plaisante avec les serveurs, tutoie la dame du vestiaire. Il agit en habitué. Un garçon de salle lui donne une tape amicale sur l'épaule.

—Par ici Bubu ! J'ai une place pour toi !

Le chef comptable observe l'air circonspect de Charles.

—Mon véritable nom, c'est Dubuisson, mais au travail, tout le monde m'appelle « Bubu ». Vous pouvez en faire autant, si vous voulez !

Devant un verre de juliénas, Bubu lui confie sans détour et sans crainte d'être entendu, ce qu'il pense du patron.

—Méfiez-vous ! « Sous l'appât se cache l'hameçon. »

Charles ne saisit pas très bien ce qu'a voulu dire le comptable.

Face à son étonnement, il précise sa pensée.

—Le père Questembert est un vieux rusé. Je suis entré à son service presque en culottes courtes il y a plus de trente ans. J'connais le zigoto ! À l'époque, le bonhomme ne s'appelait pas Joseph Guilledoux de Questembert, mais simplement Joseph Guilledoux. Pendant la guerre, il s'était réfugié à Questembert dans le Morbihan. C'est à la Libération que l'idée lui est venue d'associer à son patronyme le nom du lieu où il possédait une maison. Un pseudonyme qu'il a gardé par la suite. Depuis, ce centralien a fait ses preuves. Il a largement développé la clientèle de son cabinet, surtout en direction de l'Allemagne. Vous me direz, il n'y a rien d'étonnant !

— Que voulez-vous dire ?

— Oh ! Rien ! Des rumeurs. Des ragots, comme on dit. En 1945, des âmes mal intentionnées ont fait courir le bruit que Guilledoux avait traficoté avec les *fridolins*. Oh ! Pas grand-chose, un poulet par-ci, des œufs par-là, un peu de cidre bouché, des petits riens qui entretiennent l'amitié, quoi ! Vous n'avez pas connu la Libération, vous êtes trop jeune. Une époque sombre au relent de guerre civile. La Seconde Guerre mondiale n'était pas seulement une guerre nationale ou patriotique, elle était aussi, du fait même de l'existence du régime de Vichy, une guerre civile. Une confrontation entre Français qui a atteint son paroxysme en 1944 avec l'épuration sauvage, les haines et les règlements de compte. Guilledoux a été disculpé de ses actes, comme beaucoup d'autres d'ailleurs. Il n'était pas rare, en effet, de renvoyer dos à dos les belligérants, les pro-vichystes et ceux qui s'étaient baptisés « les patriotes ».

M. Dubuisson passe une main sur son front. Ce retour dans le passé lui a donné chaud.

— Enfin, ce qui est sûr, c'est que les Allemands lui en ont été reconnaissants. Aujourd'hui, le monsieur gère les portefeuilles de Siemens, Bosch, Mercedes, Rowenta et Varta.

Il s'éponge la nuque de sa serviette en papier.

— Bon ! Parlons d'autre chose. Vous êtes marié, des enfants, vos parents font quoi ?

— Morts !

— Pardonnez-moi. Ce que je voulais vous dire, c'est d'être prudent. Le bonhomme a déjà épuisé au moins trois chouchous. Il leur promet monts et merveilles, les pressurise jusqu'à la dernière goutte, puis les jette. C'est un peu le joueur de flûte des frères Grimm. Il joue du pipeau, on le suit et il vous mène droit à l'abîme. Il vous a vu arriver avec votre air de gobe-mouches. L'homme est fascinant pour qui ne le connaît pas. Mais attention ! Les autres étaient comme vous, candides, prêts à vendre leur âme au diable pour monseigneur Questembert. Ils ont fini par déchanter. Le bougre est retors. Il sait user de toutes les ficelles pour faire suer le burnous. Il vous fera miroiter je ne sais quel avenir, vous promettra peut-être d'être son successeur.

Devant la mine déconfite de Charles, il ajoute, se levant de table.

— Je ne veux pas vous alarmer. Moi, ce que j'en dis, c'est pour vous.

*

Les révélations de Bubu ont ébranlé Charles et, durant le premier mois, il reste sur la défensive. Assis à la table de bridge, à quelques mètres du grand Questembert, il l'observe à la périphérie de l'œil. Son regard bleu, son nez aquilin, sa bouche fine comme un coup de crayon lui font penser au portrait d'un félon historique dont il a oublié le nom. Il se souvient avoir lu sous la plume de Victor Hugo que chez le traître, « quand la bouche dit oui, le regard dit peut-être ». Pour Plutarque, le traître a « un beau visage qui se fait craindre et qu'on regarde avec plaisir ». C'est un peu le cas du boss.

Questembert le fait marner comme un galérien. Il gouverne les rênes courtes. Il n'est pas rare qu'il le retienne à dîner et le réquisitionne le samedi, voire le dimanche, pour les emmener, lui et sa femme, au pavillon Henri-IV à Saint-Germain-en-Laye. Il est un peu son chauffeur, son secrétaire, son valet. Il sait qu'il est marié et maintenant père de famille, mais il s'en contrefout. Bubu avait cent fois raison. Questembert est un négrier qui fait suer le burnous à coups de promesses. À plusieurs reprises, devant sa femme, il a promis de lui transmettre le moment venu… quelques parts du cabinet. Jeanne n'aime pas la façon dont son mari le traite.

— Tu finiras par dégoûter ce garçon comme tu as dégoûté les autres, proteste-t-elle. Il a une famille, tu devrais y penser.

— Tais-toi ! Tu n'y entends rien ! Charles et moi sommes de la même veine. Il ira loin, s'il s'en donne la peine. D'ailleurs, s'il veut me succéder un jour, il n'y a qu'une voie : le travail, le travail, encore le travail.

« Succéder », le mot a été jeté en pâture comme on jette du sang dans l'eau pour appâter le requin. Il carillonne à son oreille. Sa femme lève les yeux au ciel. Elle n'est pas dupe. Elle sait que son mari est passé maître dans l'art d'agiter la carotte devant l'âne.

— Vous avez des collaborateurs plus qualifiés et plus expérimentés que moi, lui fait remarquer Charles.

Guilledoux de Questembert sort de son flegme habituel.

— Tu as tort ! Dans quelques années, tu les supplanteras tous. Tu m'entends, tous ! Tu en as les moyens et je t'y aiderai. D'abord, tu vas t'inscrire à Berlitz. Ton anglais est exécrable et ton allemand ferait se retourner Goethe dans sa tombe.

— Mais je…

Il le coupe sèchement.

— Je paierai !

Aujourd'hui, Charles se souvient et rit encore du jour où Questembert lui avait demandé de répondre à un correspondant allemand au téléphone. Il était rouge crête-de-coq. Ne comprenant rien, il avait prétexté que la conversation était inaudible et avait raccroché d'un coup, laissant le correspondant pantois à l'autre bout du fil.

Ce matin, il a trouvé un billet anonyme sur son bureau qui l'a littéralement terrorisé. « Votre mère est vivante ! » Ce message lui a fait l'effet d'un coup de poignard dans le cœur. Toute la journée, il s'est efforcé de l'oublier, en vain. Les mots « Votre mère est vivante » lui hantent l'esprit. Qui a intérêt à faire courir cette infâme nouvelle ? Qui en est l'auteur ? Dubuisson ? Un collègue jaloux de son avancement et désireux de le déstabiliser ? Vatin, Grobois, Fontaine, Questembert lui-même… ? Impossible ! Quel serait son intérêt de répandre une telle invention ? Dans quel dessein ? Ce soir-là, il rentre très éprouvé. Il alla même jusqu'à soupçonner Sophie.

Le lendemain, il découvre un second message, plus inquiétant encore que celui de la veille : « Elle est vivante et vous manipule. Prenez garde ! » Cette fois, ça frise la conspiration. Quelqu'un lui veut du mal. Un ennemi invisible fomente un complot pour qu'il démissionne. Il s'affole, secoue la tête. La menace est terrifiante. Il ferme les yeux, prie pour que la langue de vipère se taise. Et elle se tait effectivement. Il ne connaîtra sans doute jamais l'auteur ni la raison d'être de cette mystérieuse allégation.

*

L'appartement des Questembert est situé au cinquième étage de l'immeuble. Le dîner avalé, lui et le boss redescendent au rez-de-chaussée pour dicter du courrier sur un dictaphone jusqu'à vingt-trois heures. À l'heure dite, son patron le libère.

—On a bien travaillé, dit-il. Tu dois être fatigué. Tu devrais rentrer chez toi.

Charles se demande s'il se paie sa tête ou s'il pense sincèrement ce qu'il dit.

Avec l'expérience, il se rend compte que l'homme n'est en fait ni un exploiteur, ni un profiteur, mais qu'il n'a pas d'autre pôle d'intérêt dans la vie que le travail. Les repas sont les seuls moments qu'il partage avec sa femme. La vérité, c'est qu'il a besoin d'un complice pour partager sa passion et qu'à ses yeux, Charles, comme ceux qui l'ont précédé, est celui-là.

Le boss n'hésite pas, pour cimenter leur lien, à user de mille petites ruses. Tantôt, il est son fils spirituel, tantôt son dauphin… Il exige qu'il l'accompagne aux divers déjeuners et dîners qu'il donne en l'honneur de ses clients. Charles fréquente les grandes maisons : Le Cercle interallié, dont il est devenu membre, Le Doyen, Lasserre…, Robuchon – dont le patron deviendra un ami qui sera présent à toutes ses décorations –, s'habille comme le chef, chemise à col glacé, cravate rouge, Church's noires (celles du capitaine Garey). Il brûle de ressembler à Joseph Guilledoux de Questembert. Par mimétisme, il a accroché son maintien, son assurance. Il lui arrive même de contrefaire ses gestes, l'intonation de sa voix. Le boss clame que le langage de Charles est un enchantement, qu'il est riche et imagé. Charles ne sait pas d'où lui vient cette faconde. Peut-être un cadeau de Mam-Two à sa naissance ? Il est vrai qu'il ressent un véritable attrait pour les mots, pour la musique qu'ils produisent à son oreille. Des mots qui roulent dans sa bouche comme des galets, se frayent un passage entre ses lèvres et sortent sous la forme de guirlandes. Sa facilité de parole accapare les regards, attise les convoitises, aiguillonne les jalousies. Au bureau, certains chuchotent qu'il est pédé pour être aussi raffiné. Il n'est pas ce qu'on peut appeler un bel homme mais, comme dit Sophie, « avec ta tignasse dorée, tes yeux verts et ta tchatche, tu pourrais lever toutes les filles que tu veux ».

Il n'en lève aucune.

Puis, c'est Berlitz et ses cabines insonorisées. Les « *my tailor is rich* », la liste des verbes irréguliers... Il s'essouffle un peu. Questembert l'investit chaque jour d'avantage. La semaine ne lui suffit plus. Chaque week-end, il l'emmène au Moulin d'Orgeval et, lorsque le temps le permet, ils s'installent dans le parc pour travailler, tandis que sa femme somnole sur la terrasse. Ils rejoignent Paris dans la soirée. Il fait nuit quand Charles rentre chez lui. C'est le prix à payer pour réussir sa vie... professionnelle.

Sophie est exaspérée. Elle est devenue chagrine, irascible. Le simple nom de Questembert lui donne des boutons.

—Il va t'exploiter encore longtemps, ce despote ? Tu crois que c'est une vie, de t'attendre tous les soirs et de ne te voir qu'un week-end sur trois ? Un jour, il exigera que tu couches chez lui, si ça continue ! Je le hais, ton Guestemberg.

Elle a encore écorché son nom.

—Questembert !

—Si tu veux. Guestemberg ou Questembert, c'est du pareil au même. C'est un sale type ! Te rends-tu compte que Charlotte marche depuis plus d'un an et que tu ne l'as pas emmenée une seule fois au bois ? Tu gagnes certainement mieux ta vie, mais je me demande si nous avons gagné au change. Parce que ce qui compte avant tout, c'est ton fichu patron, tes fichus voyages, tes fichus clients.

Elle tripote son alliance. Sa voix est éteinte et chaque mot est un effort.

—Avant, tu étais disponible, câlin, attentionné…

Elle rejette ses épaules en arrière pour faire saillir ses seins.

—Maintenant, tu passes comme un courant d'air et je peux compter les fois où tu m'as prise dans les bras au cours des derniers mois. Ton enfant grandit sans même que tu t'en rendes compte. Toi qui te vantais de savoir ce qui peut manquer à un enfant, tu sembles avoir perdu en route tes belles intentions : « Si j'ai un enfant un jour, je ne vivrai que pour lui. Je lui apporterai tout ce que je n'ai pas eu et l'aimerai comme un fou. » Qu'as-tu fait de tes bons préceptes ?

Si j'ai un enfant un jour, je ne vivrai que pour lui... Charles se répète mentalement ces mots.

—Qu'est-ce que tu crois, que je me crève au travail pour le roi de Prusse ? T'es-tu seulement demandé une seule fois pourquoi je passais mes soirées et mes week-ends avec Questembert ? Pas pour moi. Pour vous ! Pour toi, pour Charlotte. Pour que vous ne manquiez jamais de rien.

Une larme coule sur la joue de Sophie, la trace discrète d'un débordement lacrymal qu'elle n'a pas su maîtriser. Ses yeux ont tourné à l'eau. Quelque chose dans son regard s'est dilué, une forme d'absence. La scène que Charles vit le glace. Sophie a raison. Il a sacrifié sa famille à son travail. Est-ce sa faute ? Avait-il le choix ? *On a toujours le choix*, a dit un jour Julie.

Il regarde sa brûlure rose-violette et revoit l'orphelin protégeant sa tête sans raison apparente. Il repense à sa course folle pour dénoncer les sévices de Charonne, les rêves qu'il faisait… Pourquoi s'est-il laissé entortiller par ce Questembert ? Par ambition ? Non ! Pour étonner Mam-Two. Sa fuite en avant n'avait qu'un but, la séduire – plus cyniquement, lui donner des regrets, la punir de l'avoir abandonné, mais cette mère abstraite, mythique, imaginaire, n'est autre qu'une faiseuse de rêves. Le psychologue qui l'avait ausculté avant son départ de Charonne avait été catégorique : « Avec celui-là, ça sera du tout ou rien ! » Ce sera tout !

La spirale l'a englouti. Les grands dîners, la *jet-society*, les restaurants trois étoiles, les plats raffinés, les alcools forts, le rire des femmes ont eu raison de son entendement.

… C'est le petit envoyé par l'AP ? Entrez vite, il doit être fatigué. A-t-il mangé au moins… ?

Le château de L'Yvette ? Comme c'est loin tout ça ! Loin et pourtant si présent dans son subconscient. Le destin voulait faire de lui un marginal, un paumé, un déclassé, un que « ceux du trottoir d'en face » regarderaient avec honte, il a renversé la table, s'est révolté, a relevé la tête, gravi les marches sans assistance et sans corde de rappel, pour lui, pour tous les laissés-pour-compte. Il a puisé au plus profond de lui des forces inconnues pour sortir de l'anonymat. Qui pourrait blâmer son opiniâtreté, sa détermination ? Pas moi !

Charles n'a jamais trompé Sophie, même si au fond de lui il s'est senti frustré. À 27 ans, il n'a aucune expérience sexuelle. De ce point de vue il est encore dans les limbes.

Les garçons de son âge ont souvent connu l'amour avec plusieurs filles. Lui, à part Eva, il n'a connu que Sophie.

Il cherche un encouragement dans les yeux de sa femme mais ils sont désespérément vides. Il a la sensation étrange d'être entraîné dans un courant qu'il ne remontera jamais.

Charlotte regarde son père avec des yeux immensément grands.

— T'es triste papa ?

— Non, ma chérie, papa n'est pas triste. Il réfléchit.

Il réfléchit à quoi, papa ? À sa vie de famille ratée ? À sa fille, qu'il promettait de gâter et qu'il n'a jamais pu prendre dans les bras parce qu'il rentrait trop tard ?... À la femme qu'il a délaissée, malgré lui ? À l'engrenage dans lequel l'a entraîné Questembert... ? Il réfléchit un peu à tout ça, papa. Il fait le bilan... Un bilan bien maigre, à bien y regarder.

Il rassemble son courage, s'approche de Sophie et lui prend la main. De l'autre, il essuie la larme qui luit sur sa joue. Il est attendri, pâtissant, près à tous les engagements, à tous les sacrifices.

— Tu as raison ma chérie. Je me suis laissé bouffer par le travail. Mais tout va changer. Fini les week-ends à Saint-Germain-en-Laye, les dimanches au Moulin d'Orgeval. Le « marquis » de Questembert pourra bien me menacer, je m'en fous. Tu m'entends, je m'en fous et m'en contrefous. Qu'il le veuille ou non, je resterai avec vous. J'irai te voir danser, si tu veux. Et puis, j'emmènerai Charlotte au bois et nous irons au cinéma aussi. Tu aimes ça, le cinéma... ? Il se coule dans un rôle parental qui prêterait à rire si l'instant n'était pas si grave.

Un sourire sans signification effleure les lèvres de Sophie. Il n'est pas sûr qu'elle le croie vraiment. Il a beau y avoir mis tout son cœur, il a la désagréable impression que ses paroles s'effilochent, que les mots qu'il a utilisés ne vont pas ensemble.

Sophie demeure muette. Pour lui, son silence est une forme d'amour. Il regarde ses yeux avec intensité comme s'il les voyait pour la première fois. Des raisins au soleil, se dit-il. Il voudrait lui dire qu'il l'aime, mais ses sentiments sont comme des cailloux coincés dans sa chaussure.

Elle émet un petit claquement de langue et se serre contre sa poitrine.

— Si ça pouvait être vrai, balbutie-t-elle, sortant de son état de prostration. Charlotte serait si heureuse de voir son papa.

Charles l'entoure de ses bras. Son souffle chaud et le parfum de ses cheveux l'enveloppent comme une douce écharpe. Charlotte, dans ses petits chaussons Mickey et sa robe à smocks, les regarde. Elle ne peut pas comprendre ce ballet d'adultes où se mêlent pleurs et étreintes.

Charles a besoin de changer de corps et d'âme. De respirer fort. D'oublier la scène qu'il vient de vivre. De jeter aux orties l'image falsifiée de son existence, de massacrer sa vie d'hier. Il veut vivre autrement, bondir, danser, chanter. Sophie lui a ouvert les yeux. Il est transporté, enfiévré, soulevé de terre. Il fait des entrechats, des ciseaux en l'air. Il entraîne Sophie dans une valse improvisée, la fait virevolter, chante à tue-tête… *Ne me quitte pas*. Au passage, il attrape Charlotte pour qu'elle danse avec eux. Et Sophie rit. Et ils rient tous les trois. Ils rient comme s'ils venaient d'échapper à la fin du monde, comme s'ils étaient les seuls survivants d'un gigantesque cataclysme.

Puis, il y a eu l'hiver, les bonnets, les gants, les écharpes, les rhumes, les poussées dentaires, les crampes dans les jambes – *Ce n'est pas grave ma chérie, c'est parce que tu grandis* –, la première otite… Quand il ne travaille pas, Charles reste à la maison. Il s'est mis à la lecture. Dès qu'il a un moment de libre, il se rue sur les mémoires de Saint-Simon. Un monument unique et palpitant. Il se régale des amourettes royales, des intrigues menées par les séditieux pour renverser la monarchie, des coteries, des vengeances mesquines, des luttes diverses, petites ou grandioses. Saint-Simon est non seulement un grand écrivain, mais c'est aussi un critique exacerbé. Marivaux disait de lui : « Si vous éprouvez une vraie passion pour l'Histoire qui fait accéder à la vérité, si vous aimez les littérateurs incisifs, qui veulent voir et savoir… et dont le style est idéal pour dresser les portraits physiques, psychologiques, critiques, comiques des uns et des autres… savourez Saint-Simon qui mourut pauvre, méconnu, et que Proust a tant admiré… »

Charles en veut à la mère de l'avoir privé de cette merveilleuse richesse qu'est la culture. Questembert, à qui il a parlé de ses lectures, l'encourage, lui prête des livres : Victor Hugo, Lamartine, Céline, Proust. Il lit tout. Même les *Mémoires d'Hadrien* de Marguerite Yourcenar. La lettre adressée par le héros vieillissant à son petit-fils adoptif pour le préparer à l'exercice du pouvoir l'a fait penser à Questembert. Comme lui, l'octogénaire lui distille son savoir pour le préparer à d'autres échéances.

Plus il lit, plus il prend conscience de son ignorance. La lecture est infinie. Il songe à la myriade de livres qui pourraient recouvrir plusieurs fois la terre. Il est étouffé par tant d'intelligence, d'esprit, de connaissances.

Il s'immerge dans les pages, s'y noie. Pour lui, lire, c'est rencontrer des inconnus, apprendre à les connaître, à les estimer, à les détester parfois, à les aimer souvent. Lire, c'est aussi s'évader du quotidien, faire une pause, voyager dans des contrées inconnues, découvrir des paysages insoupçonnés, se mêler à des gens de partout et d'ailleurs, brasser les informations du monde. La lecture, c'est aussi et encore se divertir, user de son imagination, développer sa mémoire, son empathie…

Il ne passe plus une soirée sans lecture.

13

Il n'y a plus de triche, plus de faux-semblants entre Questembert et Charles. Ils ont passé un contrat moral. Le boss achète sa jeunesse pour soulager ses vieux jours et lui offre en contrepartie son expérience et ses relations. Le vieux ne lui parle plus de succession depuis que Charles l'a averti qu'il passerait désormais ses week-ends en famille. Le vieux a encaissé le coup. Il est trop âgé pour spéculer sur la formation d'un nouveau lèche-botte. Par peur que Charles ne le quitte, il l'a nommé attaché de direction et responsable des services techniques.

— Tout ce que tu touches est d'or, lui glisse-t-il pour aiguiser son orgueil.

Charles a pris de l'expérience, de l'assurance aussi. Depuis qu'il a été propulsé au plus haut de l'échelle, ceux qui hier le narguaient mangent leur chapeau.

La clientèle est pour l'essentiel allemande. Bubu avait raison. Charles doit se rendre quatre fois par an à Munich et Stuttgart pour assurer le suivi des clients. Il fréquente les palaces, le Bayerischer Hof, le Vier Jahreszeiten. Il invite parfois Sophie à l'accompagner. Questembert ne moufte pas. Il se sait désormais vulnérable. Il va sur ses 80 ans et si sa superbe n'a pas encore trop souffert du poids des ans, il s'est tassé. Il est moins grand, moins indestructible. Sa voix, hier incisive, tremblote parfois ou change d'octave. Les quelques kératoses qui ornaient son visage comme des grains de beauté s'étalent maintenant en grappes informes. Sa peau est devenue transparente et laisse apparaître ses veines bleues.

Au cours de ses voyages, Charles goûte au bien-être des salons feutrés, marche sur des tapis qui étouffent les pas, boit des vins qui font pétiller les yeux des femmes et empourprent leurs joues. L'enfermement qu'il a connu durant sa jeunesse lui revient parfois subrepticement sous forme de remugles acides. Il ne sait plus très bien s'il a réellement vécu ces moments forts : l'odeur des dortoirs clos, des réfectoires, le relent des saucisses grasses de Charonne.

L'année 1973 marque la fin d'un monde. Celui de Questembert. À ses funérailles, tous les magnats de la propriété industrielle sont présents ou représentés : les officiels de l'État, les directeurs des institutions, des chambres de commerce, des préfectures, de l'Institut national de la propriété industrielle, les dirigeants d'entreprises... Et bien entendu le personnel du cabinet au grand complet. Charles répond aux condoléances à la sortie de l'église, plus tard, aux nombreux courriers de circonstance. Jeanne a refusé d'aller jusqu'au cimetière. C'était trop dur pour elle.

Charles se souviendra longtemps de la foule dense et compacte derrière le corbillard et de cette femme, certainement une proche parente, le visage couvert d'une mantille noire, qui s'est effondrée au moment de la descente du cercueil. Ce jour restera pour lui une date inoubliable. Pas tant en raison de la disparition de Questembert que du caractère inéluctable de la mort.

Elle le renvoie au macchabée de son enfance gisant sur le trottoir.

« Bon ! réagit Mam-Two, cesse de te lamenter sur ton passé, Charles. Ton patron est mort, à toi de prendre ton envol ! Montre-nous ce dont tu es capable ! »

Depuis longtemps, Charles pressentait ce virage à angle droit, mais il ne l'avait pas imaginé si rapide, si brusque. Il était arrivé de façon impromptue, quand il avait le dos tourné. Après que l'on a trouvé Questembert, la tête posée sur les bras croisés appuyés sur son bureau. Lui si orgueilleux, si autoritaire, s'était éteint sans bruit. Il avait choisi la discrétion, l'élégance, le retrait à petits pas. Sacré farceur ! Il avait omis dans son départ précipité d'investir Charles des parts sociales qu'il lui avait maintes fois promises.

Le visage de Charles est repeint aux couleurs de la liberté. Pour lui, la vie fait des clins d'œil aux conquérants, aux volontaires. Et puis, il n'entendra plus la voix marbrée du boss lui lancer chaque matin : « Bonjour mon petit. Nous allons encore faire du bon travail aujourd'hui. »

« ... *Voilà un mois que j'ai pris la route. Mes galoches n'ont plus de semelle et j'ai enveloppé mes pieds rongés d'ampoules dans des morceaux de tissu empruntés à un épouvantail...* »

Il se souvient de ce douloureux souvenir et ses yeux s'embuent.

Depuis plusieurs jours, Charles est enfermé chez lui. Il veut se décontaminer de Questembert avant de prendre une initiative. Il doit faire peau neuve. Se désintoxiquer du despote qui lui a rogné les ailes. Après une longue période de réflexion, il refait surface. Il réapparaît avec la faim d'un ours sortant d'un long hiver. Il s'ébroue, regarde alentour, renifle l'air, cherche la direction à prendre.

C'est décidé ! Il créera son propre cabinet et l'installera pour commencer dans une des pièces du logement qu'il a acheté dans le 18e arrondissement de Paris.

*

Le temps passant, Charles a la conviction profonde qu'il a bien fait de développer sa propre affaire plutôt que de se frictionner avec les héritiers du ponte. La clientèle qui lui est restée fidèle laisse présager un bon essor. L'organisation se met progressivement en place. Mille tâches auxquelles il n'avait pas songé l'attendent. Comme il n'a ni secrétaire, ni dessinateur, ni comptable, il est un peu les trois à la fois. Il n'est pas inquiet. Un jour viendra où il passera des ténèbres à la lumière. Il croit en sa bonne étoile, bien qu'il ne soit pas persuadé d'en avoir une. « Bien sûr que t'en as une ! » le rassure Mam-Two qui décidément est toujours là quand il doute.

Sophie ne supporte pas qu'il ait squatté une partie de l'appartement. Elle encaisse encore moins ses sorties nocturnes, ses rentrées à plus d'heure. Sa nouvelle liberté, Charles l'investit dans ses conquêtes. Il court de jupon en jupon avec la voracité d'un prédateur. Il a tant de retard à combler. Il a besoin de séduire des créatures aptes à partager son ivresse et ses fantasmes. Dans chacune de ses captures sommeille une mère. Dans leurs jupes il sent le ventre de celle qui l'a enfanté, les seins qui l'ont allaité, l'utérus qui l'a vu naître. Sa mère était un milan noir, l'oiseau connu pour sa fâcheuse habitude de donner des coups de bec à ses enfants et de les priver de nourriture. Pour tenter de vivre son malaise, Charles s'est inventé un roman familial qui correspond à ses délires. Dans ses aventures secrètes et clandestines avec Mam-Two, il ne cherche pas à la rabaisser ou à la sublimer, il lui donne le rôle construit par son imaginaire.

Est-ce sa tignasse blonde ou ses yeux verts couleur de mousse qui attirent les femmes, ou l'indicible désir qu'elles ont de porter assistance à un enfant sevré de tendresse ? N'y aurait-il pas là comme un syndrome mère-fils, et inversement ? Qu'est-il dans leurs bras ? Un don juan, un enjôleur, un prédateur ? Non ! Un séducteur de papier, un amoureux de pacotille en quête d'affection et de lait maternel.

Ses relations avec Sophie sont de plus en plus tendues. Leur vie est hachée. Les rares soirées qu'il passe à la maison sont consacrées à Charlotte. Les sentiments qui le lient à sa femme sont confus. Ils se déclinent en un mélange d'estime et de reconnaissance. Avec le temps, l'amour s'est dilué. Il a pris ses distances. Malgré les efforts qu'elle déploie pour tenter de retenir son mari, Sophie sent bien qu'il lui échappe. Seules les veillées de Noël donnent encore lieu à d'apparentes soirées familiales. Ce soir-là, il réunit tout le monde : frères, sœur, enfants, neveux, nièces, cousins, cousines. Rien n'est trop beau pour eux. Il leur sert les mets qu'ils ne pourront jamais s'offrir. Son bonheur est de voir pétiller leurs yeux devant le champagne et les amuse-bouches, d'observer leur bouche s'arrondir en des « Oh » admiratifs quand Yolande, la serveuse, apporte les plats. Olivier et Luc, jusqu'alors incrédules, partagent dorénavant sa joie et ses projets. Quand il leur dit qu'il a déjà dix collaborateurs et plusieurs centaines de sociétés comme clients, ils le croient. Même Julie, un moment suspicieuse, ne nie plus sa réussite. Ils sont fiers d'avoir reconstitué une famille, de voir apparaître chaque année des têtes nouvelles, de nouveaux petits Baudrin.

La semaine dernière, c'est lui qui a préparé les affaires de Charlotte pour son départ en colonie. Sophie avait cousu une étiquette à son nom sur chacun de ses vêtements. Il avait peur d'en avoir oublié : *culottes, maillots de bain, sandales, pull chaud, s'il fait froid, K-way s'il pleut, crème solaire, dentifrice, savons, chapeau, lunettes de soleil, shorts, pantalons, tee-shirts*... Il avait omis les serviettes, la brosse à dents, les cahiers et l'argent de poche. Sophie lui en avait fait l'amer reproche.

Peu de temps après son arrivée à Noirmoutier, Charlotte avait appelé sa mère. Elle était surexcitée. Elle avait vu des ânes et des poneys. Trop mignons ! La monitrice lui avait donné des carottes pour qu'elle puisse leur donner à manger. Sophie et elle avaient parlé de tout et de rien ; du temps, de la chambre, des repas, des jeux, des camarades avec qui elle était... Elle avait expliqué à sa mère que le directeur faisait des tours de magie, trop drôle ! Elle avait regretté de ne pas avoir emporté le kit de magicienne que papa lui avait acheté. Trop peur de le froisser dans la valise.

À 10 ans, Charlotte est capable de tenir une conversation d'adulte. Ce soir-là, elle a demandé à parler à son père, mais Sophie n'a pas pu le lui passer.

— Il est sorti faire un tour, qu'elle a répondu sur un ton qui n'a pas échappé à sa fille. Charlotte a raccroché :

— Bisous maman. Bisous à papa.

Le cœur de Charles s'était mis à battre dans le désordre quand Sophie l'a informé que Charlotte a téléphoné et qu'elle l'a demandé. Il est contrarié de ne pas avoir été là pour lui répondre. Sans dire un mot, il est allé dans sa chambre, a pris sa poupée Barbie dans les bras et s'est allongé sur son lit.

Aujourd'hui est jour de grève. Charles part à son cabinet quand il voit près d'un arrêt de bus une jeune femme qui peste contre le trafic qui perturbe l'arrivée de l'autobus. Il s'arrête à sa hauteur, baisse la vitre et lui demande s'il peut la déposer quelque part. Son air grognon se métamorphose aussitôt en un franc sourire. Elle lorgne la voiture, la contourne, ouvre la portière côté passager et s'assied.

— C'est gentil ! Vous faites ça souvent ?

— Quoi ?

— Monter les filles en stop ?

Elle regarde, admirative, l'intérieur de l'habitacle en loupe de noyer. Charles ignore ce qui l'a incité à répondre à son invitation : les pare-chocs chromés flambant neufs de la Jaguar, l'effigie du fauve sur le capot, lui et son physique d'adonis ? L'affirmation de Sophie lui revient à l'esprit : « Avec ta tignasse dorée, tes yeux verts et ta tchatche, tu pourrais lever toutes les filles que tu veux. »

— Vous n'avez pas répondu à ma question.

— Heu… Non ! Pardonnez-moi, je pensais à autre chose.

Elle sourit, surprenant son regard posé sur ses seins. La passagère est diserte. Elle s'appelle Sylvia – comme l'héroïne du film érotique *Emmanuelle*, qu'il a vu récemment –, travaille dans une agence de pub et est mariée à un photographe qui s'est révélé sur le tard homosexuel. Elle mène une vie assez libre.

— Alors ?

— Ah, oui ! Il m'arrive aussi de les violer, parfois.

Sylvia émet un petit rire crispé comme si elle venait de mordre dans un citron vert et serre la poignée de la portière.

— Je sais bien que vous plaisantez…

Ses pupilles dilatées par la frayeur la rendent plus désirable encore.

Il pose une main protectrice sur son genou.

— Ai-je vraiment la tête d'un violeur ?

Elle essaie à nouveau de sourire, mais ses lèvres sont comme gercées.

— Euh… Non ! Bien sûr.

Subitement délivrée, Sylvia a un petit rire nerveux, violent. Elle hoquette, tousse dans son poing.

— Vous pouvez vous vanter de m'avoir fichu la frousse, mais une frousse…

— Je suis désolé ! Je ne voulais pas vous faire peur. J'ai eu une réaction idiote en repensant à un film, dont j'ai oublié le nom, dans lequel un sniper tuait ses victimes après les avoir violées.

— Vous voyez trop de films noirs !

— Vous avez raison ! Puis-je vous offrir un verre pour me faire pardonner ?

*

Trois jours ont passé, Charles a invité Sylvia à Nice pour le week-end. Il fait beau. Les galets sont lisses et chauds, la mer, délicieuse. Dans l'eau, il sent sa présence. Elle tourne autour de lui avec la grâce d'un dauphin, frôle son ventre, ses cuisses, ses épaules. Il sent qu'elle le désire. Elle l'embrasse, le caresse. Ses mains glissent sur son corps mouillé, s'arrêtent, repartent, avec plus d'audace, plus loin, plus bas. Il est excité comme un fou. Soudain, d'un commun accord, sans s'être consultés, ils sortent précipitamment de l'eau, ramassent leurs serviettes et courent comme des dératés jusqu'à leur hôtel. On ne retient pas le plaisir quand il est à portée de bouche. Tout d'abord, Sylvia se joue de lui comme un chat avec une souris. Elle tourne autour du canapé dans le style « attrape-moi si tu me veux ». La tête de Charles chavire. Il est en apnée sexuelle. Il ne s'appartient plus.

— T'as envie de baiser, oui ou non ?

Il pense à Eva. Elle aussi parlait librement du sexe sans s'embarrasser de fioriture.

— C'est comme ça qu'on t'a appris à faire la cour aux filles ?

Coquine, elle s'engouffre dans la salle de bains.

Alfred de Musset prônait la galanterie. Il aurait dû l'écouter. « La femme est une fleur. Il faut savoir l'observer, la humer, la toucher avec délicatesse. Ne la cueillir que lorsqu'elle est pleinement épanouie. » Il prend une des petites bouteilles dans le minibar et se sert un whisky sec. Allongé sur le canapé, il rêvasse. L'alcool brouille ses gestes et ses pensées voyagent au rythme de l'agonie des feuilles mortes. Sylvia réapparaît. Elle se dirige vers le lit sans se retourner. Elle sait qu'il la suit du regard. Il glisse ses pas dans les siens. Sa chevelure sombre flotte dans la lumière tamisée. Elle se déhanche devant lui comme un marin ivre. Elle est nue. Sur le lit ses seins pointent, orgueilleux et fiers. Son pubis est bombé et lisse comme le dos d'une cuiller. Il est sans voix. La tête lui tourne. Il ne sait pas par où commencer.

— Alors, tu viens ? C'est bien toi qui as parlé de baiser, non ?

Il ne répond pas. Il songe à l'utérus qui l'a mis au monde et pose d'instinct sa bouche sur son sexe. Ses doigts palpent avec avidité toutes les parcelles de son corps, s'attardent sur sa nuque, douce comme du satin.

— Doucement ! Doucement ! glousse-t-elle.

Il n'entend rien à ses conseils. Il est impatient, fébrile, nerveux. Il n'a qu'une idée, lui faire l'amour, la dominer, exiger d'elle le prix de la rançon pour l'injustice dont il a été victime durant sa jeunesse. Alors qu'elle tente d'apaiser ses ardeurs, il l'embrasse ardemment, goulûment. Sa langue parcourt son corps. S'attarde sur son ventre blanc, légèrement bombé. Il l'aime bouchée par bouchée. Puis il se glisse dans la fourche de son ventre avec vigueur. Il veut vomir la haine du sexe qui l'a enfanté, la régurgiter. Toute parcelle d'humanité l'a quitté. Ce n'est pas Sylvia qui entre dans sa vie, c'est lui qui pénètre la sienne par effraction. Elle émet des « Oh » étouffés. Tout son corps se tend, ses reins se creusent, son sexe se referme sur lui.

Il a joui en même temps qu'elle. La sensation d'un corps qui se tend, de veines qui se gonflent, un afflux de sang au niveau des tempes, puis plus rien. Le sentiment d'une digue qui se rompt soudain. Rien de commun avec les heures perdues par les ados à se pogner, la tête enfouie dans l'oreiller.

— Tu as été merveilleux, dit Sylvia, entre deux soupirs. On aurait pu voler très haut tous les deux si l'on s'était rencontrés avant…

Elle allume une cigarette et s'enferme dans un monde où Charles n'a plus sa place. De la cendre tombe sur sa cuisse nue, sans qu'elle s'en aperçoive. La faible lueur de la lampe de chevet joue avec ses formes et projette sur son corps des zones d'ombre et de lumière pareilles à celles des dunes au soleil couchant. Puis elle le regarde d'une curieuse façon et l'attire à elle. *The best is yet to come !*

14

L'an 1993.

Quelques années se sont écoulées. Charles est toujours avec Sophie. Il admire son abnégation. Ils occupent dorénavant un cinq-pièces, avenue Henri-Martin, près du bois de Boulogne. Elle s'y plaît et ferme les yeux sur ses fredaines.

Entre-temps, Fabrice est né. Un beau garçon de 4 kilos, avec des cheveux fins comme la soie et blancs comme neige. On croirait un albinos. Sophie s'amuse de sa bouille ronde et de son corps potelé. Le pédiatre a préconisé un régime. L'enfant est un peu gros. Fini l'eau sucrée la nuit, même s'il pleure, moins de laitage et plus de fruits et de légumes.

Au bureau, Charles est désormais un peu plus libre de ses mouvements. Il a de bons collaborateurs et un staff important qui peut le remplacer au pied levé. Il a pris le parti de recruter des ingénieurs du « Big Five », comme disait Questembert, des polytechniciens, centraliens, mineurs, des diplômés de Supélec et des Ponts. Il escompte, grâce à leurs relations, développer sa clientèle. C'est bien le diable si certains de leurs camarades de promotion ne sont pas à la tête d'importants groupes industriels. D'aucuns attendent que l'activité se développe pour embaucher. Charles fait l'inverse. Il embauche pour grandir. Et ça lui réussit ! Thomas Pesquet, centralien, lui ramène la RATP, Matthieu Guilbert, polytechnicien, l'Agence spatiale européenne ; Florent Dugaidroit, « mineur », JCDecaux, Mlle Devers, Guerlain…

Désormais, ils sont cinquante dans les bureaux de la rue La Boëtie, en comptant les traducteurs, les juristes, les secrétaires trilingues et le personnel administratif. Ils représentent plus de mille entreprises, dont une bonne centaine de multinationales. Au cours de ses voyages à l'étranger, Charles a glané d'éminents groupes : Samsung, Mitsubishi, MAN, Kobe-Steel, JVC, pour ne citer qu'eux. Désormais, la profession qui le boudait et voyait en lui un franc-tireur le respecte. Mieux, il est élu secrétaire de la Compagnie nationale des conseils en propriété industrielle et, en raison de sa formation juridique, président de la Chambre nationale des spécialistes en marques et modèles. « Tout ce que tu touches est d'or », disait Questembert. Il avait peut-être raison.

Si la France est orfèvre en matière de luxe – Chanel, Dior, L'Oréal, Vuitton, Yves Saint Laurent et Guerlain –, le pays est en revanche le parent pauvre de l'Europe pour ce qui est des organismes européens. L'Hexagone n'abrite aucun des sièges de la propriété industrielle.

Toujours prêt à s'investir, Charles prend la tête d'une croisade pour défendre la candidature française à l'Office de l'harmonisation dans le marché intérieur (OHMI), destiné à gérer la propriété intellectuelle en Europe. Il va au-devant du doyen de la faculté de la capitale alsacienne, M. Burst, qui l'écoute et l'encourage ; il convainc le maire, Marcel Rudolf, de son projet, ainsi que Daniel Hoeffel, le président du conseil régional, il organise réunion sur réunion, convie à un important déjeuner-débat, dans les salons de la mairie de Strasbourg, la presse et les politiques. Dans la foulée, il crée un comité de soutien à la candidature alsacienne et sollicite l'adhésion des grands capitaines d'industrie. Tous y adhèrent spontanément. Il propose la présidence de cet illustre aréopage à Simone Veil, qui accepte. Il est comblé. Jacques Chirac, Premier ministre, lui apporte son soutien et préface la plaquette en huit langues qu'il a préparée. Jean Mattéoli, le président du Conseil économique et social, se joint à lui. Jacques Chaban-Delmas, qu'il considère un peu comme son parrain spirituel, est enthousiaste. Charles est adoubé par les hautes personnalités qui voient en lui un infatigable paladin, un leader, un député sans doute, un ministre peut-être ? C'est sans compter sur son aversion viscérale à la politique. Le pouvoir a ses avantages, mais aussi ses revers, ses coups de Jarnac, ses traîtrises. Il faut être blindé comme un char d'assaut pour faire de la politique, lui a confié Jacques Chirac. Il n'a pas cette cuirasse.

Le projet est sur sa rampe de lancement et il espère bien doter enfin la France d'un organisme communautaire quand la nouvelle tombe. François Mitterrand, président de la République, a accepté en secret, contre on ne sait quelle contrepartie, l'implantation de l'OHMI en Espagne, à Alicante. Tout le monde est soufflé. Les efforts des uns et des autres ont été ruinés en une soirée. Le monarque n'a pris conseil de personne. Il a agi, comme à l'accoutumée, en solo, négligeant les recommandations de ses conseillers. Charles est ahuri, les membres du comité de soutien à la candidature française ne décolèrent pas. Un échec !

— Qui te fait courir comme ça ? lui demande Sophie qui le voit contrarié.

— Ma mère !

— Ta mère ? Mais mon pauvre garçon, il y a bien longtemps qu'elle t'a oublié. Elle est peut-être déjà morte.

Il la foudroie du regard. Elle se rend compte à sa façon de regarder sa brûlure qu'elle a franchi une ligne rouge. Jamais il ne pourra oublier ce manque de tact.

Hier soir, il a regardé avec Charlotte *La Fille du puisatier.* Comme ça ne parlait que de paternité, d'enfant et d'amour, il a versé des larmes tout le long du film.

*

Comme chaque année, Charles se rend la semaine du 15 août à Formentera chez les Dumontel. Sylvia et Michel, son mari, y possèdent une maison. Sophie ne les aime pas. Elle dit qu'ils sont malsains. La première fois que Charles a vu leur bicoque, il a pensé à une maison de poupée avec ses volets rouges et ses rosiers jaunes grimpant de chaque côté, comme des boucles blondes. L'endroit est zen ! Pas de voiture, pas de police… Trois tacots : un taxi, la voiture du postier, l'ambulance. Aux Salines, on fait du nudisme. Trop cool ! La Fonda Pépé est bourrée de filles. Pour elles, la règle est simple : pas de culotte si elles veulent entrer. C'est super branché. On boit, on danse, on fume du haschich, on flirte et plus si affinité.

Dans l'avion pour Ibiza, Charles a rencontré une jolie femme avec des yeux bleus comme l'océan. Il a pris son bagage-cabine pour le loger dans le rake et a commandé sur-le-champ deux coupes de champagne. Ça l'a scotchée. Pendant un moment, elle n'a pas pu prononcer un mot, à part « Tchin-tchin ! » au moment de porter le verre à ses lèvres. Après quelques gorgées, elle s'est un peu déridée. Elle allait chez une amie, comme elle divorcée, s'appelait Valérie, vivait de ses rentes, habitait Neuilly, n'avait pas d'enfant.

—Bien ! a-t-elle lancé au moment où l'avion se posait sur le tarmac d'Ibiza. Passez de bonnes vacances et merci encore pour le champagne.

Charles était à son tour bluffé. Elle le plantait là, sans savoir qui il était, comment il s'appelait ni où il habitait. Elle se levait pour récupérer son sac quand il lui a demandé s'il pourrait la revoir. Il a vu fleurir sur ses lèvres un petit rire idiot.

—Nos routes ne font que se croiser, cher monsieur. Vous, vous partez par ici, à Formentera, moi, par là, à Ibiza. Vous voyez, nos chemins divergent.

Ils se sont quittés à l'aéroport, sans autre forme de politesse, mais il a quand même réussi à obtenir son numéro de téléphone.

Le premier soir, Michel a tenu à emmener Charles dans la rare boîte de l'île.

—Elle vient d'ouvrir. Tu vas voir. C'est extra. Tu peux, l'instant d'une soirée, changer de peau, lui avait-il susurré, un sourire coquin aux lèvres.

Il a fait un clin d'œil à Sylvia qui aussitôt avait pouffé comme une midinette.

—Oui ! Tu peux te transformer en tout ce que tu veux : crabe, kangourou, lapin… Mais pour ça, il faut jouer le jeu.

De quel jeu parlait-elle ?

Le Peace and Love est situé dans un coin paumé de l'île. Une sorte de cave en pierres sèches avec une luxuriante glycine sur le toit. Charles a à peine franchi les premières marches qu'il sent une forte odeur de pharmacie ou de cabinet dentaire, il ne saurait dire.

— Ça pue !

— Normal ! Ici, on ne boit que de la vodka au ginseng, arrosée de durian, une plante d'Asie du Sud-Est, répond Michel.

Il franchit les dernières marches, noyé dans un brouillard collectif, quand il croise une fille, l'œil torve, les seins à l'air. Elle tremble et vomit à ses pieds.

— Trop de LSD, souffle Sylvia, qui semble s'y connaître en drogues dures. Ici, si tu veux t'offrir un voyage psychédélique, tu demandes Pépé. Il a tout ce que tu veux pour te défoncer ou booster ta libido : Tangawis, coke, barbe de maïs, amphétamines, substances psychoactives.

La plupart des hommes sont torse nu, les cheveux attachés en catogan. Certains ont des piercings sur le bout des seins, dans le nez, sur les oreilles. Pour lui montrer la boule qu'il a dans la bouche, un énergumène, crâne rasé, agite frénétiquement la langue à quelques centimètres de son visage. Un autre, portant un bonnet à grandes oreilles, fait des bonds de kangourou à travers la salle. Les femmes le gratifient d'une tapette sur les fesses chaque fois qu'il passe à leur portée.

Sylvia revient, un verre à la main.

— Tiens ! Bois ça ! Ça va te faire oublier la blonde dont tu m'as parlé. Celle de l'avion.

— Qu'est-ce que c'est ?

— T'inquiète pas ! Bois ! C'est bon pour ce que t'as !

— Qu'est-ce que j'ai ?

— La tête d'un mec qui regrette d'être venu.

— Pourquoi tu dis ça ? Non ! J'suis ravi d'être avec vous, mais c'est vrai que ce genre d'endroit n'est pas ma tasse de thé.

Deux filles, qui doivent avoir tout juste 18 ans, s'embrassent à pleine bouche en se tripotant les seins. Soudain, Charles dodine de la tête. Il ne croit pas ce qu'il voit. Sylvia à la bouche de travers, ses yeux se rejoignent et elle n'a plus qu'un œil au milieu du visage. Il chavire, se retient au comptoir.

— Ça va pas, Charles ?

— Si ! Si ! Un léger vertige.

Elle l'allonge sur la banquette. Il entend des râles, des feulements, des cris étouffés.

Il se redresse.

— Qu'est-ce que c'est ?

— Rien ! Rallonge-toi ! Ça va passer.

Sylvia ouvre sa chemise, lui caresse le torse, l'embrasse. Il a chaud. Très chaud. Le sang lui bat dans les tempes, des crampes paralysent ses mains. Il essaie de tendre les doigts. Sylvia continue de l'embrasser tout en déboutonnant son pantalon. Son sexe est gonflé et tendu comme une arbalète. Il n'a jamais été aussi gros. Que lui a-t-elle fait boire ? Il la voit rire au-dessus de sa tête et il a soudain une envie folle de la prendre, là, tout de suite. Elle s'en rend compte et prend son sexe dans sa bouche. Il jouit presque aussitôt. Il a encore envie d'elle, de ses seins, de ses fesses, de sa chatte, il est dans un état d'excitation proche de l'esthésie. Il entend tout avec une acuité inouïe. Les informations sensorielles parviennent à son cerveau avec une netteté étonnante. Sa peau est poreuse. Il se redresse, relève sa jupe, arrache sa culotte. Déjà, ses doigts farfouillent entre ses cuisses. Elle est mouillée. Elle aussi a absorbé l'élixir des jouisseurs. Il se jette sur elle, la renverse, la pénètre comme un sauvage, façon marteau-piqueur. Elle émet des « Oh » de surprise et de plaisir.

— Oh ! Comme il est gros ! Comme il est bon ! Oui ! Va plus loin, plus vite.

Ils jouissent ensemble. Allongée sur le sol, le souffle court, Sylvia tente de retrouver sa respiration. L'assaut a été brutal, violent, irrésistible.

— Eh bien ! Toi, on peut dire que les amphétamines te font de l'effet ! souffle-t-elle en se relevant. Tu as été sublime !

Michel les observe, apparemment pas fâché que Charles saute sa femme. Il serait même ravi qu'elle ait un amant. La pauvre le mérite bien. Elle ne peut guère compter sur lui pour grimper aux rideaux.

*

Ce matin, le soleil frappe le pied de la lampe de chevet. La lumière dessine au travers des stores entrouverts des figures géométriques sur le parquet de la chambre.

— Eh ben ! Mon cochon, on peut dire que t'en a écrasé ! sourit Michel debout près de son lit. Alors, bien dormi ?

— Euh… Oui ! Quelle heure est-il ?

— 9 heures ! Café ou thé ?

— Thé ! Dis-moi, tu vas souvent au Peace and Love ?

— Attends ! Peace and Love, Peace and Love… *A priori*, ça ne me dit rien. Mais tu devrais poser la question à Sylvia. Moi, tu sais, à part Le Bigoudi, je ne connais pas grand-chose.

— C'est quoi, Le Bigoudi ?

— Un repaire de drag-queens.

Il se tourne et crie par la porte restée entrouverte.

— Sylvia ? Tu connais le Peace and Love ?

Elle entre dans sa chambre, un Krisprolls à la main, chargé de confiture de fraises.

—Le quoi ?

—Le Peace and Love !

—Attends que je réfléchisse : Peace and Love… Peace and Love… Non ! Je ne vois pas. C'est récent ? C'est la nana de l'avion qui t'a parlé de ça ?

—Non ! Laisse tomber !

Une odeur de café plane dans la cuisine.

—Tout compte fait, dit-il, en s'asseyant sur un haut tabouret, je vais prendre du café !

—T'as raison. Il n'y a que les sots qui ne changent pas d'avis, ricane Sylvia.

Le haut de sa chemise de nuit est déboutonné et il aperçoit de biais la naissance d'un sein. Il ne sait pas s'il doit mettre sa subite excitation sur le compte de son rêve érotique ou sur leur week-end à Nice. Elle surprend son regard.

—Monsieur a l'air très en forme à ce que je vois.

Elle passe un doigt sur ses lèvres tout en fixant son entrejambe d'une manière qui ne laisse aucun doute sur ses intentions. Charles émerge doucement en buvant son café. Il se sent épuisé après la nuit qu'il vient de passer. Une lumière orange pénètre par la fenêtre de la cuisine et coupe la pièce en deux. Il est dans la partie ensoleillée. D'une main, il tient sa tasse, de l'autre, il caresse la nuque de Sylvia qui tend le cou et ferme les yeux. Il sent sa chaleur sous ses doigts. Il nage dans un bien-être délicieux. Et elle lui sourit comme jamais on ne lui a souri, pas même Sophie.

—Tu as appelé ta blonde de l'avion ? demande-t-elle soudain, comme si la question était brûlante.

—Euh ! Oui. Du port.

À cause de Valérie, le séjour de Charles à Formentera lui semble long. Il pense souvent à elle. Les jours se suivent, poussifs : réveil, café, douche, plage, sandwichs à la buvette, bronzage, dîner, coucher…

Le soir, dans son lit, il se repasse le film de l'avion : la jeune femme blonde aux yeux bleu cobalt, la valise cabine, le rake, le champagne, puis, plus tard, l'arrivée à l'aéroport d'Ibiza, l'au revoir, la poignée de main… Pourquoi ne l'a-t-il pas embrassée ? Ne serait-ce que sur la joue ? Quel ballot ! La prochaine fois qu'il la voit, il lui saute au cou.

*

Le retour de Charles à Orly est frustrant. Il a appelé Valérie, la ligne était occupée. Il a renouvelé plusieurs fois son appel, en vain. De plus, la messagerie est saturée. Le message que Sophie lui a laissé sur son portable noircit plus encore son moral. Elle l'informe pêle-mêle qu'elle a finalement décidé de divorcer, que leur fille Charlotte est souffrante, qu'il doit appeler le professeur Koblens. Ces messages plongent Charles dans une profonde angoisse. Il a la sensation d'être assis au fond d'un océan. Longtemps il s'était convaincu que le couple qu'il formait avec Sophie fonctionnait bien, qu'il était même, par-delà quelques avatars, indestructible. Le divorce, il n'y avait jamais songé.

Au téléphone, le docteur Koblens, spécialiste en neurologie à l'hôpital Sainte-Anne, l'invite à passer le voir. Il ne peut rien lui dire au téléphone. Charles est anxieux. Le médecin accepte de le recevoir le jour même.

— Votre fille est atteinte de troubles liés à l'hyperfonctionnement du système sérotoninergique, l'informe-t-il, d'emblée. Mais la tomographie n'a pas révélé de tumeur.

Charles n'a rien compris. Il ignore ce que ces mots barbares signifient, mais la mine du médecin laisse augurer un cas grave. Il tente, avec les mots qui sont les siens, de l'apaiser.

Charlotte est sujette à l'anorexie mentale et à la boulimie. Les deux phénomènes sont souvent liés. Plusieurs facteurs contribuent à la chronisation de l'anorexie. Parmi les troubles polyfactoriels, on peut citer les anomalies biologiques, la génétique, les complications somatiques, les modifications métaboliques… et j'en passe.

Charles angoisse plus encore. Il bascule d'un pied sur l'autre.

—Avez-vous observé ces derniers temps un changement dans le comportement de votre fille ? poursuit le docteur Koblens. Un appauvrissement de sa vie relationnelle, affective, de l'agressivité ou de l'abattement ?

—Euh… Non !

—Votre fille est atteinte d'un syndrome de dépersonnalisation et de déréalisation.

—De quoi s'agit-il exactement docteur ?

—Disons, en termes simples, qu'elle est dans un état schizoïde.

Charles est effondré. Il se prend sa tête à deux mains. Charlotte schizophrène ? c'est impossible. Elle, si jeune, si belle, si pétillante. Au cours Florent, d'aucuns disaient d'elle qu'elle ressemblait à s'y méprendre à Sophie Marceau. La même fraîcheur, la même candeur, la même ingénuité. Rien dans son comportement ne laissait présager une telle anomalie.

—Ne vous alarmez pas ! Les antipsychotiques, anxiolytiques et antidépresseurs font des merveilles de nos jours. J'espère que tout ira bien pour elle.

Charles pense à ce qu'il veut faire, à ce qu'il doit faire. Il écrase sous la pression des doigts la bouteille en plastique que vient de lui tendre une infirmière. Il revoit Charlotte, ses chaussures à pompons, son manteau boutonné jusqu'en haut du cou, le cheval à bascule, sa trottinette, sa tête penchée vers lui, à la fenêtre du balcon. Un voile humide recouvre ses yeux. Plus les souvenirs sont vieux, plus ils sont clairs. Il reste un moment muet parce que les mots qu'il a à dire, qu'il aurait pu dire, y en a pas.

— Puis-je la voir ? demande-t-il enfin.

— Pas pour l'instant. Nous allons devoir la garder en observation pour surveiller ses hallucinations, ses délires, ses troubles de la pensée. Il faut qu'elle soit seule si l'on veut qu'elle retrouve sa personnalité.

Cette fois, Charles fond en larmes. Il pensait avoir tout donné à sa fille, avoir trouvé les gestes et les mots qu'il fallait.

Comment est-ce possible ?

— Personne ne le sait ! Pas même, moi, répond le médecin. La chimie du cerveau, de même que les ritualisations qui en découlent, est impénétrable. Parfois, on est contraint d'appliquer un champ magnétique à la base du cerveau pour modifier l'activité neuronale.

Charles est abasourdi.

Au moment de partir, le professeur l'arrête.

— Ah ! Encore une question, monsieur Baudrin. Avez-vous négligé votre fille durant son enfance ?

— Euh, non ! Je me suis efforcé de la protéger ! Pourquoi cette question ?

— Simple routine !

Dans la rue, Charles déroule à nouveau son passé : Questembert, le travail, les voyages, les week-ends sans Charlotte, les fêtes, les anniversaires où il était absent…

Tout ça pour qui, pour quoi ? Pour une mère qui ne répondait jamais. En fait, la responsable de la maladie de Charlotte, c'est Mam-Two ! Elle qui l'a obligé, rage au cœur, pieds en sang, à accumuler les succès, à forcer le destin, à enjamber les montagnes… Elle voulait qu'il l'impressionne, la séduise, la conquière. Aujourd'hui, que reste-t-il de ses victoires ? Ont-elles effacé l'image de l'éternel enfant aux galoches cloutées qu'il était ? Cette mère méritait-elle tant de sacrifices ? Tandis qu'il marche, il repense à la sentence de Socrate : « La chute n'est pas un échec. L'échec, c'est de rester là où on est tombé. »

15

L'an 1994.

Durant les trente ans que dura leur mariage, Charles n'a pas cessé une seconde d'aimer Sophie. À sa manière, certes, mais il l'a aimée. S'il n'avait pas été suffisamment présent, c'est parce qu'il voulait décrocher la lune, pour elle, pour Charlotte, pour Fabrice, et avant tout pour Mam-Two.

Au tribunal, sa femme porte une robe d'un joli bleu dragée et un sac rose qu'il ne lui connaît pas. Son avocate, une brunette qui semble avoir trop bu le soleil, se tient à ses côtés. Le juge agite une sonnette et invite la demanderesse à s'expliquer sur le contenu de sa requête. Sophie veut tout, dans l'intérêt des enfants, cela va sans dire… Étant marié sous le régime de la communauté et le divorce prononcé à ses torts et griefs – Charles a renoncé à se défendre –, il est condamné à verser à sa femme la moitié du prix de l'appartement, de son cabinet, 10 000 francs par enfant au titre de la pension alimentaire et une indemnité compensatoire pour lisser la différence de niveau de vie liée à la rupture du mariage. Il est étrillé et contraint de contracter un emprunt pour faire face à ces condamnations, auxquelles viennent s'ajouter les honoraires de l'avocate de Sophie.

Les jours qui suivent, Charlotte est autorisée à sortir de l'hôpital. Sophie, qui ne conduit pas, le prie de passer la chercher au service psychiatrique de l'hôpital Sainte-Anne.

Sa fille se jette littéralement sur lui dès son entrée dans la salle d'attente.

— Oh ! Papa ! Mon papa. Je suis si heureuse que tu viennes me chercher. Ils m'en ont fait tellement baver dans cet asile de fous. Chambre matelassée sans fenêtre, sous prétexte que j'étais suicidaire, piqûres, pilules et même des électrochocs…

Charles écarte doucement Charlotte et la regarde à distance. Elle paraît calme, mais sa pupille est un peu dilatée et ses yeux toupillent comme s'ils ne savaient pas où se poser.

Les propos du professeur Koblens, qui l'a reçu entre deux portes, ne l'ont pas rassuré.

— Votre fille va mieux, mais elle n'est pas sortie d'affaire ! Hier encore, elle prétendait être la réincarnation de je ne sais plus quelle star. Soyez prudent, monsieur Baudrin, et gardez de la distance avec votre fille.

— De la distance ? Que voulez-vous dire ?

— Vous ne vous êtes rendu compte de rien ?

— Non… De quoi aurais-je dû me rendre compte ?

— Votre fille est amoureuse de vous !

— De moi ?

— Oui, de vous ! Charlotte a prolongé son complexe d'Œdipe.

Le médecin poursuit avec beaucoup d'à-propos, sur le ton du professeur qui explique à un élève :

—Les enfants, garçons et filles, traversent au cours de leur enfance une période au cours de laquelle ils éprouvent un amour inconditionnel pour le parent du sexe opposé et un sentiment de jalousie envers le parent du même sexe. Chez une petite fille, la période de l'Œdipe est un passage obligé. Le problème avec Charlotte, c'est que cette période a perduré.

Comme Charles est bouche bée, il ajoute pour mieux lui faire comprendre le processus du développement d'un enfant :

—Au début de sa vie, la petite fille entretient une relation fusionnelle avec sa mère qui est son modèle. Elle s'identifie à elle jusqu'à vouloir prendre sa place. Donc séduire le père. D'où l'importance de la remettre à sa place et de lui montrer que le couple existe en dehors d'elle.

Charles feint de comprendre. Il opine du bonnet.

—Recadrez votre fille sans la brusquer ni la culpabiliser, monsieur Baudrin. Soyez à la fois ferme et compréhensif.

Charles sort, sidéré. Sa fille amoureuse de lui, il n'y aurait jamais songé. Charlotte ne semble pas pressée de retrouver sa mère. Il est midi et elle a faim. Il l'emmène au McDo où elle se goinfre de frites, de Coca-Cola et de glace.

—Il y a si longtemps que je n'en ai pas mangé, lui confie-t-elle, enjouée.

Il tente d'essuyer la moustache de crème qu'elle a sous son nez. Elle saisit son doigt et l'embrasse. Charles à un petit mouvement de recul. Il songe à ce qu'a recommandé le professeur Koblens : « La recadrer, sans la brusquer… »

—Tu as encore faim à ce point-là ?

Elle rit, joue le rôle de la petite fille surprise le doigt dans un pot de confiture et lui demande à brûle-pourpoint :

— Dis, papa, tu me crois, toi, quand je dis que je suis la réincarnation de Greta Garbo ?

La question saisit Charles à froid. Il s'attendait à tout, sauf à devoir répondre à ce genre d'élucubration.

— Tu es bien plus belle qu'elle !

Charlotte est à la fois ravie et déçue.

— Elle était quand même très belle !

— Viens ! dit-il, pour sortir du terrain miné où il risque de s'enliser. Ta maman doit t'attendre avec impatience.

*

Deux mois ont passé. Charles s'apprête à quitter son bureau quand la standardiste le retient. On le demande au téléphone. C'est personnel. C'est sa femme. Ça doit être bougrement important. Quand Sophie veut lui donner des nouvelles de leur fille, elle l'appelle à la maison. Jamais au bureau.

— Charles, ta fille a une grande nouvelle à t'annoncer. Ne quitte pas, je te la passe.

— Allô, papa ?

Et, avant même qu'il ne réagisse, Charlotte lui annonce dans un flot de mots endiablés qu'elle a rencontré un garçon, qu'elle est amoureuse, qu'elle veut le lui présenter, que c'est l'homme de sa vie… Charles est à la fois heureux et étonné. Heureux qu'elle ait reporté ses sentiments sur un autre homme que lui, étonné que les choses aillent si vite. Elle est sortie depuis à peine deux mois de l'hôpital.

— Je voudrais que tu le voies, papa. Il est si beau.

Elle trépigne de joie.

— Il te ressemble.

Ces derniers mots lui font l'effet d'une douche froide.

*

Charlotte a 22 ans, son amoureux, 45. Charles saisit en le voyant ce que sa fille a voulu dire par « Il te ressemble ». Elle est amoureuse d'un homme qui pourrait être son père. Il ne sait pas trop quoi penser. L'homme est bien de sa personne, un peu flagorneur – juste ce qu'il faut pour une première rencontre – mais sans profession. Du moins, sans une profession au sens où Charles l'entend. Être intermittent du spectacle est sans doute une vocation, mais le job est aussi précaire que le titre. Sa fille lui explique qu'elle a rencontré Damien – c'est son prénom – dans une brasserie. Elle a immédiatement reconnu l'ancien élève du cours Florent. Elle lui expose, sérieuse et appliquée, qu'ils ont pris un verre ensemble, qu'ils se sont raconté leur vie et qu'ils ont juré de se revoir très vite. Charlotte guette le moment où son père va donner son avis. Un état de crainte commence à naître en elle et elle sent qu'elle va être vite submergée. Charles s'en rend compte et déclare mécaniquement :

— C'est bien ! Soyez heureux.

Les mots sont sortis de sa bouche à son insu, sans qu'il puisse les retenir.

Charlotte sourit, délivrée. Elle a fait l'impasse sur ses séjours en milieu hospitalier. En revanche, elle n'a pas bluffé quand elle a annoncé à Damien qu'elle était prise dans un film de Roger-Pierre et Jean-Marc Thibault. Dans son for intérieur, son père prie, un peu égoïstement, pour que cette rencontre soit un remède miracle à la maladie de Charlotte. L'amour lui va si bien. Elle est épanouie, enjouée, rayonnante et serre fort la main de Damien. Charles a l'impression qu'elle l'a un peu oublié.

*

Le mariage de Charlotte au Coq Hardi de Bougival, quatre mois plus tard, est grandiose. Trois cents invités triés sur le volet. Du beau linge, comme on dit. Des personnalités du monde politique – Chaban-Delmas, Michel d'Ornano, Robert Poujade, des amis du showbiz –, Jean-Claude Brialy, Michel Piccoli, Claude Rich, Charles Aznavour et sa femme Ulla, des journalistes, des stars, des têtes connues des médias. Sa fille est aux anges. C'est le plus beau jour de sa vie. Elle applaudit en voyant deux motards de la gendarmerie mis à la disposition de Charles par Jacques Chirac passer devant la voiture des mariés et ouvrir la route au convoi.

Son père a bien fait les choses.

Le déjeuner à La Grande Cascade au bois de Boulogne avait déjà été un véritable festival. Augustin et sa femme, ses beaux-parents, s'étaient régalés. Champagne, caviar, homard, rien n'était trop beau pour Charlotte. Il lui devait bien ça.

—Ah ! Ça, c'est de la grande cuisine, a déclaré Augustin. Voilà des professionnels qui savent travailler.

Charles observe Sophie du coin de l'œil. Elle est radieuse, bien qu'un peu boudinée dans son fourreau abricot. Elle s'efforce de ne pas se resservir pour ne pas faire craquer les coutures et surveille Fabrice comme le lait sur le feu. Elle craint qu'il boive trop. Leur fils va sur 15 ans et il est coutumier des couillonnades, comme dit son père. Il n'en rate pas une : renvoi de l'école pour dévergondage, absences répétitives, détention au commissariat de police pour avoir remonté à fond de ballon un sens interdit à scooter, trous dans les pulls à cause des joints, fréquentation des zonards de Clichy... Il y a une infinité de façons de gâcher sa vie, lui les collectionne toutes. Sophie redoute qu'il tourne mal. Pour elle, l'absence d'autorité paternelle se fait durement ressentir. Elle ne sait plus quoi inventer pour le stabiliser. En désespoir de cause, elle propose à son ex de le prendre un peu avec lui.

— Toi seul peux le remettre dans les clous.

Charles temporise. Il doit consulter Valérie, bien qu'en principe cela ne devrait pas soulever de difficulté majeure. Ce serait bien le diable qu'il ne déniche pas un petit coin à Fabrice dans son cinq-pièces de l'avenue Henri-Martin.

*

Valérie et lui se sont beaucoup revus après le retour de Charles d'Ibiza. Un rythme agréable s'est bientôt installé entre eux : expositions, théâtres, concerts, restaurants... Ils ont tant de points communs qu'ils se sont vite sentis à l'aise dans le quotidien. Rapidement, ils sont convenus de s'installer ensemble, puis de se marier.

Valérie accepte de prendre Fabrice à la maison, mais à une condition : qu'il vienne sans son scooter. Elle n'a pas envie de courir les commissariats tous les soirs. Fabrice, qui a entendu les réserves de Valérie, n'a rien trouvé de mieux que de rugir :

— Putain ! Celui qui touche à mon scoot, il est mort.

Après trois semaines à la maison, Fabrice donne des signes de contentement. Il semble satisfait de vivre avec son père et de parler, comme il dit, d'homme à homme.

Et puis Valérie lui fait de bons petits plats. Il ne sort plus le soir. « Trop loin Clichy, sans scoot ! » En revanche, les études ne le branchent toujours pas. Il « kiffe » – c'est son mot –le sport. Charles l'a inscrit dans une salle où il peut pratiquer l'aïkido, la capoeira et le yoga. Progressivement, Fabrice se montre un peu plus docile, bien que toujours sur la défensive. Il peut exploser à la moindre étincelle. Valérie est d'une patience d'ange avec lui. Pas une fois elle ne le rembarre, même quand il est grossier.

— Les meufs, elles nous font toutes chier. Elles jouent les saintes-nitouches et par-derrière, elles nous font des croche-pattes.

— T'ai-je déjà fait, comme tu dis, un croche-patte ? lui demande calmement Valérie.

— C'est pas pour toi que je dis ça ! À l'école, les filles, elles nous pourrissent la vie !

Fabrice est un rebelle. Il lui faudra du temps pour aimer la société.

Au bout de quelques mois passés en leur compagnie, il apparaît comme une évidence que son fils a trouvé sa place. Il se montre moins agressif, participe à la vie de famille, range sa chambre… Il lui arrive même de laver la vaisselle. Charles et Valérie ont l'impression qu'on leur a changé Fabrice. Est-ce le sport ? Charles, lui aussi, est accro de la gym. Il ne se passe pas une semaine sans qu'il aille deux ou trois fois à la salle de fitness. Les plus jeunes sont scotchés par sa musculature. Cardio, abdos, dorsaux… Tout y passe. Il répète à qui veut l'entendre : « Un esprit sain dans un corps sain ! » A-t-il vraiment un esprit sain ?

*

Charles observe la jolie jeune femme en fourreau noir qui, depuis plusieurs minutes, ne le quitte pas d'un cil. Elle semble obnubilée par les ors du salon de la mairie du 7e arrondissement qui répandent sur lui leur lumière. Elle s'approche du garde républicain qui apporte au garde des Sceaux un coussin de soie écarlate où brille une médaille à cinq branches d'un joli bleu verni. Elle est proche de l'impétrant et lui adresse un sourire aussi étincelant que de la nacre brossée. Charles est sous le charme. Le protocole terminé, il part à la recherche de l'inconnue. La préposée au vestiaire, à qui il décrit la jeune femme, l'informe qu'elle est partie pendant le speech du ministre mais qu'elle a laissé un mot à son intention. Il décachette l'enveloppe. La jeune femme lui donner rendez-vous au restaurant La Cachottière, rue de Miromesnil, à 20 heures. Le billet est signé Violette. Il ignore si c'est un nom d'emprunt, mais il pense qu'il lui va comme un gant. Elle a l'innocence et la fragilité de la fleur.

Violette l'attend debout devant le comptoir. Elle s'avance, nouveau sourire, nouvel éclat de nacre.

—Je suis heureuse que vous soyez venu, dit-elle, lui tendant la main. Venez ! Asseyons-nous.

Violette est le deuxième prénom de sa grand-mère. Elle est propriétaire de La Cachottière, vit seule avec son fils dans un trois-pièces au quatrième étage de l'immeuble. Sa sœur, Audrey, travaille avec elle, mais elle est auprès de leur mère souffrante. Violette est intarissable. Le dîner achevé, elle l'invite à prendre un dernier verre chez elle… Et ce qui devait arriver arrive. Il ne saura jamais ce qui a précipité cette rencontre. Violette a beau l'assurer qu'elle ne s'explique pas elle-même ce coup de foudre, Charles reste sur la réserve. Les ors de la République et sa décoration de commandeur dans l'Ordre national du mérite peuvent donner des idées.

Valérie n'a pas dormi de la nuit. Au matin, son visage est aussi froissé qu'un linge. Elle oscille entre rage et larmes et pleure de rage en voyant son mari rentré à 8 heures du matin. Ses sanglots redoublent d'intensité quand il lui annonce la vérité :

— Je me suis laissé prendre au jeu stupide de la séduction et je n'ai pas su résister aux démons du plaisir. C'est aussi bête que ça !

Elle hurle si fort en écoutant cette confession que Fabrice arrive comme une bombe dans le salon. Il prend Valérie dans ses bras, la câline, lui murmure à l'oreille des mots que Charles ne peut pas entendre et l'embrasse à plusieurs reprises sur le front. Charles n'aurait jamais cru son fils capable d'un tel élan de tendresse envers cette femme qui n'est pas sa mère.

Valérie n'a pas assisté à la remise de décoration de son mari. Elle a une sainte horreur des cérémonies, de la pompe en général. Avec du recul, elle regrette de ne pas y être allée. Elle aurait pu éviter ce coup de canif à leur contrat de mariage.

Valérie a fini par pardonner à Charles son escapade et lui n'est jamais retourné à La Cachottière. L'endroit porte trop bien son nom.

16

Ce matin, Charles a reçu un coup de fil bizarre. Un certain Brignole, qui disait être de l'Assistance publique, l'a informé que le préfet souhaitait le rencontrer. Il ne lui a donné ni le nom du fonctionnaire, ni le motif de l'entrevue.

— Demain au Fouquet's à midi et demie, s'est-il borné à indiquer avant de raccrocher.

Charles est encore tout ébahi. Que lui veut le préfet ? Et d'ailleurs, qui est-il ? D'où vient-il ? S'agit-il du préfet de police, d'un préfet de région, du préfet des études ? Il nage dans un brouillard compact et attend le rendez-vous avec impatience.

Le lendemain au Fouquet's.

— Ah ! Cher ami, je suis ravi que vous ayez pu vous libérer, lui lance l'homme policé qui se tient sur le seuil du restaurant. Permettez-moi de me présenter : Jean-Marc Divisia, préfet et secrétaire général de la zone de défense de Paris.

Charles ne voit pas bien ce que ce haut fonctionnaire attend de lui.

— Vous connaissez déjà Lucien Brignole, poursuit-il, désignant un homme en complet noir, assis à une table un peu retirée. Il n'a pas tari d'éloges sur vous. Les qualificatifs lui manquaient pour dire tout le bien qu'il pense de vous.

Charles dévisage l'homme qui vient de lever la tête vers lui.

— Enchanté ! Ne cherchez pas, monsieur Baudrin, vous ne me connaissez pas. En revanche, moi, je sais qui vous êtes. J'étais à votre remise de décoration le mois dernier quand M. Alain Peyrefitte a fait votre panégyrique. Une apologie rare. Bravo !

— Vous connaissez bien M. Peyrefitte ? lui demande le préfet qui vient, à son tour, de s'asseoir à la table.

— Euh... non ! C'est le garde des Sceaux. Je suis avocat. Il était donc légitime que ce soit lui qui me remette cette décoration.

Charles ne sait pas où ces messieurs veulent en venir. Pourquoi ces questions, ce déjeuner ?

Le préfet insiste.

— Vous avez lu *Le Mal français* ?

Nouvel étonnement. Il fait non de la tête et émet un petit sifflement.

— Vous devriez le lire ! C'est un remarquable essai politique et sociologique. M. Peyrefitte était un homme brillant et ses écrits lui avaient d'ailleurs valu d'être admis à l'Académie française.

Le préfet se saisit du verre de vin placé devant lui et le tient à distance comme s'il en appréciait la couleur. M. Brignole et lui se jettent par moment des petits signes de connivence.

— En fait, cher Charles Baudrin, si nous sommes aujourd'hui réunis, ce n'est pas pour faire l'éloge de l'académicien, aussi brillant soit-il, mais pour parler de vous.

Nouveau scepticisme.

— Laissez-moi vous expliquer.

Il s'arrête. Le maître d'hôtel vient prendre la commande.

— Je vous conseille le *merlan en colère*, suggère M. Brignole qui n'a encore rien dit, hormis les compliments d'usage.

Charles acquiesce sans réfléchir, pressé d'entendre la suite de ce que le préfet s'apprête à lui exposer.

— Je dirige actuellement une association d'aide à l'enfance maltraitée, Le Coucou, pour être précis. Je sais que vous-même êtes un ancien de la Ddass. Je sais aussi que vous avez connu la rupture sociale, les internats, les familles d'accueil, les déracinements.

Charles est étonné qu'il en sache autant sur lui.

— Ne soyez pas surpris, M. Baudrin, je me suis renseigné. Vous comprendrez évidemment qu'on ne puisse pas confier le sort de centaines d'enfants à n'importe qui. Nous avons besoin de garanties. Aujourd'hui, j'ai la conviction que personne ne connaît mieux que vous le monde de l'enfance maltraitée. Il faut être passé par là où vous êtes passé pour connaître les besoins des enfants en détresse. Je suis sûr que vous saurez mieux que personne leur prodiguer les conseils propres à soigner leurs blessures, même si certaines restent à jamais béantes.

Le préfet a visé juste. Ce rappel du passé ébranle Charles. Il repense à ce qu'il a vécu et à ce que ressentent les gosses, abandonnés à leur sort. « À tous les chats morts dans les caniveaux. »

— Les fonctions cumulées de préfet et de secrétaire général de la zone de défense de Paris, poursuit le préfet, dévorent l'essentiel de mon temps et je n'ai plus guère de moment à consacrer à ces pauvres enfants. Aussi, et avec l'assentiment de M. Brignole, directeur de l'ARS, ici présent, qui connaît bien votre parcours et vos mérites, j'aimerais que vous me succédiez à la tête de cette association.

Charles est abasourdi.

Le préfet s'en rend compte.

— À l'origine, Le Coucou était dirigé par une journaliste-reporter, mais j'ai dû, à la demande de la Fondation de France, en prendre le contrôle pour, comme on dit, la remettre sur les rails. Je crois y être arrivé, mais en partie seulement. Il y a encore beaucoup à faire et je compte sur vous et sur votre pugnacité.

Mille questions traversent l'esprit de Charles.

— J'imagine tout ce qui doit vous passer par la tête, mais songez en priorité aux enfants, M. Baudrin ! Nul autre que vous n'est à même de remplir cette mission. Votre vécu, votre réussite, votre courage, sont pour nous les garants de votre capacité à venir en aide à ces petites victimes de la disqualification sociale.

Charles est confondu. En venant à ce déjeuner, il était à cent lieues de penser qu'il se verrait proposer la présidence d'une association caritative.

— Vous n'êtes pas obligé de vous décider à la minute, précise Lucien Brignole. Mais, il serait bon que nous ayons votre réponse cette semaine, car il y a des questions urgentes à régler.

— Oui ! surenchérit le préfet, notamment un conflit latent entre l'association et la Fondation de France.

Charles réfléchit. Il s'interroge. Pourquoi lui ? Il a l'affligeante sensation que le diable vient de glisser un pied dans sa porte et que cette mission va entraîner sa chute.

Le lendemain, il se rend par acquit de conscience rue des Batignolles. Il veut se faire une idée du « Coucou » avant de décider. La construction est relativement récente. Les années 1970, peut-être. Sur la façade ont été peints deux gamins en culotte courte chaussés de galoches se tenant par la main. Cette image lui rappelle Charonne, les semelles cloutées, la cour, les glissades, l'évasion… Il ne peut pas, il ne doit pas refuser l'offre du préfet. Les enfants ont besoin de lui. Valérie, à qui il raconte son déjeuner, est fière de lui. La nomination de son mari à de hautes fonctions, est, pour elle, une promotion légitime. Charles a tant fait pour la profession, pour ses collaborateurs, leur famille. Pas une fête, pas un anniversaire, pas une naissance sans un cadeau. Un berceau, une poussette, un landau. Valérie est abasourdie par sa résilience et son opiniâtreté.

Fabrice qui écoute son père ne saisit pas bien de quoi il parle.

—Ton papa va s'occuper des gosses sans famille, dit-elle. Des orphelins comme lui.

Elle met la main devant la bouche.

—Pardon ! Je ne voulais pas te rappeler…

—Cool ! lance Fabrice. J'vais t'accompagner pour voir la gueule qu'ils ont.

Charles lui adresse un regard noir.

—Fabrice ! Il s'agit d'une association d'aide à l'enfance, pas d'un zoo.

—Excuse-moi papa, je voulais dire : voir ce que t'as connu.

—J'aime mieux ça !

—Alors, tu vas accepter ? demande Valérie.

—Oui ! Certainement.

—T'an as parlé à Charlotte ?

—Non ! Pas encore.

— Tiens ! Puisque nous parlons de Charlotte, j'ai une grande nouvelle à t'annoncer : Charles Baudrin va être grand-père.

— Quoi ? Tu veux dire que Charlotte est… ?

— Oui ! De deux mois !

— Comment va-t-elle ? Je n'ai pas beaucoup de nouvelles d'elle depuis qu'elle est mariée. Elle doit filer le grand amour. Tu me diras, tant mieux, je m'en réjouis.

— Son mari dit qu'elle mange comme quatre.

— Et alors ? C'est bien, non ?

— Point trop n'en faut ! Les kilos, c'est comme les coups, on sait quand on les prend, on ne sait pas quand ils disparaissent !

*

Trois ans se sont écoulés depuis la naissance du petit Guillaume. L'enfant se porte bien, mais la santé de Charlotte donne bien du souci. Non seulement elle n'a pas perdu les kilos qu'elle avait pris au cours de sa grossesse, mais d'autres s'y sont ajoutés. Elle s'est progressivement recroquevillée sur elle-même. Calfeutrée dans son appartement, elle n'en sort que pour mener le petit à la crèche. Elle fuit le monde, honteuse de son embonpoint. Le médecin traitant, que Charles appelé, l'a informé que sa fille est sujette à la boulimie, une cousine germaine de l'anorexie.

— Je lui ai prescrit un régime alimentaire, assorti de coupe-faim, mais je ne suis pas sûr que Charlotte le suive vraiment. Elle risque fort, si elle continue à ce rythme, de devenir obèse, conclut-il avant de raccrocher le téléphone.

Charlotte prend peur, le jour où l'aiguille de la balance tutoie pour la première fois le nombre 100. Elle appelle son père pour lui faire partager son angoisse. Elle lui apprend aussi que son mari s'est volatilisé. Il a fui sans donner d'adresse, abandonnant femme et enfant.

Sophie comprend sur l'heure que Dieu attend d'elle qu'elle se porte au secours de sa fille. Elle se rend toutes affaires cessantes chez elle, rue Marcadet. Elle veut être au plus près de Charlotte. L'assister. Lui préparer ses repas diététiques.

Au bout de six mois de cohabitation, c'est la zizanie. L'exiguïté du logement, les pleurs de Guillaume, la promiscuité ont fini par avoir raison de la patience de Sophie. Elle doit chercher un appartement plus grand où chacun aura sa chambre.

— Pas à Paris, lâche-t-elle, trop cher. Sa fille a besoin de grand air. Pourquoi pas Arcachon ?

Son calcul est simple. La construction de la villa au Cap-Ferret est sur le point d'être achevée, Arcachon n'est qu'à vingt minutes de bateau et il y a des navettes toutes les demi-heures.

Charles a connu la presqu'île grâce à un couple de bijoutiers bordelais qu'il a croisé aux Seychelles. Depuis, ils sont devenus de bons et fidèles amis. Rentrés en France, ils lui ont fait connaître les joyaux du Cap-Ferret et l'ont convaincu d'acheter un bout de terrain et d'y faire construire. « Comme ça, on pourra se voir plus souvent, a allégué Marie-France, la jolie femme du bijoutier. Notre villa est juste à côté, au port de La Vigne. »

Ce virage est sans doute à l'origine du revirement de Fabrice. Il montre soudain de l'intérêt pour les études, obtient son bac haut la main, s'inscrit à la fac et réussit dans la foulée une licence de droit et un DESS de propriété industrielle. Peu de temps après, il annonce à son père qu'il va, s'il est d'accord, s'installer en coloc avec Tanya, une amie. Il lui présente la jeune femme au cours d'un déjeuner dans une pizzeria. La première impression que fait Tanya sur Charles n'est pas vraiment en sa faveur. Au fond de lui il ne félicite pas son fils de son choix. Cheveux raides, coupe à la garçonne, jean élimé, tee-shirt à l'effigie de Fidel Castro, elle n'a rien de très séduisant. Il est d'autant plus déçu qu'elle lui avoue, avec un rare naturel, qu'elle rentre des îles et que là-bas, on vit à poil toute l'année. Ce n'est évidemment qu'une image, mais Charles a pris cela pour argent comptant.

Fabrice le rassure un peu quand il lui indique, au cours du repas, qu'il a trouvé un job en Australie, chez un de ses confrères, et qu'il s'y rendrait pour perfectionner son anglais. Son père pense avec un plaisir non feint qu'il a décidé de mettre de la distance entre lui et cette fille. En deux ans, il l'aura vite oubliée. L'embellie est de courte durée. Lui et Tanya ont décidé de partir ensemble. Fabrice lui confesse encore qu'étant fauché, il compte sur lui pour les billets d'avion. Charles est estomaqué. Non seulement son fils embarque sa dulcinée avec lui mais il lui demande en quelque sorte de bénir leur union.

La semaine suivant leur envol, il reçoit un appel de Fabrice. Il l'informe qu'il a trouvé un appart sympa en coloc à Melbourne. Une ville à taille humaine a-il ajouté. Ils en ont déjà fait le tour. En d'autres occasions, Charles aurait prolongé l'entretien, l'aurait interrogé sur la température de l'eau, de l'air, le massif corallien, les requins – que l'on dit nombreux dans la région – mais il s'est limité à un simple « Vas-y mollo avec le soleil ! » et il a raccroché sous prétexte qu'il était tôt en France et qu'il avait encore sommeil.

*

Boulevard de la Plage, dans leur nouvel appartement à Arcachon, Sophie et Charlotte semblent avoir trouvé leurs marques. Elles vivent en parfaite harmonie et n'ont qu'à traverser la chaussée pour être sur le sable et faire faire trempette au petit Guillaume. Parfois, elles traversent le bassin par la navette et viennent passer le week-end avec lui et Valérie. Charles aurait pu en vouloir à son ex-femme de l'avoir ponctionné comme elle l'avait fait, mais il n'est pas d'un naturel rancunier et il la reçoit dans la villa du Cap-Ferret comme si de rien n'était. Charlotte aime ce qu'elle appelle « la maison de famille ». Le jardin est entretenu à l'année par un jardinier épris des roses. Au printemps elle le regarde déposer minutieusement avec la pointe d'un outil, comme s'il peignait au couteau, des larves de coccinelles sur leurs feuilles. Il dit que c'est pour lutter contre les pucerons. Pour lui, chaque coccinelle est un signe de Dieu et les poser sur les rosiers est une façon de l'honorer. Il fait aussi de l'hybridation et crée de nouvelles variétés. Il aime les couleurs, depuis le rouge écarlate au rose tendre en passant par le carmin ou le cramoisi.

Aujourd'hui, Sophie et Charlotte ont pris la première navette. Celle de 10 heures. C'est la Fête des mères. Une célébration que Charles n'a pas connue et qu'il ne connaîtra jamais. Il n'a pas revu sa fille depuis plus de deux mois et il a hâte de la serrer dans les bras. Sophie a beau l'assurer que son état est stationnaire, il veut s'en rendre compte par lui-même.

Charles doit se cramponner à la table de la cuisine pour ne pas pousser un cri d'effroi en voyant Charlotte. La pauvre petite a la bouche de travers et l'un de ses yeux est presque fermé.

Qu'a-t-on fait à sa fille ?

Sophie, qui n'a pas encore desserré les dents, baisse les yeux.

Plus il regarde Charlotte, plus il se demande ce qu'il a fait au ciel pour qu'on abîme ce qu'il avait de plus précieux au monde.

Il s'emporte, peste, clame.

— Et Dieu, dans tout ça ? Il est où Dieu ? Il est où celui qui est censé soulager la misère du monde ? Il est où ?

Il s'adresse de nouveau à Sophie.

— Parle, bon sang ! Qu'est-il arrivé à cette pauvre gosse ?

— Ce n'est rien ! bredouille Charlotte de sa petite bouche en coin. Ne t'inquiète pas papa, j'ai pas mal.

Charles fond en larmes, prend sa fille dans les bras.

— Papa ! Si maman ne t'a rien dit, c'était pour éviter de te faire de la peine. Il y a deux semaines, j'ai fait un AVC facial.

Comme elle voit son père torturé, elle s'empresse de le rassurer.

— Mais je n'ai pas de tumeur ! Seul le nerf facial est atteint a dit le docteur. Il paraît même que ça diminue avec la… Comment a-t-il dit, maman ?

— Je ne sais plus ! La corticothérapie, je crois, un mot comme ça, qui aide à réduire les effets de la paralysie.

Charles observe sa fille. Sa vision est trouble. Il distingue Charlotte à travers un voile humide. Il ne peut pas croire à son destin. Elle, si jolie à 20 ans et aujourd'hui si chiffonnée, si abîmée, si cabossée. Il revoit la jeunesse de Charlotte : sa naissance, la folle envie qu'il avait de la serrer dans ses bras, ses premiers pas, son émerveillement, l'école où elle voulait qu'il vienne la chercher pour le montrer aux amies de sa classe, elle le trouvait si beau, sa déception toutes les fois où il était absent, son adolescence, les garçons qui lui couraient déjà après, l'éclat intense de ses yeux bleus, ses bras pendus à son cou le jour du bac, son envie de devenir comédienne, les cours Simon et Florent, le conservatoire, les premières propositions de films… il n'a pas vu grandir sa fille. Il était aveugle. Obnubilé par l'idée de la protéger, il en avait oublié qu'elle existait, qu'elle le réclamait, qu'il lui manquait. Aujourd'hui, il se rend compte du point auquel il s'est mépris sur les besoins de Charlotte. Ce que sa fille voulait, ce n'étaient pas des montagnes d'or, des robes de prix, des sacs à la mode, non ! C'était de l'amour. Rien que de l'amour, la tendresse de son père, sa présence à ses anniversaires, à ses sorties d'école, pendant les vacances.

Sophie reprochait souvent à Charles de courir le monde, la Corée, la Chine, le Japon, les États-Unis… mais il était certain qu'un lien invisible le liait à Charlotte et que jamais il ne pourrait se rompre.

17

L'an 1995.

Les mois ont passé. Fabrice est rentré d'Australie. Tanya a bien changé. Ce n'est plus la sauvageonne qu'il avait en mémoire. Elle est pimpante. Ses cheveux en carré court et son méché blond adoucissent son visage et font ressortir ses yeux vert bronze. Elle est presque belle dans son pantalon de lin grège et sa blouse saumon.

—*Hello ! How are you ? You're looking good !* lui lance-t-elle, à peine entrée dans son bureau pour lui montrer qu'elle parle l'anglais *fluently*.

Fabrice présente à son père le certificat que lui a remis le cabinet Fitzpatrick à son départ de Sidney. « *Special thanks Fabrice. You have a invaluable experience as personal adviser. Congratulations for your strong experience of the US law and copyright.* » Avec cette attestation d'un des plus grands cabinets australiens, il espère trouver rapidement un job en France. La réponse de Charles le douche un peu.

—Tu dois encore obtenir le diplôme de Conseil en propriété industrielle et il faut trois ans de stage et passer le diplôme de l'INPI pour porter le titre.

—Oui ! Mais toi, qui es le secrétaire de la profession, tu connais tout le monde. Tu vas bien me dégoter un poste chez un de tes confrères.

—Ce n'est pas aussi simple, Fabrice. Les affaires ne sont pas mirobolantes en ce moment. Les cabinets recrutent peu. De toute façon, je ne suis plus le secrétaire de la Compagnie des CPI.

—Quoi ? Ils t'ont viré

—Non ! J'ai démissionné !

—Démissionné ? Qu'est-ce qui t'a pris ?

—J'ai quitté la profession. Je suis avocat.

—Attends ! Attends ! Qu'est-ce que tu me chantes là, papa ? Et ton cabinet ?

—Vendu !

—Comment ça, vendu ?

—Oui, vendu. Cédé, si tu préfères.

Fabrice n'en croit pas ses oreilles.

—Et moi ?

—Quoi, toi ?

—Bah ! J'aurais pu le reprendre.

Charles part d'un éclat de rire.

—Toi, le reprendre ? Mais tu oublies, mon garçon, le nombre de fois où je t'ai proposé de venir travailler avec moi. Tu te souviens de tes réponses ? « Moi, reprendre ton affaire, jamais ! Je veux créer mon cabinet tout seul, comme un grand ». Rappelle-toi ! Tu disais même, je m'en souviens comme si c'était hier : « Je ne veux rien devoir à personne. »

Fabrice se tourne vers Tanya et lui adresse un regard étonné.

—Tu as entendu ? Mon père a vendu le cabinet de famille, sans même m'en parler.

—Holà ! mon garçon. Une seconde, s'il te plaît ! Remettons les choses à leur place. Ce cabinet m'appartenait. Il était à moi et à moi seul. C'est moi qui l'ai créé, développé, fait prospérer. Je ne pense donc pas que j'avais à requérir un quelconque accord de ta part.

—Non ! Mais on aurait pu en discuter.

—En discuter ? Je ne savais même pas dans quelle ville tu étais. Tu ne m'as appelé que deux ou trois fois en deux ans et j'ignorais d'où. Je ne savais même pas si tu reviendrais un jour en France.

—Tu penses qu'on oublie son père comme ça ? À qui l'as-tu vendu ?

—Peu importe ! Le nom ne te dirait rien. À un groupe financier qui a son siège en Suisse. Ils m'ont approché l'an passé. Ils voulaient se diversifier et avaient pris des renseignements sur moi, sur l'entreprise, la clientèle, les collaborateurs. Un travail de professionnels. Les négociations ont duré sept mois. La direction était coriace. Surtout les actionnaires qui craignaient, compte tenu de mes relations *intuitu personae* avec la clientèle, que je me réinstalle quelque part en Europe et qu'elle me suive. Alors, ils ont subordonné la signature du pacte de vente à une clause de non-concurrence s'étalant sur cinq ans et s'appliquant à toute l'Europe.

—C'était légal, ça ?

—Je n'avais pas le choix. C'était ça ou rien !

—Et tu étais si pressé de vendre ?

Fabrice frotte son index sur le pouce.

—T'as touché le pactole, alors ?

—Ça, mon garçon, ça ne te concerne pas. Tu le sauras quand je mourrai.

—Le plus tard sera le mieux, papa.

Fabrice prend son père dans les bras.

— Je t'aime papa et pardonne-moi si je t'ai peu appelé de Melbourne ou de Sidney, mais j'ai pensé à toi tous les jours, Tanya en est témoin. Je n'arrêtais pas de la bassiner avec : « Papa, c'est le meilleur ! » ou encore : « Mon père, je l'adore, je ne pourrais jamais vivre sans lui… »

Charles a les larmes aux yeux.

— Moi aussi, je t'aime, mon fils.

Un sentiment viscéral, pour ne pas dire fusionnel, lie Charles à Fabrice. Ils se ressemblent tellement par certains côtés ; la séduction, la verve, l'ambition… Tanya et Fabrice voudraient s'installer à Bordeaux.

— Bordeaux ? Pourquoi Bordeaux ? demande Charles, il n'y a un seul cabinet, là-bas.

— Parce que nous avons beaucoup aimé Melbourne et que nous ne voulons pas vivre dans une grande ville comme Paris. Et puis, la mer, la campagne, quoi de mieux pour un enfant ?

Charles ouvre grand les yeux.

— Quoi ? Tu veux dire que Tanya…

— Oui ! Trois mois.

Il passe une main sur la petite enflure du ventre de sa compagne.

— Tu vas de nouveau être grand-père, daddy.

Fabrice et Tanya ont apparemment fêté Pâques avant les Rameaux, comme on dit. Il prend pour la première fois Tanya dans les bras et l'embrasse.

— Bravo ! Ma chérie. Soyez prudente. Prenez soin de vous.

Tanya lui demande s'il vit seul avec Valérie. Ça le fait sourire. Au lieu de répondre, il ouvre une bouteille de champagne pour fêter le retour de son fils et la grossesse de celle qu'il appelle, ne sachant pas très bien comment dire, sa fiancée. Tanya et Valérie boivent du thé. À la troisième coupe de champagne, Fabrice émet le souhait de rentrer. Il est fatigué par les vingt-quatre heures de voyage. Charles accepte, mais à une condition : qu'il finisse avec lui la bouteille.

Tanya est restée encore un peu à parler avec Charles dans le salon. Elle lui a raconté sa vie : son père berbère, mort jeune, sa mère disparue, la famille d'adoption qui l'a recueillie et élevée jusqu'à l'âge de 18 ans, son bac, son recrutement par le Club Med, son affectation à la division sport, son stage de six mois au village de la Martinique, reconduit à plusieurs reprises… C'est ainsi, lui a-t-elle confié, qu'elle connut la Grèce, Saint-Martin, Saint-Barthélemy, les Bahamas, Nassau, la Guadeloupe… Quand elle avait vu pour la première fois la mer, elle avait baissé la vitre du taxi et elle avait pleuré comme un enfant. Ça avait été eu le choc de sa vie. Arrivée au village, Fabienne, la fille avec qui elle partageait sa chambre, avait ouvert les volets pour faire entrer le soleil, puis, elles avaient toutes deux enfilé leurs maillots de bain et s'étaient précipitées à la plage sans même défaire les valises. Tanya, qui n'avait connu que l'eau chlorée des piscines, était prête à boire tout l'océan. Fabienne et elle avaient batifolé dans l'eau fraîche, s'aspergeant et pouffant comme deux petites folles. Le sel nacrait leur peau et Tanya sentait le goût salé de ses larmes sur les lèvres. Elle chantait à tue-tête. *Salt of the Earth* des Rolling Stones. Au village, on vivait sans chaussures. Les îles, c'était ça ! Vivre sans chaussures.

Charles comprend mieux aujourd'hui ce qu'avait voulu dire Tanya la première fois qu'il l'avait vue : « Je suis une fille des îles. » Pour lui, Tanya était une émeraude à polir.

Cette nuit-là, il fait un vœu : ne jamais oublier Charlotte, Guillaume, Fabrice, Tanya, Sophie, Valérie et tous ceux qu'il a aimés et qu'il aime.

*

Fabrice a été engagé au cabinet I.P. World de Bordeaux. Une chance, Charles plaidait pour ce cabinet. Le patron, M. Jalon, à qui il avait vanté les qualités de son fils, sa maîtrise de l'anglais et sa connaissance aiguë du droit américain, avait vu en lui l'occasion de remplacer la directrice de son service « marques », sur le point de partir à la retraite.

Pour fêter le retour de Fabrice et l'arrivée prochaine de son petit-fils, Valérie et lui ont organisé un déjeuner à la villa du Cap-Ferret. Tous sont présents, Fabrice, Tanya, sa sœur Julie, Robin et sa femme Jacky, les amis proches, les Voltaire, les Pralin et les Rosemonde. Jean, le mari de Julie, qui a des problèmes rénaux, n'a pas fait le déplacement depuis Lyon. Sophie est restée à Arcachon près de sa fille. Charlotte ne veut se montrer à personne.

Il fait beau. On rit beaucoup. Le champagne délie les langues. Chacun y va de son couplet. Julie demande le silence. Elle veut chanter… Et, au beau milieu de cette liesse, un appel, un coup de fil assassin. Un cri venu de nulle part, suivi de sanglots et d'ânonnements… Les pleurs de Charlotte couvrent sa voix. Charles ne saisit pas le sens de ce qu'elle dit : « étouffée… bleue… » Puis, il perçoit le bruit sourd du combiné que l'on pose sur une table… et plus rien.

— Allô Charlotte, tu es toujours là ? Allô ! Réponds, bon sang ! Que se passe-t-il ?

— …

Charles est dans l'impasse. Il pressent un drame. Tout le monde s'interroge du regard. C'est alors que Fabrice prend autoritairement le téléphone des mains de son père, complètement atone.

—Allô ! Chacha ?

—…

Une petite voix, lointaine, presque transparente, finit par bredouiller.

—Maman…

—Oui ! Quoi, maman ?

—Elle est… Elle est… morte.

—Comment ça, morte ? Qu'est-il arrivé… ?

Charlotte sanglote, renifle, gémit. Elle est incapable d'expliquer la tragédie qu'elle vient de vivre.

Sophie a fait un infarctus du myocarde ; elle est tombée, foudroyée. Charlotte a assisté, impuissante, à la mort de sa mère. Une terrible épreuve pour elle. À son arrivée, Charles a essayé, sans grand espoir, de pratiquer la respiration artificielle. Il voulait que le cœur de Sophie reparte, qu'elle rouvre les yeux. Peine perdue ! Elle avait quitté le monde. Elle ne les entendait plus. Il a repensé à une foule de choses en voyant son corps inerte sur le sol. Il ne se souvenait étonnamment que des moments heureux : leur mariage, sa robe de dentelle, leur voyage à Venise, les lettres enflammées qu'elle lui adressait en Algérie, leurs flâneries main dans la main à Montmartre, l'hôtel de la rue Piémontési, sa première rencontre avec Augustin, la naissance de Charlotte, leur joie, la valse dans la cuisine avec Sophie et sa fille dans les bras… « lorsque l'on déprime, le mieux est de retourner en vacances dans les moments heureux du passé », disait Raoul.

*

Il a fait enterrer Sophie dans la plus stricte intimité au cimetière d'Arcachon et il est immédiatement parti pour New York. Fabrice s'occuperait de sa sœur. Il tremble à l'idée de ce qu'elle va devenir sans sa mère. Sa fille n'est pas autonome. Dans l'avion, il s'interroge. Doit-il la laisser dans son appartement, assistée d'une infirmière, la confier à une institution, la mettre dans une maison médicalisée ?

S'éloigner n'a pas été une bonne idée. Charles broyait du noir dans les rues de Manhattan. Des larmes coulaient librement sur ses joues sans questionner mon âme. Des passants inquiets lui proposaient leur aide. Il n'avait pas faim, mais buvait à chaque coin de rue. Il était dépressif, frôlait la mort. Au Bellevue Hospital, les médecins du service psychiatrique l'avaient collé sous médocs. La mort de Sophie avait failli lui coûter la vie. Il l'avait connue si jeune. C'était son premier amour, mais il n'était pas préparé au bonheur.

À son retour, les choses ont changé. Fabrice a fait les démarches nécessaires auprès des services sociaux et Charlotte est entourée de deux aides-soignantes qui prennent soin d'elle. Elles la douchent, rangent sa chambre, préparent ses repas, donnent son linge au pressing. Charles craignait que sa fille soit suicidaire, par bonheur il n'en est rien. Elle n'est pas vraiment consciente de la situation et passe son temps à écouter les disques de ses chanteurs préférés ou à regarder la télévision. Elle dit parfois qu'elle voudrait retrouver sa mère là-haut, mais passe aussitôt à autre chose, à un autre disque. En revanche, elle appelle son père tous les jours, parfois plusieurs fois même. Elle se préoccupe de lui, veut savoir s'il va bien, s'il pense à elle, ce qu'il a déjeuné… elle lui a réclamé un chat. Un sacré de Birmanie aux gants blancs, comme celui qu'avait sa mère. Charles le lui a offert.

La vie a repris son cours, mais le père de Charlotte sent bien que quelque chose s'est brisé en lui. Il ne rit plus, ne sort plus, n'a goût à rien. Il aligne le rythme lent de sa vie à sa solitude et à son chagrin. Parfois, il s'enferme dans son bureau pour refaire le chemin de son existence à l'envers. Et, à chaque fois qu'il pense à Sophie, il sourit en se rappelant le bonheur qu'elle lui a donné. Il revit avec elle par la pensée et Valérie n'y peut rien, ou pas grand-chose.

Fort heureusement, son fils et Tanya, qu'il considère dorénavant un peu comme sa fille, lui prodiguent soutien et affection. Pas un week-end sans qu'ils soient présents, avec le petit Mathieu, né peu de temps après le décès de Sophie. Il a beau se répéter que c'est la loi du genre, « un être disparaît, un autre le remplace », il ne parvient pas à se faire à l'idée que Sophie n'est plus de ce monde. Il lui arrive souvent de penser à la mort et à la dérision avec laquelle Raoul Vatel la traitait : « L'humour m'a appris à vivre mieux et plus grandement. Il m'aidera à mourir, sinon tout à fait debout, joyeux encore. Elle me conduira à avoir moins peur de la nuit sans matin. »

L'homme vient évidemment au monde pour y mourir et l'on ne prend conscience de la vie qu'avec la mort, mais Charles ne peut pas accepter l'idée que tout est écrit d'avance et que l'on ne fait que dérouler le processus qui conduit à l'inéluctable. Quand il pense à la mort, le doute et la foi pour sauver son âme le pénètrent. Sera-t-il capable d'affronter la mort avec sérénité ?

18

Un ciel de traîne se reflète sur la Seine. Il colore l'eau d'une teinte indéfinissable allant du gris anis au *blue grey*. Charles s'arrête un instant pour admirer depuis le Pont-Neuf les reflets irisés du fleuve. Un vol d'oiseaux cisaille le ciel en direction du Palais de justice. Il le suit des yeux. Des dizaines de badauds, jeunes et moins jeunes, journalistes, étudiants, font le pied de grue devant la grille du tribunal, dans l'espoir d'assister au procès, très médiatisé, du jeune Loïc Araud. Guillaume, son petit-fils, fait partie de la foule. Il veut vivre en direct le procès. C'est ce que lui a suggéré son prof de droit pénal à la fac d'Assas où il fait ses études.

L'acte d'accusation de Loïc Araud est accablant. Le garçon vient d'avoir 20 ans et il est poursuivi devant la cour d'assises pour meurtre. Il a assassiné sa mère de douze coups de couteau et a tenté de brûler son cadavre. Dès la connaissance de l'horrible nouvelle, son père, Vincent, s'est tourné vers Charles.

— Charles, ce n'est pas à l'avocat, ni au partenaire de golf, que je m'adresse, mais à l'ami. Tu sais que depuis mon divorce, il y a une dizaine d'années, je n'avais plus guère de relations avec Mathilde, mais là, je suis profondément affecté par sa mort.

Il remue plusieurs fois la tête en signe de dépit.

— Cette pauvre femme ne méritait pas une fin aussi atroce. J'aimerais que tu me déniches un bon, un très bon avocat pénaliste pour assurer la défense de Loïc.

Charles est gêné de lui dire qu'il n'en connaît pas. Ce n'est pas son domaine. Il est spécialisé en droit des affaires. Tous les membres du golf de Saint-Nom-la-Bretèche sont au courant de l'épreuve que traverse Vincent.

— Tu peux quand même te renseigner, insiste-t-il.

— Oui, mais je ne peux rien te garantir. Les « Floriot » ne courent pas les rues, ni les prétoires d'ailleurs. Ton fils est dans un sale pétrin. Les chefs d'accusation sont d'une extrême gravité. Je ne sais pas si tu te rends bien compte de la situation. Il risque perpète !

— Attends ! T'es avocat, Charles.

— Oui ! Et alors ?

— Tu pourrais peut-être prendre le dossier ?

— Prendre le dossier, t'es fou, ou quoi ? Tu sais ce que c'est, les assises, le jury, les experts, les témoins… ?

Vincent Araud ne désarme pas.

— Tu n'étais pas non plus spécialisé en droit de la famille et pourtant tu ne t'en es pas mal tiré avec mon divorce. « Brillant ! » a dit ta consœur à la sortie de l'audience. Souviens-toi !

— Ce n'est pas la même chose de plaider une affaire de fesses et un crime crapuleux.

— Dis plutôt que t'as peur de ne pas être à la hauteur !

Charles a évidemment survolé au cours de sa troisième année de droit, la procédure pénale, mais tout cela est loin et il n'a pas eu l'occasion d'y revenir, sauf une fois pour une histoire de grivèlerie devant le tribunal correctionnel.

Vincent s'agace.

—Alors ? Je peux compter sur ton amitié ou non ?

Charles hésite. Ce procès dépasse ses compétences et il a peur de le foirer.

—Loïc est peut-être un délinquant, poursuit Vincent, mais ce n'est pas à proprement parler un mauvais gosse. Et puis, il a des circonstances atténuantes. Sa mère, depuis le divorce, avait changé. Elle s'était adonnée à la boisson. Elle le battait quand elle était ivre. Il lui arrivait même d'oublier de lui donner à manger. À 10 ans, le pauvre môme devait se faire lui-même la tambouille. Pas étonnant qu'il ait mal tourné. Mathilde me mettait tout sur le dos. Elle disait : « Si Loïc en est là, c'est ta faute ! C'est parce que tu as fichu le camp. » Sans doute que le gosse aurait eu besoin de l'autorité d'un père, mais c'est elle qui en avait exigé la garde.

Charles regarde la tête déconfite de Vincent. Il repense à sa jeunesse, aux coups du sort, aux coups tout court, à ceux que leur infligeaient les gardiennes, aux raclées, aux douches glacées, à son père qui lui aussi buvait et souhaitait sa mort…

—Alors ? Tu vois qu'il y a de quoi dire sur ce fichu drame, larmoie Vincent. Charles, je t'en supplie, au nom de notre amitié, occupe-t'en. J'ai confiance en toi. Je connais ta jeunesse. Tu me l'as racontée. Je suis sûr que tu sauras trouver les mots qu'il faut.

Puis il redresse la tête.

—Je ne prétends pas que Loïc soit innocent, mais les juges ont parfois des grelots dans la tête. Toi aussi, par ta jeunesse t'as un peu…

*

Charles se fraie un passage parmi la foule pour accéder au portillon d'entrée du Palais de justice. Le planton, à qui il exhibe sa carte d'avocat, lui fait signe de passer. Il pose sa valise à roulettes sur le convoyeur du portail de contrôle. Il n'y a pas grand monde à l'intérieur. L'audience ne commencera pas avant deux bonnes heures. Il est venu en avance pour relire les pièces du dossier avant l'audience, notamment les procès-verbaux d'audition, le rapport du juge d'instruction, les conclusions de la partie civile. L'avocat de la sœur de la défunte, qui s'est constituée durant l'instruction, prétend que sa cliente a subi un préjudice direct en relation avec le crime et réclame de ce chef la somme de 100 000 euros de dommages et intérêts, à parfaire à dire d'expert.

Charles lit les affidavits sur l'exposé des faits, lorsque Vincent Araud, qui a reçu une assignation de témoin, s'approche de lui. Il lui glisse à l'oreille, comme s'il prononçait un gros mot.

— Alors, prêt ?

Son visage est gris. Sa voix tremble. L'atmosphère est confite dans le silence et un malaise plane dans la salle des pas perdus. Vincent bâille.

— Fatigué ?

— Je ne dors plus. J'ai essayé le sommeil polyphasé, mais ça n'a rien donné.

Une heure plus tard, la greffière appose le rôle sur la porte de la troisième chambre. Elle s'adresse à Charles, plongé dans ses côtes de plaidoirie.

— Bonjour maître. Vous êtes dans l'affaire Araud ?

Il hoche la tête.

— Bien ! Nous attendons l'arrivée du fourgon cellulaire. Dès que le président et ses assesseurs seront là, vous serez reçu en présence du procureur de la République et de la partie civile en conférence préparatoire.

Charles a lu que cet entretien préalable a pour objet de régler les questions de procédure et de s'assurer que l'affaire est « en état ».

Deux heures se sont écoulées quand c'est soudain le brouhaha. Les portes de la salle des pas perdus viennent d'ouvrir. Il est 13 heures. La longue file d'attente qui stationnait sous la pluie devant les grilles du tribunal se rue dans le dédale des couloirs. Ce ne sont plus que bousculade, tiraillement, tumulte. Un cordon de gendarmes ferme l'accès à la chambre de la cour d'assises. Seuls les journalistes accrédités et les personnes qui en ont fait expressément la demande sont autorisés à entrer dans la salle d'audience. Un officier vérifie les identités et s'assure que les portables sont éteints. Le moment que redoutait Charles est arrivé. Il est impressionné par la solennité qui règne dans la salle d'audience. Tout concourt à la gravité : les hauts plafonds, les murs en bois sombre, les meubles, froids et austères, le silence, la longue table où vont prendre place le président et ses deux assesseurs, le petit bureau isolé destiné au procureur, le pupitre du greffier, à gauche, le box vitré des accusés contre le mur.

Il est 13 h 30 quand la cour fait son entrée. Tout le monde se lève. Le président, toge écarlate et revers d'hermine blanche, s'assied entre ses deux assesseurs. Le procureur général rejoint sa place.

— Faites entrer l'accusé ! ordonne le président dans un silence glacial.

Le jeune Loïc, encadré par deux gendarmes, pénètre par une porte dérobée dans le box des accusés. Tous les yeux se tournent vers le mouton noir dont la presse a tant parlé. Certains des auditeurs présents dans la salle ont un petit mouvement de recul en voyant le matricide pour la première fois en chair et en os. Du plat de la main, le président invite l'assistance à s'asseoir. Son geste semble aussi vouloir apaiser les craintes. « N'ayez pas peur, le fauve est enchaîné. »

Le président s'adresse aux membres du jury, quatre hommes et cinq femmes.

—Mesdames, messieurs, vous allez devoir juger en votre âme et conscience les faits qui sont reprochés à l'accusé déféré devant votre cour. Vous déciderez souverainement de sa culpabilité ou de son innocence. Si vous le condamnez, la cour décidera, s'agissant de peines concurrentes, de la façon dont elles seront purgées. Je précise encore que ce procès se déroulera *ex parte*, la victime étant décédée. L'accusé a fait l'objet d'un mandat d'arrêt et a été appréhendé chez lui sans résistance. Son domicile a été perquisitionné.

Le président a le verbe haut. Il sait que la parole est l'expression du pouvoir et de la puissance. Les jurés titulaires et suppléants ont été tirés au sort sur les listes électorales. À les regarder, Charles pense que certains d'entre eux préféreraient être à la pêche ou au cinéma plutôt que d'être dans cette salle austère, triste comme un éteignoir. Ils n'ont pas eu le choix. Ils avaient l'obligation de déférer à leur désignation.

Le président passe la parole à l'un de ses deux assesseurs pour qu'il présente l'affaire : les faits, les accusations, les déclarations du prévenu, le nom des témoins qui seront entendus, les demandes de la partie civile.

Le président l'interrompt un instant pour apporter une précision à l'adresse de l'avocat de la partie civile qui se tient près d'une femme vêtue de noir.

— Vous avez, maître, sollicité de la cour des dommages et intérêts pour le préjudice moral et économique qu'aurait subi votre cliente. Je crains, l'accusé étant insolvable, qu'il vous faille saisir la commission d'indemnisation des infractions. Cette question sera examinée après clôture de l'action publique.

Le président repasse la parole à son assesseur.

— Je disais donc, reprend celui-ci, que le prévenu est accusé d'avoir tué sa mère de douze coups de couteau, d'avoir chargé le corps de la victime dans le coffre de sa voiture, de l'avoir déposé en forêt et d'y avoir mis le feu dans le but de faire disparaître toute trace de son crime. Vous aurez donc, mesdames, messieurs les jurés, à juger de deux infractions à la loi, meurtre sur la personne de Mme Mathilde Araud, au visa de l'article 221-1 du Code pénal, et atteinte post-mortem à l'intégrité du corps de la victime, selon l'article 225-17 qui prohibe toute forme d'offense à un cadavre.

Le président reprend la main et s'adresse cette fois à l'accusé.

— Monsieur Loïc Araud, vous avez décidé de plaider coupable. C'est bien ça ?

Pâle, prostré, la tête dans les mains, l'accusé est incapable de réagir. C'est le pire moment de sa vie. Il a touché le fond.

Le président insiste.

— M'avez-vous entendu, monsieur Loïc Araud ?

Charles se tourne vers son client.

— Loïc, répondez au président ! Ne le mettez pas dans l'embarras.

L'accusé relève la tête et répond d'une voix mal assurée :

— Oui.

— Oui, monsieur le Président !

— … monsieur le Président.

— À la bonne heure ! Voilà au moins une question de réglée.

Le président se tourne alternativement vers l'un et l'autre de ses deux assesseurs pour recueillir leur sentiment.

— Le soir du 10 novembre, commence-t-il, vous êtes rentré chez vous vers 22 heures. D'où veniez-vous ?

Loïc lève les yeux au ciel, exaspérant le président.

— Je vous ai posé une question, monsieur Araud.

— Du drugstore !

— Qu'y faisiez-vous ? Vous aviez bu ?

— Un peu !

— Il regrette aussitôt ses paroles.

— Désolé, je n'aurais pas dû dire ça. J'ai répondu un peu n'importe quoi, parce que je suis à bout.

— Drogue ?

— Non ! J'en prends jamais.

— Vous avez une petite amie en ce moment ?

— Non !

— À quand remonte votre dernier rapport sexuel ?

Maître Baudrin avoue ne pas saisir où veut en venir le président. Pourquoi cette question ? Que vient-elle faire dans un procès pour meurtre ? Loïc n'a pas violé sa mère. À quoi bon l'interroger sur sa vie intime ? Il s'agit d'un meurtre, pas d'une agression sexuelle.

Le président, qui voit l'avocat hocher la tête, s'adresse à lui.

— Les jurés, maître Baudrin, ont besoin de tout savoir sur l'inculpé, sa personnalité, ses antécédents, ses déviances, ses névroses, s'il y en a.

Puis, se tournant de nouveau vers Loïc :

— Pratiquez-vous la masturbation ?

Loïc regarde son avocat. Il ne sait pas s'il doit répondre.

— Répondez ! lui souffle-t-il.

— Comme tout le monde.

Puis viennent les questions plus personnelles encore : son dernier rapport sexuel, vaginal ou anal, les fellations, les films pornos, les sites de rencontres…

— Monsieur Araud, racontez-nous comment les choses se sont passées.

Son avocat intervient. Il fait remarquer au président que tout est déjà dans les procès-verbaux d'audition.

— Je sais, je sais maître, mais les jurés ont besoin de savoir comment l'accusé en est arrivé à commettre un acte aussi ignoble.

Loïc est dans un état d'hébétude d'une rare opacité. Il interroge son avocat du regard. Il craint de lui faire honte avec son accent de titi parisien dont il ne parvient pas à se défaire.

Maître Baudrin hoche la tête pour l'inviter à raconter l'horrible nuit.

— Maman rentrait souvent tard, ânonne-t-il. Ce soir-là, elle s'est assise sans dire un mot. Elle me regardait grave.

— Grave ? Que voulez-vous dire par là ?

Aucun autre mot ne lui vient à l'esprit.

— J'veux dire que j'étais vénère qu'elle soit encore soûle. Elle gueule comme un veau quand elle est beurrée. J'ai essayé de la calmer, de l'embrasser, mais elle a rejeté la tête en arrière et s'est moquée de moi. Elle disait que j'étais un pisse-froid, un bon à rien. Puis, elle s'est mise à rire comme une folle. Là, j'ai compris qu'elle était cuite grave. Elle a ouvert le frigo et a pécho une bouteille de Williamine qu'elle a bu au goulot.

— Parlez en français, s'il vous plaît, et cessez ce charabia !

— J'ai essayé de lui arracher la bouteille des mains et on s'est bousculés. Dans la lutte, la bouteille s'est cassée et elle a voulu me mornifler avec le tesson. Je voyais le coup où elle allait me défoncer. J'ai pris peur. J'ai saisi ce que j'avais sous la main. Je ne voulais pas la planter. J'voulais seulement lui faire peur, mais elle s'est jetée sur moi comme une vache enragée et elle s'est embrochée sur la lame. Quand j'ai vu le sang et son corps par terre, j'ai été pris de panique. Je me suis effondré sur elle et j'ai pleuré.

Le président se tourne vers l'un de ses deux assesseurs.

— La haine agit souvent comme un moteur, une secousse qui accentue et révèle les tares morales.

Un air mauvais parcourt la salle d'audience. Quelque chose de nauséabond fermente et bouillonne.

— Et ensuite ? demande le président, visiblement ému.

— J'ai posé mes lèvres sur ses joues et j'ai crié : « Là, tu ne peux plus m'empêcher de t'embrasser, hein ? » Je suis resté au moins une heure contre elle. Je la caressais, lui parlais de mes angoisses, de mes envies. Je n'avais pas la sensation qu'elle était morte. Sa peau était chaude et je lui parlais comme à une veillée. J'ai pris conscience de sa mort quand j'ai approché mon nez près de sa bouche. Elle ne respirait plus.

Loïc ferme les yeux, absorbé par la vision d'horreur dans laquelle l'entraîne sa conscience. Il prend sa tête à deux mains et la presse à s'en broyer les os. Il ressuscite les ombres qui ont obscurci dans le temps les moments de bonheur qu'il avait connus, quand son père était là.

— Revenons en arrière, suggère le président. Vous dites que la victime s'est embrochée – ce sont vos mots –

sur la lame du couteau que vous teniez à la main. Est-ce à dire que vous aviez le bras tendu vers elle ?

Loïc a la sensation que ses guibolles flageolent.

— Je vous l'ai dit. Je voulais lui faire peur pour qu'elle lâche le cul de bouteille.

— Vous étiez donc, debout, face à elle, c'est bien ça ?

— Euh… oui, je ne me souviens plus très bien. Les choses sont allées si vite.

Charles cherche à lire sur le visage du président, mais il demeure désespérément vide.

— Bien ! conclut-il, pas convaincu par le récit de l'accusé. Comment expliquez-vous la sauvagerie qui a suivi ?

Les yeux de Loïc tournent comme des toupies. Il se sent isolé, ostracisé. Il voit dans la question du président la dernière charge sur la bête blessée que l'on va abattre. La meute veut sa peau. C'est l'hallali ! Il se rend compte à cet instant combien la vie est fragile.

L'assesseur à la droite du président arbore un petit sourire narquois en direction du parterre des journalistes : « Souriez, vous êtes filmés. »

— Alors, monsieur Araud ? Vous n'êtes pas très disert sur les douze coups de couteau relevés par le médecin légiste sur le corps de la malheureuse.

Le président fait montre d'une componction pathétique.

— Reconnaissez-vous, oui ou non, cette sauvagerie ?

L'édifice que Charles avait mis au point avec Loïc se fissure. Tout menace de s'écrouler. Les puissants sont forts avec les faibles, faibles avec les puissants.

— Oui ! Mais elle était morte ! réplique Loïc.

Des « Oh » d'indignation se font entendre.

— Silence !

Le président actionne sa clochette.

— Laissez parler l'accusé !

— Comment savez-vous qu'elle était morte ? Vous n'êtes pas médecin.

— Elle ne respirait plus !

— Et vous n'avez pas pensé à appeler les pompiers ou le Samu, après ce que vous dites avoir été un accident ?

— Non ! J'étais dépassé, j'avais le trouillomètre à zéro. Une trouille… comment dire ?

Il cherche un mot qui ne vient pas.

— Irrépressible, lui souffle son avocat.

— Oui ! Une trouille irré… irrépressible me broyait la tête. J'ai compris que mon existence était foutue. Qu'à cause d'elle, de ses soûlographies, de ses violences, ma vie était finie. J'étais hors de moi. J'lui en voulais d'avoir bousillé ma jeunesse. La rage m'a saisi et je me suis rué sur elle, sur le monstre qu'elle était. Chaque coup porté était un reproche. Ça ne lui faisait pas mal, elle était morte.

De nouveau, des « Oh » d'exaspération.

— Silence ! rugit encore le président, sinon je fais évacuer la salle.

*

L'affaire est renvoyée à deux semaines pour l'audition des experts en psychiatrie et des témoins. Vincent Araud, le père, fait, comme le lui avait suggéré son avocat, son *mea culpa*. Il explique, larmoyant, aux jurés que tout ça, c'est sa faute. Que rien ne serait arrivé s'il avait été plus près de son fils. S'il n'avait pas divorcé. Cet « accident », il en est en grande partie responsable.

Puis vient le réquisitoire. Au grand étonnement de Charles, l'avocat général se montre moins acerbe qu'il ne le craignait. Il réclame une peine de vingt ans de réclusion, dont quinze années incompressibles. Ce qui l'a le plus choqué, c'est que Loïc ait cherché à dissimuler son crime par le feu.

La parole est à la défense.

Avec un courage inconnu et le sentiment de repousser ses limites, Charles se lève de son banc et fait face aux jurés dans un silence lourd de menace. Il voit à leur tête qu'ils se demandent ce que l'avocat va bien pouvoir ajouter pour la défense de l'inculpé, après l'intervention brillante du ministère public. La partie primitive, pour ne pas dire reptilienne du cerveau de Charles prend le dessus. Il voit l'espace d'un instant le couteau du drame qui sourit dans sa main. La condition miséreuse de Loïc et la sienne se soudent. Ce procès, c'est le sien, le leur. Comme lui, il a tué sa mère. Il a cent fois poignardé Mam-Two par la pensée, pour la punir de son absence, de sa déréliction, de ses peurs, de ses angoisses. Loïc et lui sont frères. En sauvant sa vie, il sauve la sienne.

Et soudain, les mots lui viennent avec la fluidité et la limpidité d'une source claire. Guillaume est dans la salle. Il observe son grand-père. Ce moment est crucial, fatidique. Il tremble pour lui. Il sait qu'il joue son va-tout.

Étonnamment, Charles est détendu, comme l'acteur qui oublie son tract dès qu'il entre en scène. La tension, c'était avant.

—Mesdames, messieurs, vous allez avoir à juger l'acte commis par Loïc Arnaud, ce jeune homme que M. l'avocat général vous a dépeint comme un monstre. Comme vous tous, à la fois comme père et comme homme, je suis épouvanté par ce drame. Mais au moment de décider du sort de ce garçon, vous devrez, vous, les mères de famille, vous, les pères, puiser au plus profond de vous-même pour y découvrir la vérité. Vous ne pourrez pas faire l'impasse sur la vie qu'a connue celui qu'on vous présente aujourd'hui comme un fou, un désaxé, un pervers. Vous ne pourrez gommer ses nuits d'angoisses, ses attentes, sa peur des coups, ses frustrations, son désespoir. Vous vous mettrez à sa place et vous verrez ses blessures d'enfant délaissé, sa peur de la solitude, la noirceur de ses pensées quand il attendait sa mère, ses nuits blanches, ses brûlures, sa crainte de mourir sans sépulture comme un chat crevé dans un caniveau. Oui, mesdames, messieurs les jurés, vous ne pourrez pas pactiser avec votre conscience. Vous devrez assumer vos responsabilités et vous interroger sur les mobiles qui ont amené le garçon que vous voyez dans ce box à mettre fin accidentellement à sa misère. Ne jugez pas froidement l'acte. Pensez à ce qui a armé la main de Loïc et vous aurez la réponse aux questions que vous vous posez. Je sais que vous êtes émus, ébranlés et, pour certains d'entre vous, assaillis de doutes. Pensez à la vie qu'a vécue Loïc et, si vous n'absolvez pas son geste, peut-être pourrez-vous un peu mieux l'expliquer. Là où est la haine est l'insulte. L'un ne peut contenir ses injures, l'autre ne peut s'empêcher de donner du poing. Je ne cherche pas à implorer votre clémence, ni à détourner votre jugement. Je veux seulement faire appel à votre conscience. La décision que vous allez prendre va décider de la vie d'un homme. Vous tenez entre vos mains son avenir. Ne ruinez pas son existence. Pensez à ce que disait Voltaire : « *La satisfaction que l'on tire de la vengeance ne dure qu'un moment, celle de la clémence est éternelle.* »

Une larme a glissé sur sa joue, froide comme le marbre. La salle est muette. Deux jurés épongent leurs yeux. Il poursuit, paraphrasant Corneille dans *Œdipe* :

— Ô lamentables enfants, je sais, je n'ignore pas ce que vous venez implorer. Je sais de quel mal vous souffrez tous. Mais quelles que soient les douleurs qui vous affligent, elles ne valent pas les miennes ; car chacun de vous souffre pour soi, sans éprouver le mal d'autrui, et moi, je gémis à la fois sur vous et sur moi…

Le silence est palpable. Les jurés et le public retiennent leur souffle.

*

Le verdict est tombé en fin de soirée. La cour a retenu en partie les circonstances atténuantes et le principe de la légitime défense. En revanche, elle a stigmatisé Loïc Araud pour ses atteintes post-mortem sur le cadavre de sa mère et l'a condamné à dix ans de réclusion, dont huit incompressibles.

À la sortie du Palais de justice, Vincent Araud saute au cou de Charles.

— Je savais que tu étais un génie !

Charles est sourd à ses compliments. C'est sa propre vie qu'il vient de sauver.

Guillaume lui aussi l'a rejoint. Il est agité, mais s'efforce par pudeur de ne rien en laisser paraître. Il lui parle de tout autre chose. De Chloé, sa fiancée, qu'il aimerait bien lui présenter, dès qu'il aura un peu de temps.

19

Avril 2018.

Une journée hors norme. Il a plu la veille. L'orbe du ciel est bleu, mais une fine vapeur monte du sol. La terre respire une mouillure blanche et parfumée. Le printemps se précipite à grands pas. Tout est fait pour que l'anniversaire de l'association du Coucou soit réussi.

Les enfants se sont réveillés tôt, pressés d'enfiler les costumes que les éducateurs leur ont confectionnés à partir de fragments de tissu, de papier crépon et de plumes. Ils sont excités à l'idée d'opposer les fées aux sorcières. C'est peut-être la vingtième et dernière fois que Charles fête avec eux l'anniversaire de l'association. Il songe à démissionner de la présidence et à passer le relais à un plus jeune.

Les enfants crient, courent les uns après les autres, virevoltent comme des moineaux. Ils oublient un instant leur condition. Les éducateurs, soignants et gardes-malades ont beau leur apporter soins et réconfort, on ne remplace pas les parents absents. La semaine, ils sont conduits à l'école, puis ramenés pour le dîner et le coucher. Le week-end, certains rejoignent le père ou la mère qui n'est pas sous les verrous. Le lien familial doit être maintenu coûte que coûte, même si les gifles et les coups sont la seule marque d'affection qui relie l'enfant à ses parents. Ils ont de 4 à 12 ans et ont déjà connu pour la plupart d'entre eux l'enfer. Les parents de ces petits laissés-pour-compte vivent le plus souvent en marge de la société. Chômeurs, abandonnés à leur sort, ils disent n'avoir que la boisson pour oublier leur détresse.

Guillaume et son amie Chloé, qui attend un enfant, se sont joints à lui pour l'aider dans la préparation de la fête. Charles a insisté pour que Chloé n'en fasse pas trop.

— C'est pour le mois prochain, si le petit monsieur est à l'heure, annonce Guillaume à son grand-père qui regarde le ventre proéminent de la jeune femme.

— Vous avez déjà choisi un prénom ?

— Marc-Antoine !

Charles pense à l'enfant qui va naître et regarde tristement ceux qui l'entourent. La naissance est vraiment une loterie. Comme disait Maxime Le Forestier, « *On choisit pas ses parents, on choisit pas sa famille, on choisit pas non plus les trottoirs de Manille de Paris ou d'Alger pour apprendre à marcher, être né quelque part, pour celui qui est né, c'est toujours un hasard…* »

Il coupe le gâteau quand il arrête soudain son geste… On l'appelle au téléphone. Il décroche. Ce qu'il entend le fige, le statufie. Il est soudain transformé en glace. C'est l'horreur. Jamais, aussi longtemps qu'il vivra, il ne pourra oublier les mots du pompier d'Arcachon.

— Votre fille Charlotte est décédée.

Ce coup de pied de Vénus l'a cloué sur place. Il est incapable de réagir. Dans son dos, une main toute froide, toute tremblante, le pousse, l'emporte. Des pensées se bousculent et s'entrechoquent dans sa tête. Dans sa folie, il imagine sottement qu'il s'agit d'une farce de mauvais goût. Il a eu Charlotte le matin même au téléphone. Elle allait bien. Elle lui avait annoncé fièrement, qu'elle était sortie. Qu'elle était allée à la manucure. « Tu vois, j't'écoute ! » lui avait-elle fait remarquer. Son père lui avait conseillé de bouger pour éviter une phlébite. À 10 heures, elle était vivante ; à midi, elle était morte.

2017 a été une hécatombe. Une bonne année pour les pompes funèbres. D'abord le décès tragique de Sophie, puis celui de Jean, le mari de Julie, et, quelques semaines plus tard, celui de ses deux frères aînés. Jean avait décidé, un bon matin, qu'il ne se rendrait plus à l'hôpital pour sa dialyse. Il savait ce que cela signifiait, mais il était las de vivre. Il était mort huit jours plus tard à l'âge de 83 ans. Luc et Olivier étaient décédés à quelques mois d'intervalle, tous deux atteints d'un cancer. Charles avait appris la triste nouvelle par Julie.

Charles est anéanti par la mort de Charlotte. Il culpabilise. Sa conscience est bourrelée par le remords. Il ne pense pas être capable de vivre sans elle. Son affection était son calmant et sa disparition le plonge dans un état d'inhibition qui le paralyse. Il va tomber malade, peut-être avoir des troubles neurologiques, un ulcère à l'estomac, faire de l'hypertension artérielle, être emporté par un infarctus. Qui sait ? Toutes ces maladies psychosomatiques qui accompagnent le mal-être. Il implore le ciel, les mains jointes, porté par une soudaine ferveur :

—Dieu changez mon existence en poison. Vous en avez le pouvoir. Accordez-moi votre pitié. Faites que je vous doive le repos éternel.

Le corps humain a ceci de paradoxal qu'il est à la fois fragile et résistant. Il ne sait pas se protéger d'un virus ou d'une bactérie pernicieuse et il est capable de résister à un chagrin énorme comme une montagne. Il savait que Charlotte avait de gros problèmes de santé, qu'elle faisait du diabète, qu'elle était en surpoids, que sa tension était trop élevée, mais il était à cent lieues de penser que la mort la surprendrait, comme ça, un beau jour de printemps ; qu'elle mettrait fin à ses jours en absorbant d'un coup l'intégralité de ses cachets. Étant seule dans son appartement, personne n'avait pu la secourir. C'est l'aide-soignant qui l'avait découverte, par terre, près de la table de la salle à manger. Elle n'avait laissé aucun mot, aucun message pour expliquer son geste.

Moi, je t'offrirai des perles de pluie venues de pays où il ne pleut pas.

Je creuserai la terre jusqu'après ma mort pour couvrir ton corps d'or et de lumière.

Je ferai un domaine où l'amour sera roi. Où tu seras reine. Ne me quitte pas.

*

La disparition de Charlotte a sonné le glas de la vie de Charles. Les jours n'auront plus de lumière, les fleurs plus de parfum, les insectes ne voleront plus, les oiseaux ne chanteront plus. Le soleil restera noir pour l'éternité.

Guillaume vient de perdre successivement sa grand-mère et sa mère. Il est inconsolable. Charles est impuissant à le réconforter. Il n'a pas les mots qui pourraient un tant soit peu l'apaiser. Cette mort marque la fin du monde, le sien, le leur, celui des Baudrin. Tant de sacrifices pour finir séparés, déchirés, rompus.

Il a fait enterrer Charlotte près de sa mère dans le caveau du cimetière d'Arcachon. Aux pompes funèbres, il a commandé une gerbe de roses blanches à déposer sur sa tombe le jour de l'inhumation. Il n'a pas voulu aller à l'enterrement, voir le trou qui allait engloutir sa fille ; insupportable, impensable.

Quelques jours plus tard, il s'est rendu au cimetière, mais seul. Il avait besoin de communiquer avec Charlotte. L'employé municipal lui a montré du doigt le caveau de la famille Baudrin.

— La stèle rose, qu'il a dit, en repartant.

Charles a sorti de son portefeuille le faire-part de décès qui ne le quittait jamais et qu'il gardait serré contre son cœur. Il l'a relu pour la énième fois.

Arcachon, Gironde
Nous avons la douleur de vous faire part du décès de
Charlotte Baudrin
Survenu à l'âge de cinquante-trois ans.
Les obsèques seront célébrées ce samedi 4 avril à 15 heures
au cimetière, allée Fénelon.

Sur la tombe était gravé dans le marbre : « À Charlotte, mon éternelle douleur ». C'est l'épitaphe qu'il avait souhaitée. Sous son nom avait été scellée une photo, celle de ses 20 ans, quand elle jouait *Antigone* d'Anouilh. Ses cheveux courts mettaient en valeur le bleu de ses yeux. Il a pleuré. Il ne savait pas qu'il lui restait encore des larmes. Elles pleuvaient, ruisselaient en abondance. Il a imploré le ciel pour qu'il engourdisse sa douleur. Il voulait mourir. *Pardonne-moi, ma chérie, de ne pas avoir assisté à ton enterrement. C'était trop pour moi. Aujourd'hui, je peux te parler sans détour et sans pudeur. Je sais que tu es là et que tu m'écoutes. Je suis en grande partie responsable de ta mort. Je t'ai beaucoup aimée, mais je n'ai pas su te le montrer suffisamment. J'étais trop loin de toi, à cause de ces foutus médecins qui m'obligeaient à observer une distance avec toi. Ils disaient que tu étais amoureuse de moi, mais, moi, je sais qu'ils n'avaient rien compris. L'amour, ça se partage. Je n'aurais jamais dû les écouter. Te prendre dans les bras, t'embrasser, te cajoler, mettre ma tête dans ton cou. Au lieu de cela, je te téléphonais. Certes, tous les jours, mais ça ne remplace pas une présence.*

Je veux te dire tous les remords qui m'assaillent depuis ton départ. Ces anniversaires où j'étais loin de toi, ces sorties d'école où tu m'attendais en vain, ces mots que j'aurais voulu te dire mais qui restaient bloqués dans ma gorge, cette gêne qui me saisissait lorsque tu me prenais la main et la caressais avec douceur, cet effroi qui m'a envahi à ta naissance quand j'ai vu les marques des forceps sur tes tempes, la douleur que j'ai ressentie après ton AVC, ces larmes que je t'ai souvent cachées, cet amour qui me submergeait quand tu apparaissais, ces pâtés de sable que je te regardais faire sur la plage de Jullouville, tout cet amour qui m'engloutit aujourd'hui... C'est tout cela que j'aurais dû te dire, ma Charlotte. Pardonne à ton père de t'avoir si mal fait comprendre l'amour qu'il avait pour toi...

Une jeune femme qui fleurit la tombe d'à côté traverse l'allée.

— Ça ne va pas, monsieur ?

Elle fait un geste avorté des mains.

Charles relève la tête et la dévisage longuement comme au sortir d'un songe.

— Si, si. Tout va bien, merci.

Ses aisselles dégoulinent de sueur et il s'est uriné dessus. Il suppose qu'elle le voit. Il a envie de lui confier quelque chose de précieux, son existence ratée, son monde écroulé.

Le regard de l'inconnue l'englobe comme si elle voulait lire en lui.

— Êtes-vous croyant ?

— Euh… Non. Enfin… si, pourquoi ?

— La pratique de la spiritualité est ce qu'il y a de plus essentiel pour l'homme, car elle aboutit à l'Éveil.

Il est perplexe.

— Oui, j'ai bien dit à l'Éveil. Au-delà de notre enveloppe corporelle et de notre cerveau, il y a la conscience. Elle seule mène à la paix intérieure. Et cette paix se manifeste par une énergie lumineuse, de joie, d'amour et de compassion qu'on appelle le bonheur.

Il ne saisit pas très bien où elle veut en venir.

— Vous semblez égaré, mon fils. Vous avez perdu quelqu'un qui vous est cher ! Dieu peut vous venir en aide et vous guider vers l'Éveil solaire. La prière permet d'accéder au divin, de s'unir à Dieu, de découvrir l'Amour de Dieu et du prochain. Vous trouverez dans la contemplation, ici-bas, un avant-goût de la résurrection dans l'au-delà.

Charles est bouleversé par la compassion de la jeune femme. Par la paix inconditionnelle qui émane d'elle. Serait-il capable d'une telle spiritualité, d'une telle force, d'une telle sérénité ? Ses paroles lui ont rappelé les sermons du père Breton au catéchisme. Lui aussi parlait de l'Éveil solaire. Il disait qu'il était situé dans la région du cœur et que la spiritualité permettait de revêtir les sentiments de Dieu.

La jeune femme s'éloigne, le laissant en proie à ses interrogations. Sans bien s'en rendre compte, Charles s'agenouille sur le marbre froid, fait un signe de croix et récite un *Notre Père* et un *Je vous salue, Marie* en entier. Il se souvient des textes, comme s'il les avait récités chaque soir. Dieu ne l'a pas totalement abandonné !

Il a quitté le cimetière dans un état second, partagé entre tristesse et spiritualité. Pas très loin de la sortie, il y avait un bistrot. Il y est entré. Il avait besoin d'un remontant après l'épreuve qu'il venait de traverser. Là, il a commandé un calva, puis un second. C'est fort, le calvados. Au cinquième verre, il dessinait un smiley sur le comptoir avec un doigt mouillé. Ses problèmes paraissaient beaux. Il avait la nausée. Aux toilettes du sous-sol, il a régurgité un flot acide et âcre. Il avait honte. Il s'est sauvé comme un voleur.

À son retour, Valérie est allongée sur le canapé. Elle se lève d'un bond en entendant le bruit de la clé dans la serrure.

— Où étais-tu ? J'ai essayé de te joindre je ne sais combien de fois au téléphone. Qu'est-ce qui t'es arrivé ?

Elle s'approche de lui pour l'embrasser et recule d'un pas.

— Ah ! Tu sens mauvais, Charles ! On dirait du vomi ou quelque chose comme ça. T'es malade ?

— Non ! Je suis allé au cimetière, voilà tout !

— Sur la tombe de ta fille ?

— Ben oui ! Sur quelle tombe voulais-tu que j'aille ?

Valérie se rallonge sur le canapé. Sa jupe est relevée et il voit l'entrejambe de sa culotte bleue. Il a soudain envie d'elle. Son eye-liner lui fait des yeux langoureux. Il s'approche et pose une main sur sa poitrine. Elle a un brusque mouvement de recul.

—Eh bien, Charles ! C'est le cimetière qui te met dans cet état ?

Valérie et lui ne font plus guère l'amour. L'habitude sans doute, l'usure peut-être. Il rit comme un benêt. La mort attache une importance exagérée aux choses.

Deux mois se sont écoulés depuis le décès de Charlotte. Il n'est ni malade, ni mort. C'est le début de l'été. Les chutes de neige de l'hiver ont fait craquer le revêtement des routes. Valérie et lui ont fait le trajet Paris-Bordeaux en voiture pour aller voir le petit Marc-Antoine qui a quelques semaines. Guillaume et Chloé ont décidé en définitive de rester dans l'appartement de Charlotte.

Valérie veut profiter de leur première soirée dans la capitale bordelaise pour aller dîner à la Cave des Girondins. Après, dit-elle, « on pourrait aller au Casino jouer à la roulette, au craps et aux machines à sous ». Elle adore l'ambiance des casinos : les joueurs qui dissimulent jalousement leurs cartes au black jack et au poker, les croupiers méticuleux et aux aguets, le bruit de la boule roulant sur la table de jeu, la sonorité des pièces dégringolant en cascade des machines à sous, les éclats de voix, les applaudissements des gagnants… Elle aime tout ça ! Après le dîner, ils se sont effectivement rendus au casino Barrière pour jouer quelques pièces. À peine était-il entré qu'une inconnue a pris le bras de Charles et a fait quelques pas avec lui dans l'allée. Puis, à sa grande surprise, elle a saisi son visage dans les mains et l'a embrassé sur le front :

—Dieu vous a reconnu parmi les siens et il vous protège, lui a-t-elle susurré en s'éloignant.

Qu'avait-elle voulu dire ? Les propos de la jeune femme pieuse au cimetière lui revenaient à l'esprit : *spiritualité, paix intérieure, bonheur inconditionnel, Éveil solaire…*

Hier, une inconnue l'invitait à rencontrer Dieu, ce soir, une femme voit en lui un de ses disciples. Ces rencontres sont inouïes. Une énergie lumineuse transparaîtrait-elle sur son visage ? Il n'a pas de réponse.

— Que voulait-elle ? demande Valérie.

— Rien ! Elle a perdu au jeu.

Valérie sourit.

— Dis-moi. Tu vois quoi, sur mon visage ? demande Charles.

— Quoi, sur ton visage ? Ton nez, répond-elle, éclatant de rire. Pourquoi tu me demandes ça ? Tu as parfois des questions, toi.

Valérie n'est pas contente qu'ils aient quitté le casino aussi vite. Elle a joué aux machines à sous, mais elle n'a pas eu le temps d'aller au black jack. Charles lui ouvre portière de la voiture, lorsqu'il aperçoit Hélène, son esthéticienne. Elle aussi l'a vu. Il traverse la chaussée.

— Ah ! Pour une surprise, c'est une surprise. Que faites-vous à Bordeaux ?

— Du shopping. Et vous ?

— Ma femme et moi sommes venus voir notre arrière-petit-fils à Arcachon.

Valérie l'a rejoint.

— Mon épouse.

— Enchantée !

Les deux femmes se serrent la main.

— Robert préside le dîner des éditeurs, dit-elle, et cette année, il se tient à Bordeaux.

Valérie hésite.

— Votre... Votre mari est éditeur ?

— Oui ! Vous avez certainement déjà entendu parler de lui ? Robert Laffont !

—Qui ne connaît pas Robert Laffont ? Et vous n'êtes pas à ce dîner ?

—Non ! J'avoue que tous ces messieurs qui se congratulent, ça me barbe un peu. J'en profite pour me promener dans cette bonne vieille ville de Bordeaux. J'adore marcher le long des quais de la Garonne, errer sur la place de la Bourse, visiter l'église Saint-Michel. Robert et moi rentrons demain soir. Et vous, vous êtes là pour longtemps ?

—Nous aussi rentrons demain, après un saut à Arcachon.

—Nous allions, Charles et moi, prendre un dernier verre. Voulez-vous vous joindre à nous ?

—Volontiers ! J'ai tant marché que j'ai la bouche un peu sèche.

Ils s'installent à la terrasse du café Opéra qui offre une vue admirable sur le grand théâtre. Il est près de minuit et il fait encore doux.

—Votre mari a publié *Papillon*, si je me souviens bien ? poursuit Valérie qui a de la suite dans les idées. L'histoire d'un bagnard évadé de Cayenne, je crois. C'est bien ça ?

—Exact ! Un fabuleux succès. On en a vendu plus de deux millions d'exemplaires. Et figurez-vous qu'Henri Charrière, son auteur, avait consulté une bonne vingtaine de maisons d'édition avant d'atterrir chez nous. Ce n'est d'ailleurs pas un cas isolé. Bon nombre d'auteurs, parfois célèbres, ont vu leur manuscrit refusé maintes et maintes fois avant de se voir décerner le Renaudot ou le Femina. La sélection est subjective. Elle dépend de qui vous lit, des goûts et de la sensibilité de celui qui est chargé de donner son avis sur votre manuscrit.

—Waouh ! Un sacré succès en effet.

— Oui ! Ce record a boosté le chiffre d'affaires de la maison Laffont. Ce n'est pas tous les jours qu'on fait un tel tirage.

— Charles, tu devrais peut-être confier à madame Laffont…

— … appelez-moi Hélène, nous sommes sensiblement du même âge.

— Vous faites plus jeune.

— Merci ! c'est gentil.

— Arrête, Valérie ! M. Laffont à d'autres chats à fouetter que de lire les élucubrations d'un hurluberlu frustré de l'affection de sa mère.

— Non, Charles ! Vous avez tort. Robert est un homme sensible. Il publie beaucoup d'autobiographies. Il a d'ailleurs créé la « Collection vécu ».

— Ah ! Tu vois. Qui ne tente rien n'a rien. Pas vrai, Hélène ?

— Je suis bien de cet avis ! Portez-moi votre texte la prochaine fois que vous viendrez au salon, Charles. Je vous promets de le montrer à Robert.

*

Charles piaffe une bonne semaine avant de prendre rendez-vous au salon de la place Vendôme.

Hélène, en l'apercevant dans l'entrée, vient à sa rencontre.

— Ah ! Bonjour Charles : coupe ou massage ?

— Coupe !

— Bien ! Vous allez devoir patienter quelques minutes, Alain est déjà en mains.

— J'ai aussi apporté mon manuscrit.

— Votre manuscrit ?

— Celui dont ma femme vous a parlé la semaine dernière à Bordeaux.

— Ah, oui ! L'histoire de votre mère ? Où ai-je la tête ? Donnez-le-moi !

— Dites bien à votre mari que c'est un brouillon. J'ai couché sur le papier les idées qui me passaient par la tête.

— Ne vous inquiétez pas ! Si l'intrigue lui plaît, il a les correcteurs qu'il faut pour mettre un texte d'aplomb.

Rentré à la maison, Charles s'installe dans sa chambre pour relire le double de son manuscrit. Le texte de la quatrième de couverture le choque : *Mon premier souvenir d'enfant, c'est le cadavre d'un soldat sur le trottoir.* Était-ce un soldat ? Et ce constat : *Je n'ai pas connu ma mère. Pour pallier son absence, je m'en suis fabriqué une à partir des souvenirs que m'a rapportés Julie, ma sœur aînée*... L'a-t-il réellement fabriquée ?

Plus il avance dans la lecture, plus il se persuade qu'il ne viendra jamais à l'idée d'un éditeur, aussi sensible soit-il, de publier *Mam-Two*. Trop intime, trop introspectif, trop douloureux, dira-t-on. Après la lecture de l'épilogue, ses craintes sont devenues certitude. Jamais un éditeur ne se risquerait à publier un roman aussi saturnien.

Il a tiré un trait sur son projet quand la nouvelle tombe :

— Allo, Charles ? Bonjour, c'est Hélène ! Robert a lu votre texte. Il veut vous voir.

Elle raccroche, le laissant suspendu dans le vide. Charles garde le portable collé à son oreille, comme si le message devait se répéter. « Robert a lu votre texte. Il veut vous voir. »

— Qui c'était ? demande Valérie.

— Hélène !

— Hélène ?

— Mon esthéticienne. La femme que nous avons rencontrée le mois dernier à Bordeaux.

— Ah ! Oui. Qu'est-ce qu'elle voulait ?

La gorge de Charles est nouée. Il a du mal à déglutir. Valérie ne se rend pas compte de son état de sidération.

— Alors, tu réponds. Qu'est-ce qu'elle voulait ?

Il se lève d'un bond, comme mû par un ressort.

— Le manuscriiiit… !

— Quoi le manuscrit ? Arrête de hurler comme ça !

— Il est pris !

— Comment ça, il est pris ?

— Robert Laffont l'a lu. Il veut me voir.

— Te voir ?

— Oui !

— Te voir ne signifie pas qu'il est pris.

— S'il n'en voulait pas, il me l'aurait renvoyé.

— Écoute, Charles, garde ton calme et regarde les choses en face. M. Laffont a lu ton manuscrit et il veut te rencontrer, c'est une chose, mais qui te dit qu'il n'a pas dans l'idée de t'expliquer de vive voix les raisons de son refus ?

— Toujours aussi optimiste, à ce que je vois ! Tu crois que le pape de l'édition n'a rien d'autre à faire que de recevoir les auteurs des manuscrits refusés ? Mais ma pauvre, s'il faisait ça, ses journées et ses nuits n'y suffiraient pas.

— Tu es un client de sa femme, Charles, ne l'oublie pas !

Valérie a réussi à insinuer le doute dans l'esprit de son mari. C'est vrai qu'il va un peu vite en besogne.

20

Mam-Two est un franc succès. La presse est dithyrambique. Elle fait l'apologie dans ses colonnes de cette autobiographique qu'elle juge courageuse, poignante, pathétique : « *Le destin exceptionnel d'un enfant qui remue ciel et terre pour retrouver la mère qui l'a abandonné est émouvant.* » Elle titre : « *Un parcours plein de fougue, d'audace, d'espoir.* »

La télévision s'empare à son tour du livre. Les interviews et reportages s'enchaînent. Les chroniqueurs veulent savoir comment l'enfant s'est sorti du guet-apens que lui avait tendu le destin. Comment il a survécu à ce climat délétère, aux tortures abjectes, aux privations. Ils souhaitent en savoir plus sur les hommes politiques qui se sont portés à son secours. Ils l'interrogent sur Chirac, Chaban, Peyrefitte. On veut connaître l'homme, creuser l'auteur, savoir jusqu'où va la vérité.

C'est le plein boum. La société JCDecaux, la cliente de Charles, lui offre généreusement un affichage gratuit sur son mobilier urbain des Champs-Élysées. La bobine de Charles s'étale sur les « sucettes » de l'Arc de triomphe à la Concorde. Robert Laffont est enthousiaste. Il invite les représentants des plus grandes librairies au Chalet des Îles du bois de Boulogne. Il veut entendre Charles leur conter son histoire. Les lectrices du magazine *Elle* lui attribuent le second prix du jury, derrière une réédition d'Agatha Christie. Jean-Marie Cavada l'invite dans son émission phare « La Marche du siècle ». C'est une tornade médiatique sans précédent. Jacques Chirac lui-même lui écrit pour lui indiquer qu'il a emporté *Mam-Two* en vacances et le félicite : « Voilà une formidable leçon de courage. »

Au fil des semaines, une amitié s'est nouée entre Robert Laffont et lui. Ils déjeunent ensemble, se tutoient comme de vieux amis. Robert est sensiblement plus âgé que lui, mais tellement jeune dans sa tête. Par-delà l'éditeur, ce que Charles apprécie chez l'homme, c'est sa hauteur de vue, sa sensibilité, son vécu. C'est au cours d'un de ces déjeuners au Carpaccio que Robert lui confie ce qui l'a décidé à accepter le manuscrit.

— Dans ma vie d'éditeur, lui dit-il, j'ai rencontré des centaines d'auteurs, de vrais écrivains, de faux littérateurs, des gangsters en mal de publicité, des mercenaires, des bagnards, mais un homme avec un passé comme le tien, jamais ! Après t'avoir lu, je suis resté groggy un bon quart d'heure avant de reprendre mes esprits.

Robert feint de s'essuyer la bouche et en profite pour sécher la petite larme qui perle à son menton. Charles s'apprête à le remercier quand son portable vibre dans sa poche. Il le sort pour regarder discrètement qui cherche à le joindre. C'est Fabrice. Il clique sur sa messagerie : « Rappelle-moi, c'est urgent ! »

Charles s'éclipse un moment. Son fils répond au quart de tour comme s'il était de faction devant son portable.

— Je ne peux pas te parler bien longtemps, mon chéri, je déjeune avec Robert Laffont.

— Papa, j'ai une mauvaise nouvelle…

— Quoi, encore ? Parle ?

— Mon oncle est mort.

— Qui ? De quel oncle parles-tu ?

— Tu m'as très bien compris, papa. Ne m'oblige pas à répéter.

Évidemment qu'il a compris, mais il ne veut pas y croire. Le ciel, pour une raison qui lui échappe, a juré de tarir à jamais ses larmes. D'ailleurs, il ne pleure pas, plus. Les larmes sont pour les chagrins d'amour. La mort de Robin, c'est plus grave. C'est la destruction d'un être, une vie consommée, une fin irréversible... Le sol s'entrouvre sous ses pieds, il sent qu'il va défaillir et il défaille vraiment, son cœur a raté un battement. Dans un semi-coma, il entend des voix. Elles sont hachées, lointaines, inaudibles. « Appelez les pomp... ! Y a-t-il un méd... foule ? » Puis plus rien. Rien qu'un silence à couper au couteau. La douleur ne peut plus l'atteindre. Il est hors de portée. Sous ses yeux clos, il voit Robin. Lui et son frère font le concours de celui qui pissera le plus loin. C'est Robin qui gagne. Son jet dru et doré a atteint le mur en premier. Il le prend par l'épaule. *J'ai deux ans de plus que toi et c'est définitif.*

À l'Hôtel-Dieu, où il a été admis, le cardiologue prend sa tension et se tourne vers l'interne près de lui.

— Il a eu de la chance que les pompiers soient arrivés si vite. Un quart d'heure de plus et le pauvre bougre n'était plus là ! Il a fait une belle syncope cardiovasculaire. Il va falloir l'équiper d'un Holter.

Charles soulève une paupière.

— C'est quoi, un Holter, docteur ?

— Ah ! vous voilà réveillé ? Eh ben, vous pourrez dire que vous nous avez fichu une sacrée frousse. Comment vous sentez-vous ?

— Bien !

— Pour répondre à votre question, un Holter est petit boîtier pour enregistrer la fréquence cardiaque. Rien de bien méchant, il tient dans la poche. L'infirmière vous posera les électrodes. Elles sont autocollantes, il faudra vous raser la poitrine.

Charles est resté à l'hôpital deux jours. Le cardiologue voulait s'assurer que le cœur tiendrait le coup – c'était son expression. Après une batterie d'examens, il a dit en riant :

— Il tourne rond comme un moteur neuf.

Valérie n'avait su que faire pour être agréable à son mari. À l'hôpital, elle lui avait apporté des fraises, des kiwis, des oranges, un pyjama neuf « pour qu'il soit beau devant les infirmières ». Elle l'aidait à manger, à boire, virevoltait autour du lit, se prenait les pieds dans les fils des appareils médicaux.

Charles est marié avec Valérie depuis près de trente ans et, étonnamment, il ne connaît toujours pas la femme qu'il a épousée. Elle est si renfermée, si imperméable, ses sentiments si bien celés qu'aucune émotion ne transpire jamais sur son visage. Il en est à se demander si elle pleurera le jour de sa mort.

Il avait insisté pour sortir au plus vite de l'hôpital. Il voulait être aux côtés de la dépouille de son frère. Robin était décédé à l'âge de 79 ans. Atteint d'un cancer du foie, il n'avait pas pu être opéré.

— La tumeur est trop grosse, lui avaient confié les médecins.

Dans les semaines qui avaient précédé son décès, Charles s'était rendu tous les jours à l'hôpital Saint-Louis à Paris pour être près de Robin et l'accompagner dans sa fin de vie. À plusieurs reprises, Mathieu, Fabrice, Tanya,

Guillaume et Chloé s'étaient joints à lui. La famille, ou ce qui en restait, avait fait bloc. Dans ces moments de communion, il tenait la main de son frère posée sur le drap comme une feuille morte. Robin respirait bruyamment comme un asthmatique en crise, au risque de faire exploser sa cage thoracique. Charles lui épongeait le front. Pour tenter de lui faire oublier ses douleurs, il lui rappelait leur jeunesse : Charonne, la Chabaud, le lance-pierres, Milly-la-Forêt, la grenade dans la rivière... Ils mêlaient leurs sourires crispés à leurs larmes. Pour qu'il ne conserve pas une image trop hideuse de lui, Robin avait eu la bonne idée de changer de visage et d'emprunter celui d'un autre. Il voulait que Charles garde en tête son portrait d'avant.

Le jour de la crémation, Valérie l'a soutenu devant le cercueil. Elle voyait bien qu'il se cramponnait à la bière pour ne pas tomber. Il a craqué et fondu en larmes quand il a entamé le poème de W. H. Auden :

Arrêtez les pendules,
Coupez le téléphone,
Empêchez le chien d'aboyer pour l'os que je lui donne,
Faites taire les pianos et sans roulement de tambour,
Sortez le cercueil avant la fin du jour...
Que les étoiles se retirent ; qu'on les balaye ;
Démontez la lune et le soleil,
Videz l'océan et arrachez la forêt ;
Car rien de bon ne peut advenir désormais.

Rien de bon ne pouvait en effet advenir sans Robin. Avec sa disparition, ce n'était pas seulement un frère qu'il perdait, c'était sa jeunesse qui s'enfuyait, son passé qui lui tournait le dos, la vieillesse qui galopait au-devant de lui.

La mort de ses proches était si présente que Charles se demandait parfois s'il n'était pas déjà comme une tortue sur le dos. Il songeait à la mort. À sa mort. Non pas de façon triviale, du genre : « La mort est la fin de la vie », ou encore « La mort est la privation complète de l'existence ». Non ! il voulait saisir comment Sophie, Charlotte, aujourd'hui Robin, avaient vécu leur mort. Éperdu dans sa solitude, il lisait les thèses des philosophes qui s'étaient penchés en leur temps sur la loi du vivant et de la nature. Sartre « éconduisait la mort ». Platon la définissait comme « le terme d'une vie terrestre et l'accès à un monde idéal ». Épicure voyait la mort comme « la dissolution de l'âme et du corps, quand l'âme est à part, séparée du corps ». Les pensées de Charles sont confuses. Il songe qu'on ne peut ni penser, ni sentir la mort, car quand on est vivant, la mort est absente et quand elle est là, nous ne sommes plus. Il pense que la mort n'est pas représentable. Qu'on ne peut que l'imaginer, la vivre par procuration. Il réfléchit. *Pourquoi devrais-je craindre la mort, puisque l'on ne se voit pas, on ne se sent pas mourir ?* Pour soi, la mort n'existe pas. C'est une irréalité. On ne meurt que pour les autres. Prendre conscience de sa mort supposerait de se voir mourir, de saisir ce moment infinitésimal où l'on passe de la lumière terrestre au noir absolu. Il se répète pour se convaincre que quand on vit, la mort est absente, et que quand elle est là, nous ne sommes plus. Donc, elle ne nous concerne plus. C'était aussi élémentaire que ça ! Si la finitude est la privation complète de la vie, la mort ne doit pas, que l'on soit croyant ou non, nous faire frémir, puisque la mort nous prive de notre sensibilité et éradique nos sensations. La mort est abstraite, anonyme. Elle est constatée médicalement, biologiquement, mais échappe à toute dialectique rationnelle. C'est un événement nécessaire, comme la gravité, la force marémotrice de la lune, même si elle s'exhibe parfois de manière abjecte, dégradante et ignominieuse.

Julie et lui sont les deux derniers de la fratrie des Baudrin. Sa sœur aînée va sur ses 90 ans et lui, le benjamin, sur ses 80. Julie a lu *Mam-Two*. Elle ne s'est pas sentie concernée par le récit, du moins par la première partie. On peut comprendre. Elle n'a pas partagé la jeunesse de Robin et de Charles. Pour elle, ce passé est un peu comme un vieux film en noir et blanc qu'elle visionnerait pour la première fois.

Charles avait vainement espéré que sa mère prendrait contact avec lui après ses passages à la télévision et à la radio. Il n'en fut rien ! Elle avait délibérément pris le parti de l'oublier. Il en avait assez de ruminer continuellement les mêmes pensées à propos des mêmes événements. Ses questions sur *la mère* n'étaient qu'une éternelle répétition sans réponse.

Sa mère avait eu la chance d'échapper à un horrible virus dix fois plus dangereux que celui de la grippe, dont le taux de mortalité était déjà très élevé. Cet ennemi invisible frappait en priorité les plus fragiles, les vieux. Les prophéties de Bill Gates, se vérifiaient. « La déflagration qui anéantira la planète ne sera pas nucléaire, elle sera biologique. » L'idée avait été reprise dans la série *Designated Survivor* de David Guggenheim.

On avait dit tout et son contraire au sujet de ce virus qui touchait plus de deux cents pays dans le monde : que c'était le plus grand fléau du siècle ; qu'il était comparable à celui de la peste et du choléra ; qu'il était né à Wuhan en Chine ; qu'il avait été transmis à l'homme par le pangolin ou la chauve-souris. On avait même prétendu qu'il s'était échappé d'un laboratoire créé par les Chinois en prévision d'une guerre biologique... Les déclarations dans la presse étaient tout aussi contradictoires que l'étaient les informations distillées au compte-gouttes par les politiques sur le nombre des victimes contaminées, le taux de mortalité, les stratégies mises en place pour lutter contre la pandémie. Tout le monde nageait tant bien que mal, aussi bien les scientifiques, virologues, épidémiologistes, microbiologistes, que les ministres et responsables de l'OMS. Chacun y allait de son couplet, mais le virus, lui, continuait de se propager allègrement à travers le monde à la vitesse de la lumière, nonobstant les divagations des uns et les spéculations des autres. Une seule chose était sûre : le nombre de morts sur la planète était élevé.

La France avait fait tout faux ! Privée de masques, de blouses ou de gants de protection, elle n'avait pas eu d'autre choix que de recourir au confinement de la population. Trop tard ! Résultat, le pays avait perdu sur les deux tableaux : le nombre de morts frisait les 30 000 et la fermeture des commerces et entreprises avait fait beaucoup plus de victimes encore. On parlait d'un million de chômeurs qui viendraient grossir les rangs de Pôle emploi. La révolte couvait. La colère grondait. Le pays révélait son vrai visage. Un sous-équipement médical, un hôpital en décrépitude, une stratégie sanitaire inadaptée, une absence de souveraineté en matière d'équipements, de médicaments, de biens de consommation. Cette pandémie avait eu au moins le mérite de rebattre les cartes. L'homme prenait conscience de sa vulnérabilité face à la nature qu'il bafouait allégrement depuis des décennies. L'humain reprenait la place qu'il n'aurait jamais dû quitter, celle d'un petit *homo sapiens* fragile au beau milieu d'un environnement hostile si on le contrariait.

21

La journée s'annonce belle.

Valérie secoue doucement son mari. Il est 9 heures et il dort encore. Elle n'a pas l'habitude de lui voir faire la grasse matinée.

Cette nuit, dans un songe, Charles a vu une femme qui correspondait à l'image qu'il se fait de Mam-Two. Elle était allongée sur un lit et des tuyaux sortaient de son ventre, de sa bouche, de son nez, de ses bras. On aurait dit une pieuvre ou un gros insecte pris dans une toile d'araignée. Son estomac grossissait ct se rétractait, comme animé par un souffle puissant.

Charles n'entend que faiblement la voix de Valérie.

— Les médecins disent que tu vas t'en sortir, mon chéri. Tu es branché sur un tout nouveau système inventé par le Cern[1], un respirateur nouvelle génération. Ne t'inquiète pas. Il répond aux normes et aux besoins cliniques. De toute façon, le personnel soignant n'avait pas le choix. Il n'y avait plus de lits médicalisés à Pellegrin, ni au centre hospitalier Pasteur, ni même au CHRU de Bordeaux. Seul l'Hôpital d'instruction des armées a pu t'accueillir

1. Centre européen de recherche nucléaire.

et encore, tu vois où tu es, dans un couloir. Même les salles d'attente ont été réquisitionnées.

Dans son état comateux, il revoit la femme qui l'a accompagné au cours de son rêve. Un rêve vivant, réaliste. *Elle chausse ses lunettes pour mieux lire le nom de l'affiche placardée sur la vitre du magasin. Elle veut être sûre de ne pas se tromper. Tremblante, elle pénètre dans la boutique et prélève un exemplaire de* Mam-Two *sur la pile près de la caisse :*

— C'est un très bon choix, lui souffle la vendeuse.

L'ouvrage lui brûle déjà les doigts. À pas coulés, elle glisse jusque chez elle et s'enferme à double tour pour se sentir plus seule, pour mieux respirer son fils. Son fils ? Quel drôle de mot. Elle ne l'avait jamais plus prononcé depuis le jour maudit où elle avait été contrainte, sous la menace de son mari, d'abandonner ses cinq enfants.

Valérie vient juste de partir quand une vieille dame s'approche du brancard de Charles. Sa tête ne lui est pas inconnue, mais il ne parvient pas sur l'instant à mettre un nom sur le visage. Un visage si maigre qu'il semble survivre d'un jour sur l'autre.

— Bonjour Charles. Vous vous souvenez de moi ?

Il dodeline de la tête, faisant tanguer ses cathéters artériels.

— Jeanne ! Jeanne Guilledoux. La femme de votre ex-patron.

Il plisse le front. La réapparition de cette femme du passé lui paraît irréelle. Il la pensait morte depuis bien longtemps.

— Qu'importe d'ailleurs que vous me remettiez ou non ! L'essentiel n'est pas là. Il est dans ce que j'ai à vous dire.

Charles scrute le visage penché au-dessus de sa tête, s'attarde sur ses rides, sur ses plis d'amertume à la commissure des lèvres. Sa peau est grise et flétrie. Il a du mal à reconnaître l'épouse de M. de Questembert tant elle a changé. Même le bleu de ses yeux, jadis pur et limpide, semble délavé.

La vieille dame lit la perplexité de Charles.

— Je suis sans doute fripée comme une fleur fanée, mais j'ai encore toute ma tête, vous savez !

Sa voix est étonnamment claire.

— Votre vie vous a échappé, Charles.

Des crispations nerveuses et de petits fourmillements électrisent la peau du malade.

— Oui, j'ai bien dit échappé. Votre entrée au cabinet de mon mari n'était pas le fruit du hasard. Votre bonne étoile n'y était pour rien. Contrairement à ce que vous avez pu imaginer, votre rencontre avec le dénommé Philippe, le jour où vous êtes sorti de votre bureau de dessin, n'était pas fortuite. Il vous attendait.

Charles ouvre grand les yeux. Il revoit M. Philippe lui racontant son entretien avec son voisin de table à l'hôtel Hilton, le jour du forum consacré à l'orientation professionnelle.

— Philippe n'est pas l'homme que vous croyez connaître, poursuit-elle.

Ahuri, Charles secoue la tête de manière convulsive.

— C'était mon gendre. Il avait épousé notre fille Marianne quelques années après la Libération. Elle et lui s'étaient rencontrés à Questembert où nous résidions. Malheureusement le mariage avait tourné court. Marianne était stérile et Philippe voulait un enfant. Il l'avait quittée le jour où il avait été menacé de poursuites judiciaires du fait de son passé durant la guerre. Lui et mon mari traficotaient avec les Boches et, à Questembert, personne n'était dupe quant à l'origine du magot qu'ils avaient amassé.

Elle poursuit, un sourire amer au coin des lèvres.

— Quand les choses ont mal tourné, Philippe s'est enfui et a pris un nom d'emprunt. Il ne s'appelle pas Courtequeux, mais Vilgrain. Il s'est réfugié dans un centre aéré pour enfants handicapés dans le Sud-Ouest. Il pensait pouvoir y vivre incognito. Malheureusement, ses mauvais penchants ont repris le dessus. Une plainte a été déposée contre lui pour viol sur la personne d'un mineur autiste. Fragel a témoigné en sa faveur et l'a fait innocenter.

Charles est de plus en plus intrigué. Pourquoi toutes ces cachotteries ? Et d'ailleurs, pour quelle raison cette femme vient-elle lui raconter tout ça, alors qu'il est sur le point de mourir ?

Jeanne Guilledoux l'observe, les yeux plissés, comme si elle cherchait à lire dans ses pensées.

— Attendez, Charles ! Vous n'êtes pas au bout de vos surprises. Philippe avait confié à mon mari, un dimanche que nous déjeunions à Orgeval, qu'il donnait des cours particuliers à un orphelin méritant et doué que lui avait recommandé Fragel. Il avouait s'être attaché à ce garçon. « Un gamin travailleur, obstiné et ambitieux », qu'il avait dit. Oui ! je crois bien que ce sont ces mots-là qu'il avait prononcés.

Charles détourne le regard, distrait par un vieillard qui pousse une potence à perfusion et passe près de lui.

— Vous me suivez, Charles ?

Il opine du bonnet.

— Nous ignorions à cette époque que Philippe Vilgrain était homosexuel. Lorsqu'il a prononcé votre nom, celui de Baudrin, j'ai vu le visage de mon mari devenir cramoisi. Sur le moment, je n'ai pas saisi les raisons de cette soudaine réaction. C'est plus tard, bien plus tard, des années après ce déjeuner, que j'ai compris. J'imagine que tout cela doit vous paraître quelque peu insolite et que vous devez vous demander pourquoi ces confidences, ici et aujourd'hui ?

La vieille dame répond à sa place.

—Pour le repos de votre âme Charles !

Il écarquille à nouveau les yeux, aux aguets.

—Contrairement aux apparences, Joseph et moi étions très liés. Je connaissais tout de lui, son passé, ses magouilles, ses intrigues. Jamais je n'aurais pu porter atteinte à sa réputation, sauf quand j'ai appris qu'il avait une maîtresse. Là, j'ai rué dans les brancards. La trahison, lorsqu'elle est grande, ça rend mauvais.

Elle s'interrompt un instant pour reprendre haleine.

—Et vous savez qui était cette femme… ?

Elle se tait d'un seul coup, laissant sa phrase en suspens, l'œil fixé sur le cathéter.

—Virginie Baudrin ! Votre mère, Charles.

Cette nouvelle a la violence d'un uppercut. Charles essaie de crier, de hurler, mais le tuyau de ventilation dans sa bouche l'en empêche. Il a envie de frapper, de frapper encore, jusqu'à ce qu'en lui la colère s'effondre, s'affaisse.

—Pourtant, ce n'est pas faute de vous avoir alerté, Charles. Je vous ai laissé deux messages sur votre bureau. Certes, anonymes, mais explicites !

— …

Charles voit les ombres et les contrejours du visage penché sur lui.

— C'est elle, votre mère, qui est intervenue auprès de Joseph pour qu'il vous engage dans son affaire.

Le ton de la vieille femme est à présent un peu éraillé, mais la fêlure de sa voix conserve une suavité qui fait perler les sons.

— Joseph était profondément amoureux de votre mère et elle lui avait fait jurer de vous protéger et de veiller sur vous tant qu'il serait vivant. Vous devez vous demander, évidemment : « Pourquoi moi et pas mes autres frères et sœur ? » Parce que vous étiez, selon elle, le plus jeune, le plus fragile, le plus vulnérable. Vous me suivez toujours, Charles ?

Il incline à nouveau la tête dans l'angoisse de la minute qui va suivre.

— Votre mère est venue me voir, peu de temps avant la mort de mon mari. Elle voulait que vous sachiez enfin la vérité. Elle avait toujours voulu jusqu'alors que l'on cache son intervention. Son action était pour elle le moyen de libérer sa conscience, de se dédouaner en partie du mal qu'elle vous avait fait endurer durant votre jeunesse. Elle est restée dans l'ombre, mais elle a veillé sur vous. Son seul regret est de ne pas avoir vu grandir ses petits-enfants.

Des larmes glissent sur les joues de Charles sans qu'il puisse les retenir.

— Ne soyez pas amer, Charles. Votre mère était bonne et généreuse. Votre père, lui, était un homme coléreux, impulsif, violent. Elle craignait pour votre vie, vous, le dernier-né. Elle a divorcé peu de temps après votre abandon et s'est inscrite à l'école Pigiez où elle a obtenu un diplôme de secrétaire. Elle a séduit mon mari le jour où elle est entrée à son service. Votre mère est décédée peu de temps après qu'il m'a quittée.

Elle lève la tête vers le ciel.

— Entre nous, je crois qu'ils s'étaient donné rendez-vous là-haut.

Elle glisse lentement une main sur le bras de Charles, lui sourit et murmure :

— Votre mère vous a aimé, à sa façon…

Charles serre les poings. Il tremble, grelotte. La vie qu'il aurait souhaitée, autre que celle que sa mère lui a réservée, arrive à son terme. Son cœur va cesser de battre. Déjà, il déraille, s'arrête, repart. Sa brûlure est violette. Son corps se contorsionne pour tenter d'échapper aux démons qui ont envahi ses chairs. La mort le guette. Il n'y aura pas de temps de pause. Et soudain, dans un geste désespéré qui n'appartient qu'aux fous, il arrache les fils qui le relient à la vie et sectionne d'un coup le cordon ombilical qui le raccorde à Mam-Two.

Il faut savoir quitter la table, lorsque l'amour est desservi, sans s'accrocher, l'air pitoyable mais partir sans faire de bruit et retenir les cris de haine qui sont les derniers cris d'amour...

Il faut savoir garder la face, mais moi je ne peux pas, il faut savoir, mais moi, je ne sais pas.

ÉPILOGUE

— T’es mort, m’sieur ?

L’enfant a profité du départ des grands pour se glisser à pas de loup dans le salon mortuaire. La barrière de jambes qui l’empêchait d’accéder au cercueil a disparu. La grosse boîte en bois est maintenant à lui. Rien qu’à lui !

La pièce est sombre. Des bougies diffusent une odeur blanche. Dans le décor chimique et floral, le visage du défunt semble recouvert d’une fine pellicule de givre. Les pompes funèbres ont fait ce qu’il fallait, mais le gamin ignore les bienfaits des injections hypodermiques qui rehaussent les chairs et maintiennent l’illusion de la vie. Le corps du mort paraît être celui d’un adolescent dans une enveloppe froissée.

Le lieu est austère. Il fait chaud à l’extérieur et froid à l’intérieur. Le soleil n’est pas encore à son rendement absolu, mais déjà il blondit la terre. L’enfant lève le nez vers le rai de lumière du fenestron situé au-dessus du cercueil et observe la poudre d’or qui danse devant ses yeux.

Il a enfilé le costume du dimanche. Celui que sa mère lui met d’ordinaire pour servir la messe aux côtés du père

Breton : une culotte courte en velours, un blazer bleu et des sandales noires vernies.

— Eh ! M'sieur, j'te parle ?

— Oui ! J't'entends mon garçon. Je suis mort, mais ce n'est pas grave. Je ne pars pas. Je vais ailleurs. Tu as quel âge, maintenant ?

— 7 ans !

La voix du bonhomme a perdu tout son soleil et il fait nuit dans sa tête.

— Moi, vois-tu, j'ai toujours traité la mort avec humour, poursuit-il. Tu es trop jeune pour comprendre ça, mais la dérision m'a appris à vivre mieux et plus grandement. À mourir, sinon gai, joyeux encore. Elle m'a conduit à moins craindre la nuit sans matin, les choses inanimées, le néant dont on est issu et auquel on retourne inéluctablement. Regarde les bourgeons, ils arrivent au printemps, les feuilles s'épanouissent durant l'été, puis elles se fanent, meurent, et tombent à l'automne. Tout est ainsi. Ce qui vit est appelé à mourir.

— Pourquoi on meurt ?

— En général, on meurt parce qu'on est vieux. C'est le cycle incontournable de la vie : on naît, on grandit, on devient adulte, on est de plus en plus vieux et on meurt.

— Et on sait quand on va mourir ?

— Non, personne ne sait quand il va mourir. En général, on meurt quand on est très vieux.

— Qu'est-ce qui se passe quand on meurt ?

— Ton cœur s'arrête de battre. Tu ne respires plus. Tu ne sens plus rien.

L'enfant ne comprend pas. Quand il meurt à la récré, c'est pour de faux. Il tombe et se relève aussitôt.

— On va où, quand on est mort ?

— Généralement dans la terre, où le corps disparaît petit à petit.

— Et toi, t'es mort pour de vrai ?

L'homme ne répond pas. Il change de sujet.

— À dire vrai, mon garçon, je n'ai pas réellement vécu. Mon passage sur terre a été une illusion. Un peu comme un tour de magie où mon ange gardien serait arrivé en retard le jour de la répétition. Les êtres humains sont le plus souvent insaisissables. Ils disent ce qu'ils auraient dû taire et taisent ce qu'ils auraient dû dire.

Discrètement, l'enfant essuie d'un revers de main le filet de morve qui coule de son nez. Il ne rêve pas. Il n'est pas éveillé non plus. Il est entre les deux.

— T'es triste, m'sieur ?

— Triste ? Non ! Mais j'ai un doute. J'ai tant aimé la vie que je ne suis pas sûr d'aimer autant la mort. C'est rien de mourir, mais c'est affreux de ne plus vivre. N'oublie jamais, si tu ne veux pas être trop joyeux dans le bonheur, ni trop triste dans le malheur, que tout est éphémère.

Un coup de vent souffle soudain les bougies.

— La vie, mon garçon, est comme une course de relais. Tu ne gagnes que si les parents t'ont transmis correctement le témoin. À défaut, la beauté du monde t'échappe et tu dois apprendre à jongler avec les aléas de la vie.

Il se tait un instant et reprend, comme s'il s'adressait à Dieu :

— Le ciel m'est témoin que je n'étais taillé ni pour la notoriété, ni pour les honneurs, même si l'orphelin est généralement davantage adulte que les autres enfants. En fait, vois-tu, j'ai la conviction que tout le monde s'est trompé dans ce vaudeville tragicomique. Aussi bien le tailleur qui m'a fait endosser le costume d'un autre que le bon Dieu qui s'est fourvoyé dans ses desseins !

Il respire profondément.

—Je vais te livrer un secret, mon garçon, mais cela doit rester entre nous. Ma vie durant, j'ai donné l'illusion d'être fort, d'avoir la puissance d'un ours, la ténacité d'un ratel, la sagesse d'un porc-épic. En réalité, je n'étais rien de tout ça…

Les changements de ton et les variations de la voix du vieil homme marquent l'émotion.

—La peur, vois-tu, propulse l'individu vers les sommets. Si je me suis hissé sur la plus haute des cimes, ce n'était pas par ambition mais pour échapper aux prédateurs. Il en est ainsi, lorsqu'on est sans famille.

L'enfant, qui sait à peine lire, bute sur les mots du vieillard et les interprète à sa façon.

—Il faut que je vous quitte, m'sieur !

—Attends ! Attends encore un peu. J'ai quelque chose d'important à te dire avant que tu partes. L'existence est courte, rapide, interchangeable, mon garçon. Elle ne dure pas. On donnerait n'importe quoi pour revenir en arrière. Alors, profite de la vie. Mais pas de façon égoïste. Sois généreux. Aie une attention vigilante aux autres, à la souffrance d'autrui. Gère tes émotions. Ne laisse jamais la détresse t'envahir tout entier et anéantir l'image de la mère que tu portes en toi. N'oublie jamais que tu es issu de sa chair, la continuité de son corps. Moi, je n'ai jamais cessé de penser à la mienne, absente, disparue. Fais confiance à l'adulte qui te soigne, t'éduque, te nourrit. Chéris-le ! Quelque chose vous unit dans le silence.

L'homme prononce des paroles incantatoires et incompréhensibles pour l'enfant.

—Ô mon Dieu, le bonheur, vous me l'avez donné, même s'il fut éphémère comme une ombre. Et toi, jeune soldat foudroyé à la fleur de l'âge et gisant sur le trottoir, toi mon premier souvenir d'enfant, qu'aurais-tu fait de ta vie si la mort ne t'avait pas fauché prématurément ?

*

L'enfant se frotte les paupières. La lumière crue du dehors lui brûle les yeux. Les immortelles des dunes proches diffusent une fragrance chaude à l'arôme de curry. Une corneille cisaille le ciel. Sa ligne est droite comme un encéphalogramme plat.

Le père Breton accourt, affolé.

—Mon Dieu ! Charles ! Que faisais-tu près du cercueil ? Ce n'est pas un endroit pour les enfants. Je te cherchais partout. J'étais mort d'angoisse.

L'enfant lève un regard clair vers le curé.

—Le mort, il m'a parlé !

Le prêtre a un petit sourire de connivence. Il s'accroupit pour se mettre au niveau de l'enfant.

—Oui, bien sûr. Et que t'a-t-il dit ?

—Il m'a dit que les feuilles s'épanouissent l'été, puis qu'elles fanent et tombent à l'automne.

Le père Breton sourit à nouveau. Décidément, les enfants ont la formidable capacité de peindre en couleurs l'impénétrable.

Le parfum des POISONS

CLAUDE RODHAIN

Un adolescent en haillons, crasseux, grandit au côté de sa mère adoptive qui prépare d'étranges mixtures malodorantes. Il se nomme Pontus, mais son nez très proéminent lui vaut le surnom de « Patate ». Grâce à sa malformation, qui lui permet de sentir le plus infime parfum à des dizaines de mètres, il est promis à un destin exceptionnel. En effet, en pleine « affaire des Poisons », Pontus est repéré par Monsieur de la Reynie, le lieutenant général de police qui l'engage en tant que renifleur personnel de Louis XIV. Ses capacités vont lui permettre de confondre des empoisonneuses, de déjouer des assassinats et de devenir, rapidement, une célébrité. Mais dans les couloirs sombres de Versailles, égorgeurs et manipulateurs aiguisent leurs couteaux. Cet empêcheur d'empoisonner doit disparaître, car dans ce monde cynique et implacable, il n'y a pas de place pour un homme au cœur simple avec un talent si dangereux...

À la cour du Roi-Soleil, le destin exceptionnel d'un homme au « nez absolu ».

Achevé d'imprimer en juillet 2022
sur les presses de la Nouvelle Imprimerie Laballery
58500 Clamecy
Numéro d'impression : 207394

Imprimé en France

La Nouvelle Imprimerie Laballery est titulaire de la marque Imprim'Vert®